旧城少年 · 南瓜宇宙丨左马

DUKU
读库
2204

主编　张立宪

新　星　出　版　社　NEW STAR PRESS

DUKU
读库

特约编辑　杨　雪
装帧设计　艾　莉
图片编辑　黎　亮
助理美编　崔　玥

特约审校：黄英｜吴晨光｜马国兴｜李英子｜刘亚｜潘艳

目录

互联网与中国后现代性呓语

王健飞

人类社会在进步，为什么个体却越发难以从中受益，难以感受到这种受益？

也许在十年后回看，2021年会是这个特殊时代中十分平凡的一年。

随着疫情之下的第二年结束，许多悬浮的状态成为日常，无论是个人生活、工作，还是国家经济、政策，抑或在地缘政治与国际形势上。没有人再把疫情当作一种临时性变量，而是将其当作一种常量，去构筑未来的新常态。在这一年里，人类社会集体做出了许多有可能会彻底改变未来，但如今看来语焉不详的决定。

我们无法预测未来，只能回顾过去，并在过去的纹样中找到历史的分形。

2021年，我们在互联网上目睹了更多的争端，无论个人对个人的，个人对机构的，机构对机构的，国家对机构的等等。一如我在2020年发表的《互联网是人类历史的一段弯路吗？》（刊于《读库2005》）中所提到的：互联网赐予每一个个体舆论上的核武器，使得互联网上的舆论战争达到了白热化程度。时至2022年，这种舆论战争已经开始影响现实世界，许多个体、公司甚至是基层政府，在焦土一般的社交媒体战场上被误伤至灰飞烟灭，他们要么被封杀，要么被抵制，要么被撤职，他们中的许多原本“错不至死”，但在舆论的全面围剿中，每一次争论都意味着一批死刑。

在短暂的、瞬时的、破碎的争端中，对立的阵营却越发清晰：保守主义与进步主义的对立，社会主义与资本主义的对立，民族主义与国际主义的对立。但实际上，我们现在面临的唯一真正的危机，是一种现代性危机，亦即现代性与后现代之间的对立。而当下社交媒体上的大部分争论，都只是这种对立的分支。

在解释什么是现代性，什么又是后现代之前，我们先来具体描摹一下现代性危机的状态。

尽管并不是所有人都对现代性危机感兴趣，但实际上每个人都对这个危机十分熟悉。在过去的一年里，我们看到了许多热搜，都有现代性危机的典型影子。

其一，是躺平，2021年开年，中国大陆的年轻人开始“躺平”，成为最大的热点，随之又成了一个不可讨论的问题。这是最有代表性的，因为我们都曾在《在路上》里读到过二十世纪六七十年代的美国年轻人是如何躺下的。也曾在五年前嘲笑过日本的“低欲望社会”以及中国台湾地区的

"小确幸"。

其二，是直播带货的频繁翻车，让许多人拍手称快，"收智商税的终于倒了"，但另一方面也让他们咋舌：这些收智商税的怎么能这么赚钱？

其三，是在短视频时代，一方面越来越多"抽象网红"崛起，另一方面越来越多的"封建文化"正在复辟。两种文化现象都让受过良好教育的典型市民阶层感到困惑且不适。

其四，是内卷，与躺平构成时代上的对立，一边似乎有一部分人成功躺平了，而另一边，有更多人卷得不可开交。这让人感到困惑，究竟是什么驱动那些内卷的人无法躺平？是什么塑造了他们的焦虑与压力？

如果抛去"现代性"与"后现代"这种唬人的大词，本文实际上主要描述下述四个领域的变化：

一、直播带货的政治经济学；

二、"抽象网红"与"封建文化"的兴起满足了什么？

三、年轻人为何，以及如何能躺平？

四、教育与工作内卷的实质是什么？

但描述这四个领域，只是对现代性问题的一种"举例说明"。

本文的核心目标是试图解释：为什么作为整体性的人类社会仍在进步，而个体却越发难以从中受益，或越发难以感受到这种受益？最后一节，我试着回答了这个问题。

描述问题，首先要定义问题：什么是现代性？

清华大学人文学院教授汪民安撰写的《现代性》一书，导论第一句话如此写道：“没有哪个词比‘现代性’这个词的解释更加纷繁多样的了。”参考《垄断的困境》（刊于《读库2105》）写作中跳过对垄断的定义的做法，我们决定放弃这种无意义的争论。

本文会倾向于使用“现代性是一个历史范畴”这种说法来定义现代性，并据此来定义后现代行为。具体来说，本文所提及的现代性指“自文艺复兴至二十世纪下半叶（大约六七十年代），欧洲社会的政治、经济、文化和生产关系的总和”。

可以将“历史范畴”通俗比喻为“解题思路”，如果人类社会的发展是一道一步一步计算下去的数学题，那么某个历史范畴可能就是大题中的几个步骤。这意味着虽然定义现代性这个“历史范畴”时使用了“欧洲”这个地域标签和“文艺复兴至二十世纪下半叶”这个时间范围，但实际上，这些标签仅用于定义“现代性”本身。被定义好的、作为“历史范畴”的现代性，就像数学中的洛必达法则一样，它可以出现在任何一道数学题中，可以出现在没有经历过文艺复兴的美国，也可以出现在没有典型工业革命的东亚。在这个历史范畴中，现代性伴随着现代化和资本主义而发展，因此，它通常还代指对客观真理、理性、同一性、科学技术和人类社会普遍进步的认同，后现代则代指这些名词的反面：相信主观推断、感性、个性、非科学文化和对社会整体进步正当性的质疑。

这并非选取了一个欧洲中心主义的解法，而是因为东亚现代性至今仍在形成的过程中，乃至本文都是构成东亚现代性的“中国现代性”的分析之一。只有比对“已经完结”的现代性，也或者说欧洲中心的现代性，才能更好地突出“中国现代性”的特殊之处。

不过这些学术上的定义都没有什么意义，我倾向于给出更为具体的实例。

直播带货与现代企业

直播家族的数字孪生

2021年3月，在被平台封禁九十天后，快手头部主播辛巴发出复出预告。在预告视频里，他带领全体徒弟在镜头前下跪，并宣誓要“接用户回家”。这种在大城市用户看来有些土的视频风格，在中国的二三线城市有着极大的市场。这并不是一种本土化的视频风格，而是一整套本土化的商业逻辑。

一切要从辛巴是如何火起来的说起。

中国的主流舆论对快手这一短视频平台有两次祛魅的过程，第一次是自媒体人“X博士”的文章《残酷底层物语：一个视频软件的中国农村》，在2016年让只知道抖音的城里人突然意识到，在中国的广大下沉市场，还有另一个日活已经过亿的短视频App；第二次祛魅，就是快手头部主播辛巴的破圈，让城里人意识到原来那个他们看不起的、农村的，甚至被称为“low”的下沉市场短视频赛道，商业价值远超他们自己看的那个高端短视频赛道。

辛巴的破圈是在2019年8月18日，这个此前从未被主流媒体关注过的快手主播，在北京的鸟巢举办了一场“世纪婚礼”。高达七千万的投入，请来了成龙、王力宏、邓紫棋、张良为其演唱，胡海泉担任婚礼司仪，张柏芝亲自送上礼品，明星祝福VCR不计其数。而更令媒体惊奇的是，据称婚礼当晚辛巴借势继续搞直播活动，两小时营业额就突破了一亿元，真的是当天回本。

与2016年以前的快手一样，2019年以前的辛巴在主流舆论中是不存在的，但其实他的带货能力与早就受到媒体热捧的薇娅和李佳琦旗鼓相当。2019年全年，仅辛巴一人的带货收入就达到133亿。而众所周知，辛巴并非单打独斗，他是有家族的。

与其他平台的主播不同，快手上的头部主播们按照“家族”“门派”分为几个巨大的势力阵营——辛巴818、散打家族、716牌家军、驴家班、丈门、嫂家军等。由于缺乏系统性的追踪报道，主流商业媒体往往仅在一些节点性事件上对这些家族进行浮光掠影式的报道。比如，在辛巴遭遇假燕窝带货事件之后的负面报道中我们看到，此前在直播中，辛巴的徒弟（同家族其他主播）会向辛巴下跪并管他叫“爹”。这种看上去形如封建残余的行为，往往会让自诩属于现代社会的城里人极为不适。然而，这却忽略了一个基本的问题：如果辛巴及其他类似家族仍在使用封建模式组织生产，为什么他们能够与现代化的、企业制的、理性的薇娅和李佳琦在商业上“打个平起平坐”？

受过朴素马克思主义政治经济学教育的我们都知道，生产力与生产关系相互掣肘。如果这种主播的师徒制真的是一种落后的模式，那么为什么辛巴直到2020年末陷入假货风波之后才放缓了增长，而不是早早就在市场竞争中被淘汰？

让我们带着理性的批判来聊聊这个话题。抛开土味风格视频（内容）本身不谈，我们要聊的是土味生产方式。

从理论上讲，如果中国的下沉市场喜欢土味视频，而现代企业又是最为高效的生产方式，那么我们看到的，应该不是辛巴818这样的主播家族，而是李子柒那样的由资本构建的博主——一群受过高素质现代教育的人，依照理性的数据分析和工业化的生产方式，编纂和塑造出一个又一个土味形象。然而事实上并非如此，在土味主播的世界里，土味是完全渗入到生产关系中的——徒弟要给师父磕头、下跪，要管师父叫“爹”，师父有绝对的权力，师兄又能压师弟一头……在由市民阶层主导的主流舆论看来，这毫无疑问是一种封建糟粕。但从纯粹的数字来看，这种看上去落后的生产关系，却创造了与先进生产关系相似甚至更甚的经济成果。

这实际上是由于，这种师徒制解决了直播、短视频甚至明星行业一直以来存在的一个问题——人与公司的冲突。简单描述一下这个冲突就是：一个主播火了之后，他往往想要单飞，公司留不住他。这个问题不仅存在于中国，在国外，红人经济也面临着同样的困境。甚至在互联网诞生之前，艺人与经纪公司的纠纷也是这类问题的前身。

明星／网红本身是人，但明星也是一种商品，明星的经济价值来自可售卖的商品性，而人又是构成这一商品中最为不可控的变量。这是此类纠纷频发的浅表原因，从深层次来剖析，如果将明星、网红或主播看作是一个商品，那么在这个“商品”中，各生产要素的构成是什么？

如同面包公司要售卖一个面包，面包的生产要素有工人的劳动（劳动要素）、机器的投入（生产资料要素）、面粉的购买（资本要素），甚至关于面包需要做成什么口味的调研报告（数据要素）。那么，明星是由什么生产要素构成的呢？大多数人往往第一时间想到的，最重要的要素一定是人本身。的确如此，一个主播或明星不管有多少粉丝，团队策划的内容有多么逗趣，经纪公司找来了怎样的资源支持，一旦其本人不再愿意出镜，他的影响力和经济权益都将无法继续维持。但从生产的角度，人所代表的“劳动”，却并非明星这一商品中最主要的生产要素。对作为商品的明星来说，公司将明星运作进选秀、综艺节目，为明星铺稿、投放广告，与更红的明星组合，让明星带资进组等，都是劳动以外的生产要素。对作为商品的主播来说，MCN 买量，付费与其他主播互动，对接商务资源，批量策划脚本，专业的摄像……也都是劳动以外的生产要素。我们经常听到某些明星或主播的粉丝谈他们的正主早前有多么努力，但在娱乐圈和直播行业努力打拼的人不计其数，而最终获得成功的只能是少数。因此，很难衡量一个主播或明星成名后，究竟有多少归功于自身的努力，又有多少归功于劳动以外的资本扶持。

炮制网红的MCN公司和培养明星的经纪公司，是在以极低的良品率生产一种“影响力节点”商品。而网红或明星只是节点中的凝结核，没有他/她/它（猫狗，虚拟偶像），作为商品的“明星”不会诞生。但作为明星商品的一部分，明星自身只占极小一部分。

于是，张力产生了。

在现实中，主播往往认为早期的创意是自己的，策划是自己的，辛辛苦苦起早贪黑拍视频做直播的也是自己，为什么火了之后，MCN公司却要为仅仅一点点的流量扶持和商务资源而侵占绝大多数的利益呢？但从MCN公司的角度，公司均等地为所有签约主播提供服务，本质上是一种风险极高的投资。如果MCN公司同时孵化一百个主播，只有一个成了头部，那么MCN公司一定要从成功主播那里收回投入在另外九十九个主播上的成本，才足以让这门生意勉强不亏本。而实际情况是，没有任何一家公司只想做勉强不亏本的生意，因此当他们终于成功地孵化出一个网红时，更有可能会极尽所能地对其压榨。这也是我们看到为什么有那么多主播红极一时就与公司冲突，然后不欢而散。

成功出名的网红主播认为自己只获得了一分，公司要一百分，这不公平；公司认为自己投出了一百分，收回两百分，这也不违反商业道德。这便是网红／明星与MCN／经纪公司之间矛盾的根源。

为解决这一问题，这两年直播界其实探索出了另一种经营方式：夫妻店。即，网红火了，嫁给或娶了MCN老板。也就是MCN孵化一百个主播，一个成为网红，然后老板娶／嫁了这个网红。抛开这种模式作为社会新闻谈资的余韵不表，可以清晰地看到，在这个链条中，网红与MCN的经济契约，转化成网红与老板之间的自然人社会契约。这种关系的转化，带来了超越经济的社会契约，使得网红这个被异化的“商品”，回归了人的属性。MCN公司（老板）与这个自己为之付出的个人，达成了人与人之间的社会契约，而不是“投入、生产、回报”的经济关系，传统网红与MCN之间那种公说公有理、婆说婆有理的利益分配矛盾瞬间瓦解。又由于婚姻契约在一般传统意义上意味着对彼此的完全拥有，因而这甚至形成了一种合力：网红拼命直播，老板拼命跑商务，为的是共同的幸福。

不过，这种转化并不总能成功，因为其中蕴涵着强迫的封建色彩。网红与MCN公司之间的张力，在成功转化为婚姻关系之前，某种程度上如同包办婚姻的“封建父母”，可能给双方都带来不幸。比如2021年杭州网红项思醒与其MCN老板的六十五页PPT情感纠纷，就是这种不幸的体现。MCN老板张科峰一直以为两人是“水到渠成”即将结婚，而网红项思醒则觉得两人是纯粹的工作上下级关系；张科峰指责项思醒是女海王，项思醒指责张科峰是职场性骚扰和PUA。

在倡导自由恋爱的现代社会，任何情感以外的影响婚姻关系的行为，都会遭到普遍谴责。因此，夫妻店也许是网红直播界最好的“经营模式”，但并不是情感界最好的“经营模式”。相比之下，辛巴及类似快手家族所使用的师徒制度，可能更适合。

接下来我们看看，师徒制生产关系是如何在网络直播行业中应用的。

先了解一下“数字孪生”的概念。这本是一个工业互联网名词，指利用物联网、传感器、大数据等技术，在云端或是说在互联网上塑造出一个与物理产线对等的数字产线。通过这个数字世界的孪生镜像，我们可以更好地去观察和调整整个工厂的运转。对个人而言，我们的社交网络账号也可以被视为一种数字孪生。每人主动分享与发布，使得我们能从社交网络账号去观察一个人的生活。但数字孪生又与现实中的工厂或个人不完全一样，比如在过去几年里，我们经常讨论“人设”和“人设崩塌”，其实就是一个人的数字孪生在后续发展过程中，与它在现实世界中的映射发生了较大的偏差，并被人揭穿。

辛巴的师徒制，是一种数字孪生的制造机制。

一般来说，个人的数字孪生或者人设，尽管在发展过程中受到资本、大众互动的影响，但其最初往往与物理世界的自身是有着紧密联系的。但对于辛巴的徒弟们来说，并不如此。辛巴家族中的主播在成为辛巴的徒弟之前，他们的数字孪生几乎是不存在的，其中一些人甚至此前并非网络主播，而只是一些小地方不务正业的社会青年。此前曾有媒体称“在辛巴的描述中，辛选家族中大部分徒弟都是没爸疼没妈爱的边缘人，这个社会没有亲人支持他们，只有辛巴认真对他们好，离开了辛巴他们啥都不是”。

这些社会青年之所以在一夜之间拥有了几万、几十万的粉丝，并能够开始与其他大主播“平起平坐”地互动、直播卖货，完全依赖其作为辛巴徒弟所受到的“提携”。因此，这些人下跪、拜师，管辛巴叫爹，尽管充斥着令现代人厌恶的父权与封建色彩，但在某种程度上，确实是一种“数字孪生诞生”的过程。在此之前，这些人的数字孪生完全不存在于世上；在此之后，这些人的数字孪生得到了辛巴家族粉丝的认可。辛巴成为这些人“数字孪生”字面意义上的“父亲”，而主播也相互在一夜之间成了“兄弟姐妹”。

与“签约—资源投入—回报”的商品生产逻辑相比，这一过程更像是“大户人家生了少爷／小姐”的家族逻辑。

在大多数辛巴徒弟的走红过程中，许多粉丝直接来自辛巴（父亲）或辛巴之前的徒弟（兄弟姐妹）。辛巴在线认徒现场，与欧洲和中国古代封建家族子女成年时在更广泛社交场合的初露面极为相似——“这是我承认的子嗣”——是一种继承权确权的过程。尤其是在这种师徒制下，所有的主播管观众叫“家人们”，更加剧了观众自身对这一过程的参与感。

抛开其封建色彩本身，这带来两个显著的竞争优势：

其一，比起商品生产的资本逻辑，它显著降低了孵化一个新网红／主播的成本。这也是短视频平台厌恶师徒制的原因之一，在师徒制下，影响力（流量、粉丝）在主播间的代际传播不受平台控制。除非平台主动降权斩断师徒制的传播链条，否则家族类主播孵化新主播是不需要像其他的MCN公司那样购买大量平台广告的。

其二，它在一定程度上解决了主播个人与MCN公司（家族）之间利益矛盾的问题。由于新生主播的影响力来自拜师、师徒互动、师兄弟互动，遵循“社会关系”逻辑，而不是“公司给你买量”“公司给你对接资源”这种资本逻辑，因此新生主播对整个家族欠下的是“情感债”而不是“资本债”。资本债是可以精算，可以偿清的，但情感债却不可以，与MCN签约的主播，可能在自身对利益的计算或公司对利益的算计下选择解约，并演变成相互指责的舆论大战，但师徒制下的徒弟却绝无这样的机会。受到“一日为师，终身为父”的社会风俗影响，“徒弟”离开“师父”，往往会导致其影响力一落千丈。这是由于，在这种孵化模式下，每个主播的早期核心粉丝，都是直接从上一代主播那里继承而来，“我是看在你师父的面子上才关注的你，现在，你连师父都背叛了，我怎么还会帮你呢？”

直播家族制的本质是数字孪生的塑造，厘清这一核心之后，确实很难指责这种制度是一种封建残余，因为它真的比公司制更好地解决了网络直播行业最本质的矛盾。它用一种虚拟的家庭关系，将资本方（父）、人（子）、消费者（屏幕前的家人们）圈成了一个利益共同体（我们大家族）。在利益共同体内部，资源分配的效率没有明显下降，但利益分配的公平性却优于市场逻辑，并且利益共同体的稳健性也得到了显著提高，得以不断壮大自己抵御外部资本（平台）的盘剥。

当然，这也不是全然没有坏处。现代企业的优势之一是风险控制，而对于师徒制来说，由于利益共同体内部关系紧密，十分容易出现一损俱损的现象。比如说导致辛巴元气大伤的“假燕窝”事件，缘起于辛巴的一个徒弟而不是辛巴自身，但“子不教，父之过”与“一日为师，终身为父”同属师徒制的内在要求，因此辛巴在事件风波之初无法像其他网红公司那样“道歉，开除，切割”，只能为徒弟辩护（狡辩），进而同时毁坏了自己的商誉。但我并不觉得这是师徒制的根本缺陷，如果能在这种师徒制度中引入更多现代化的治理手段，是完全可能避免这种风险出现的。

如果现代性指的是我们要用工业化、世俗化、理性化的方式去推动社会的高效运转，就应当承认在直播这一领域，脱胎于传统封建师徒制的发展模式，远比所谓工业化、世俗化、理性化的“现代企业管理制度”更为高效。

然而，亦如李子柒，这种赛博家族制度得以存在的基础仍是高度现代化和数字化的当今世界，因此赛博家族制度也是前现代性碎片在现代社会的发展，而不是简单复辟，是后现代的一部分，而不是前现代的。

独尊现代企业制度可能是一种迷信

直播领域师徒制的发展，提示我们注意一个问题：主流舆论对师徒制、家族制等制度存在极大偏见，又对现代企业管理制度有着极大的迷信。在关于快手直播家族的报道中，几乎找不到任何正面报道，甚至没有人愿意去客观分析一下师徒制成功的因素。因此，尽管这些批评报道自恃是理性的，代表现代社会道德观的，但其出发点却是非理性的，不够客观的，前现代的。

与之类似的另一个更宏观的现象，是舆论对家族企业的污名化。

改革开放之后，家族企业一直被认为是一个贬义词，因为它与现代企业制度几乎完全相反。现代企业制度，是指在现代市场经济条件下，以规范和完善的法人制度为主体，以有限责任制度为核心，以股份有限公司为重点的产权清晰、权责明确、政企分开、管理科学的一种新型企业制度。而在家族企业中，血缘与亲情这种非科学、非理性、非权责分明的因素，却占有极为重要的地位。

然而，认为家族企业组织形式并不重要乃至落后腐朽，是一种现代化的骗局。

家族企业仍是这个世界上最重要的企业组织形式，美国学者克林·盖尔西克（1997年）认为："即使最保守的估计，也认为家庭所有或经营的企业在全世界的企业中占65%到80%之间，世界五百强企业中，有40%由家庭所有或经营。"作为改革开放至少前三十年重要学习对象的美国和日本市场中，家族企业都扮演极为重要的角色。根据统计（2000年），家族企业占据美国GDP的64%，创造了该国62%的就业机会。在日本，家族企业占据更主要的位置，人们所熟知的松下、本田、丰田、三井等，都是家族企业。

这其实并不难理解，因为现代企业管理制度本身就是一个极为现代、仍在不断自我修缮和验证中的制度。现代企业管理制度存世的时间，远远短于企业存世的历史。十四世纪起，欧洲开始出现工场手工业，这被称为资本主义的萌芽，资本和企业正式在人类历史的舞台登场。四个世纪后的1769年，人类历史上的第一个现代企业由理查德·阿克莱特在英国诺丁汉创办。但直到二十世纪末，被称为管理学之父、现代企业制度之父的彼得·德鲁克才首次完成对现代企业管理制度的归纳和总结。而他对家族企业的看法也十分谨慎，到其晚年，也就是1995年出版的《巨变时代的管理》中，才提出了对家族企业的管理原则。

在这本书中，彼得·德鲁克写道："世界各地的大多数企业，都是由家族控制和管理的。……然而，管理书籍和管理课程几乎完全涉及公有和专业管理的公司——它们很少提到家族管理的企业。"

德鲁克给家族企业总结了三个准则：

一、家庭成员不能在家族企业工作，除非"他们至少和任何非家族雇员一样有能力，并且至少和他们一样努力工作"；

二、无论有多少家族成员在管理企业，一项最高职位"总是由一个不是家族成员的局外人担任"；

三、除小型家族企业外，公司和组织中的大多数成员"越来越需要为关键职位配备非家族专业人士"。

这本书面世二十七年后，也就是彼得·德鲁克逝世十七年后，并没有很好遵守这三条规则的老牌资本主义国家的家族企业，反而变得更加强大了。而自以为"弯道超车"，从最初就选择了"最科学""最理性""最现代"管理方式的新中国第一代民营企业，正在面临非常令人沮丧的接班人问题。

中国在1978年改革开放之后逐渐有了私营经济，在1992年全面施行市场经济之后有了大量私营企业。能在大浪淘沙中活到现在的第一代中国企业是非常可敬的，但无论是

1984年成立的联想、海尔，又或者是1987年成立的华为，都面临非常尴尬的接班人问题。其中又以联想最为明显，联想创始人柳传志曾在2004年也就是自己六十岁时“准时退休”；2009年，柳传志重回管理一线拯救困于危机中的联想；2011年，柳传志辞任联想集团董事长一职，专注母公司联想控股的管理；2019年12月18日，七十五岁的柳传志才终于得偿所愿地正式退休。

当然，还有许多其他的例子。九十年代诞生的中国企业家，由于受到当时盛极一时的全盘西化和现代企业管理理论的影响，几乎都不曾设想过让自己的血亲接班这件事。即便是排除那些“无能”的富二代，许多企业家也执意将自己极有天赋的子女培养成艺术家、科学家或文学家，而没有在他们的人生规划中将“接班”作为最重要的优先事项。这一点，在中国最成功的那些第一代、第二代民企中最为明显，因为这些民营企业之所以能在改革开放初期的激烈竞争中胜出，正是因为创办这些企业的创始人比别人更全面地吸收和运用了现代企业管理理论。

然而，这种全面的吸收，或者叫“全盘官僚制（科层制）”，也造就了他们如今的接班人尴尬。这些企业家一心想把自己亲手创办的企业直接交给职业经理人管理，却忽视了职业经理人制度往往是家族企业无法正常传承时才会选择的下下策。在实践中，西方的家族企业，除非血亲无法胜任工作或没有适龄血亲，否则是不会随意启用职业经理人作为企业第一负责人的。因为正如主播与MCN之间的利益冲突一样，职业经理人也不会将任何企业当作自己的终身事业。他们的人生目标与企业的长远目标（如成为百年企业），往往并不一致。尤其对大型上市公司来说，职业经理人既不是商业逻辑中的“大股东”，也不是精神上的“公司创始人的后代”，实际上是公司“完全的他者”，一个“随时可以离职的职工”。

职业经理人的基础逻辑是为自身牟利，为公司牟利只是为自身牟利的路径；而血亲继任者则承担着为家族（企业）牟利的道德责任，其次才是为自身牟利。将基业长青的百年愿景寄托在一套制度上，本身就是“非理性”的，因为现代企业管理制度诞生到现在甚至都还没有超过百年。我们都记得当比尔·盖茨完全退出微软的时候，企业遭遇了怎样的阵痛，而苹果至今仍在这样的阵痛之中。彼得·德鲁克在二十世纪末所提出的关于家族企业的管理原则，事实上至今仍在验证当中，不应被奉为圭臬。

过分强调经济契约在现代社会中的作用，可能是中国第一代、第二代企业家所走过的一段弯路。毕竟，避免“任人唯亲”与倡导“举贤不避亲仇”实际上并不矛盾。我们甚至发现，从前现代社会中寻找改良现代企业运作的方法，可能是一种非常合理的路径。其取决于我们是基于现代性思考，来批判性地吸纳前现代社会的实践经验，还是试图“复辟”前现代社会实践。

2021年，诸多大型公司受到“铁拳的制裁”，而其日常的社会价值探索和企业社会责任机制也并没有起到良好的作用。这可能就是企业在全盘官僚化的过程中所走的一些弯路：中国的企业并没有意识到自己在对什么样的社会负责，而只是大干快上地抄起了CSR和ESG的作业。

1924年，英国学者奥利弗·谢尔登在其著作《管理哲学》中，首次提出了“公司社会责任”（Corporate Social Responsibility）。这是目前业界可查的最早关于CSR的描述。二十九年后，被称为CSR之父的霍华德·R.鲍恩出版了《商人的社会责任》一书，CSR理念正式进入公众视野。

企业社会责任强调，企业除了为股东（stockholder）带来利润外，也应该考虑利益相关者（stakeholder）的利益，典型的利益相关方包括员工、管理者、供应商、政府、顾客、媒体等。股东与企业管理者仅作为内部利益相关者，是企业需要对其负责的角色之一，而非全部。

利益相关方框架是没有问题的，但只考虑“利益相关方”，会让企业在做出一些决定时忽略“利益不相关方”。

最简单的例子，网约车之于老人。根据经典利益相关方分析，老年人可能只是弱势群体中的一个子集，并且由于与公司和业务的潜在客群过于不相关，因此很多互联网企业都在其发展中忽视，甚至侵犯了老年人的利益。老年人难打网约车这个问题，不是由网约车公司的主观恶意造成的，它只是技术应用发展的一个客观结果，但由于老年人群体在商业领域确实不是一个高净值人群，在网约车公司的利益相关方框架里，会忽视老年人群体的存在。然而，当网约车成为主流后，在大街上扬手招停出租车又会变得困难，客观上侵犯了老年人的利益。网约车提升了城市路面运输的效率，为其潜在客户（可能是总需求的大部分）带来了便利，提高了就业，降低了车辆空驶……这些都是网约车这个产品形态存在的正当性，不应当因为它忽略了老年人的利益而苛责网约车业态。但网约车行业确实需要拥抱老年人群体，才算尽责地履行了自己的社会责任。

也许在网约车公司中，会有一些个人在发展过程中意识到这个问题。但我们知道，依靠个体道德的驱动力对抗整个商业社会的利己性总是螳臂当车。甚至对于具体的某个公司来说，会否认这种道德上的指责，因为依照传统的CSR框架，他们认为自己已经做得非常好了，“对社会非常负责”。

最理想的状态，是我们需要一种新的分析框架来帮助企业，或者说，我们的企业判断需要向哪些主体负责。在这个时候，中国传统社会中的“五伦”会是一个重要的参考对象，也就是电影《花木兰》里被吐槽的那个“忠、孝、悌、忍、善”。

我要说的不是这五个字，而是这五个字的位置。“忠、孝、悌、忍、善”是古代中国人用于描述当时社会五对主要人际关系的词，它对应的是君臣、父子、兄弟、夫妇、朋友。也就是说，“忠、孝、悌、忍、善”是君臣、父子、兄弟、夫妇、朋友这五对关系的理想状态，至少在古代是。如今，不必再遵循“忠、孝、悌、忍、善”，但仍应思考企业如何处理君臣、父子、兄弟、夫妇、朋友之间的关系。在儒家理念中，五伦覆盖了古代中国人日常最需要关注的五个关系，这与脱胎于启蒙运动后西方社会形态的CSR有着巨大的区别。

这可能是导致CSR的利益相关方模型在中国失效的重要原因之一。

举个具体的例子，如果你看过星巴克掌门人霍华德·舒尔茨的创业自述《一路向前》就会发现，星巴克在CSR中一个最重要的维度是“社区”，这甚至是他创办星巴克的最初原因之一。曾在美国贫民窟生活成长的舒尔茨一直希望能够创办一家企业，这家企业能为美国贫民窟中受教育程度较低的年轻人提供一个体面的、可成长的工作，改变这些贫民窟不断扩大的宿命。这个使命确实很伟大，如果你从头到尾读了那本书，甚至真的能理解为什么星巴克足以被称为一家伟大的企业。

但问题是，星巴克所“押注”的这个利益相关方群体，在中国几乎从不存在。抛开“小区”不说，“社区”一词的文化概念，是指“聚居在一定地域范围内的人们所组成的社会生活共同体”，但中国自古以来就没有这种社区的概念。由于没有经历过美国西部淘金热、欧洲民族大迁徙和第一次工业革命时农民脱离土地等过程，在中国的土地上，传统意义上“聚居在一定地域范围内的人们”所构成的，一般是“宗族”而不是“社区”。如果仍不能理解，你就想想看中国地图上，那么多张庄、李村、王家坡。也就是说，中国地图上聚在一起的人，大多数是有血脉关系的。像“社区”这种，既生活在一起，又没有紧密血缘关系的社会形态，本身在中国就不常见。因此，许多生活在钢筋混凝土丛林里的年轻人说“中国失去了社区氛围”，这是完全错误的。中国从来不曾存在西式中产阶级所向往的那种社区氛围，而真正本土的“社区氛围”又或者说宗族或乡村式熟人社会，绝对不是年轻人受得了的。

在中国，一家企业，无论是现代还是过去，都没有责任为陌生的“社会底层”提供救济或工作机会。如果它做到了，那也只是锦上添花，除了被它救济的人，别人不会因此对其产生太大的好感。然而，在五伦的作用下，中国的企业却会有另一种责任，那就是“振兴家乡”。按理说，企业是没有家乡的，但企业家有家乡，而且对人的这种道德要求也会投射到企业家所创办的企业上。我们经常会看到一些知名企业家在异地创业成功后，回家乡投资，此时整个家乡从民间到政府都会夹道欢迎，满面生光。而那些没有，或还没来得及回馈家乡的企业，也总会被家乡政府在各种场合酸溜溜地提到“本县走出了×××等知名企业”，仿佛在催企业家“回家看看”。

这是由中西方完全不同的社会构建过程所导致的，也是不同的前现代社会塑造了不同的现代社会。对西式CSR框架的这种生搬硬套，往往会让中国企业在CSR领域花费巨大却收效甚微。

我并不认可要重申“五伦”所倡导的人际关系，“忠、孝、悌、忍、善”在当代社会已经不再受到年轻人的认同，因此重点不是“忠、孝、悌、忍、善”，而是“君臣、父子、兄弟、夫妇、朋友”。前者是中国古人认为后者五种关系的理想状态，当我们提及五伦时，不是赞扬古人定下的那种理想状态，而是要重视那五种关系本身。

尽管在现代社会，我们的人际关系不再只是这五对，但在前现代中国，人们也会将家庭以外的关系简化为家庭关系。夏光的《东亚现代性与西方现代性》中曾写道：“所有非家庭关系（如君臣关系和朋友关系）都可以在这五种关系中找到与其类似的关系。例如，父子关系（和君臣关系）还可以延伸到师生关系、师徒关系、上下级关系、雇主和雇员的关系以及年长者与年轻人的关系等，而兄弟关系（和朋友关系）同样可以延伸到邻居关系、同乡关系、同事关系、同学关系以及由此类推的其他形式的熟人关系。不仅如此，在儒学世界中，人们还会自然而然地把各种非家庭的社会组织村庄、行会、学校、寺庙、国家乃至黑社会等一一都看作是与家庭类似的。的确，在儒学世界中，人际关系或多或少被简化为家庭关系。”

比如996这个问题，在中国一直存在一个比较奇怪的现象，那就是痛斥996的往往是没在996的人。因为虽然在一家公司内996是没有选择的，但总还是有不996的工作可以选择；而一个人，既然已经选择了996，他其实在很大程度上就已经认可了自己是用更多工作时间换取相对高于同行的工资，因此996的人与996的企业之间，实际上形成了利益协同效应。无论怎么在企业内调查，都会发现员工其实还是蛮喜欢996的（只要给够钱）。这在传统的CSR框架里会认为，员工这个维度首先是想要赚更多的钱，996在很大程度上实现了这一点，那下一步就会变成“如何让员工健康地996”。所以你看到那些996公司，一般不仅工资比不996的同行要好一些，连一些额外的福利也更好，比如免费的早中晚健康餐、健身房、淋浴服务、按摩推拿服务甚至商业二次保险等。但无论企业如何增加福利，员工的父母、夫妻、子女、朋友，可能都不满意。而这些人，并不是企业的“利益相关方”。由于员工“自主”地选择了996，甚至可以说是员工主动帮助这些人与企业切断了“利益相关关系”。

这就是“利益相关方模型”与“社会关系模型”之间的区别，利益相关是人或企业的主动或被动的选择，而中国传统社会关系则包含着大量无法剪断的缘分。我们可以改变这些缘分的缔造机制（去封建化），但斩断缘分本身在现阶段仍是不可能，甚至不应该的。

“文艺复兴”还是“封建复辟”？

无法被对象化的

2021年9月2日，千万级粉丝网红郭老师的抖音账号被永久封禁。郭老师在微博小号发出抱怨，随即微博等其他账号也被封禁。郭老师的时代正式落幕。

与其他拥有相似影响力的网红或明星被封杀引发的热度相比，郭老师的赛博死亡，与她的影响力完全不般配。在微博、知乎、微信公众号等以图文为主的平台上，郭老师的影响力非常弱。在这些平台上，有些人是在郭老师被封杀后才听说的她，以为她只是又一个资本运作下的扮丑网红被铁拳砸了，对此更是漠不关心。更多的人表示，从来没有听说过郭老师。

但在抖音、快手、B站等视频平台上，郭老师在过去三年里的影响力，甚至远超许多拥有亿级粉丝的公众明星。

怎么能向从不刷短视频的人，说明郭老师的影响力呢？

你可能没有听说过郭老师，但一定听说过郭语。在表示惊叹的时候说一句“耶斯莫拉”，把草莓说成“粗煤”，把姐妹们说成“集美们”。这种在短视频平台最流行的异化汉语，正是出自郭老师之口。如果你对这种语言的流行程度表示质疑，那么应该去问问2000年以后出生的年轻人，在他们那里即便是不刷短视频、不看郭老师的人，也一定听说过郭语。就像是火星文、非主流之于八零后和九零初，或加入、或仰慕、或鄙视，但绝无可能没听说。郭老师创立了郭语，但不只郭老师在使用郭语，郭语广泛地被年轻一代群体使用。

但郭老师的魅力，与非主流和火星文又截然不同，因为她极难被定义。在郭老师被封杀的很长一段时间里，我都在等待一篇严肃媒体对其盖棺定论式的总结报道，寻求相对官方或相对严肃语境下对郭老师的准确定义。最值得一读的，是《中国青年报》郭玉洁的《“郭老师”消失后》一文。但与以往盖棺定论式的人物报道不同，即便是这篇六千字的文章，也没有说清“郭老师是什么”或“郭老师为什么红”。

因为，在极度类型化、标签化、人设化的网络时代，所谓经常扮丑的郭老师身上的标签太多了，以至于没有任何标签可以概括——

郭老师会扮丑，会在镜头前发出歇斯底里的怪叫配合郭语；

郭老师会在直播中突然闻袜子，因为突然就想闻了，就像很多普通人会做，但不会在镜头前做的那样；

郭老师会先把某个顶流明星骂一顿，然后再尖叫着跪下给对方和对方的粉丝道歉；

郭老师会完全没有偶像包袱地让她的大几百万粉丝帮忙在拼多多砍一刀，她可能是全网唯一通过砍价在拼多多0元买到iPhone 12的人；

有时，郭老师又会突然被理性的光辉笼罩，说出一些人生哲理，然后下一秒又恢复疯癫对你说“死不死啊你”。

出生于1994年的郭蓓蓓在欠下外债之后，于2018年变成了网上的郭老师。从爆红到被封杀，长达三年的时间里，郭老师始终无法被贴上一个现代汉语中简洁有力的标签，以概括她的所有特征。你要研究或批判一个事物，首先要描述该事物，但描述郭老师是什么，本身可能就需要几百上千字。在她被封杀之前，甚至没有任何主流叙事的主导者认为她值得被用几千字来描述。除了少数极其出格的扮丑瞬间，大多数情况下，郭老师吸引人的，反而是她将那些正常来说绝不可能在公众面前做的事情在公众面前做了。比如闻脚，闻袜子。就好像是说，我们的生活由吃喝拉撒构成，但在网上我们只会看到吃喝，郭老师将剩下的两个字补全。

这种反标签化，甚至延伸到了商业层面。尽管拥有千万粉丝，但郭老师没有走上与MCN签约进行资本化的道路。她赚钱的方式十分朴素，在直播里直接对粉丝说“穷死了，行行好吧”，或者“集美们，我要换手机了，快来帮我砍一刀”。

就连她被全网封杀，似乎都找不到一个合理的、一锤定音的“缘由”。2021年4月25日，郭老师去南京旅游，与一贯的风格类似，她像一个普通游客那样规划了自己的行程，坐火车抵达南京，住夫子庙附近最便宜的如家酒店，在南京市内出行坐的是地铁。但失控来得十分突然，有人在酒店认出了她，然后消息迅速在南京本地的粉丝群传播，人越聚越多，堵住了夫子庙附近的路，有人从郊区坐地铁一个多小时前来围观。造成交通拥堵后，郭老师和家人在警察护送下从酒店后门离开，连夜坐七小时的绿皮火车回到河北沧州的老家。事后她在直播中说："我给大家下跪，我很害怕，（万一出了事）我这条狗命都赔不起，你们都非常金贵。老铁们都散开好吗，咱们该吃吃该喝喝，咱们买点麻辣烫。"

北京师范大学新闻传播学院副教授姜申说："对于像郭老师这样低学历人群中的明星形象的研究和关注，在学术的语境中，或在主流媒体话语中是缺位的。"这种缺失，极大程度上是符号学上的缺失。你在给别人推荐、介绍、描述郭老师的时候，很难用简短的几句话来概括她。就连在《中国青年报》这篇尘埃落定式的报道中，也没能找到这样的表述。

许多人将郭老师定义为"抽象"网红，这恰恰是不准确的，郭老师之所以无法被描述，正是由于她完全无法被抽象。郭蓓蓓没有被抽象成几个标签组成郭老师，而是包含衣食住行吃喝拉撒等人的具体元素，并以一个整体的形式被搬到了网上。因而，任何一个评价网红的体系都难以评价郭老师，你永远不知道郭老师的下一个直播或视频要发什么，或突然以何种形式给出带有理性碎片的人生哲言。因此郭老师成了一个活着的"海贼–王路飞"，一个快手抖音世界里的女尼采。

这在如此擅长贴标签的互联网时代是十分罕见的，从这个角度来说，郭老师是个成功的反标签主义者。我们都反感把人标签化，但真正在网络中有影响力且不被标签化的人，郭老师就算不是唯一，也是极少的几位了。因为在一个结构化的现代社会里，一个纯然的人是不被允许存在的。

2021年，因为个人工作的关系，我开始关注中国的文化出海。每天至少要将一半使用社交网站的时间，从微博、抖音、快手，换到Reddit、Twitter和Tiktok。在这个过程中，我发现了一个并不全新，但确实十分值得一提的现象：墙里开花墙外香。李子柒便是其中的典型代表。

李子柒在国内首次“出圈”，是在2019年末。那时中国网民首次意识到有一位生于中国，长于中国，并现在仍在中国的视频博主，在YouTube上拥有接近千万的粉丝，与美国主流媒体CNN类似。仅从粉丝数量来说，更是全面高于中国的整个官方英文媒体矩阵。但随之而来的，就是微博上铺天盖地的争议。简要概括无非就是，李子柒制作的农家视频并不能代表目前真正的中国，她迎合了西方对中国农业国的刻板印象，因而这样的外宣网红还不如不存在。但这种说法显然忽略了，除YouTube，李子柒当时在微博也有2179万粉丝，在B站则有341万粉丝。这意味着，李子柒在任何一个平台都算得上是头部博主。与其说她迎合的是西方对中国农业国的刻板印象，不如说她迎合的是人类这个物种对田园美好生活的刻板印象。

这种田园美好生活当然是虚假的，因而在她的身上出现了后现代的意义。现代性的特征之一是断裂，即通过理性与科学技术，与前现代社会低效的生产力水平、压迫性的生产关系和蒙昧文化决裂。而后现代思潮，则是从这种断裂中寻回一部分精神内核的过程。李子柒满足了人们对进入现代社会前的中国美好部分的向往，但她的实现方式是现代化的、工业化的；她装扮成一个曾经的富农阶级，但只有身为一个自由的、平等的、无奴役关系的工人阶级才有可能达成这一点；她的作品浓缩了封建社会小农经济的文化精华，但这种作品仅在市场经济基础地位得到确立的当下，才得以被人欣赏。

在二十年前，甚至是在十年前，我们都难以想象李子柒或类似的人能获得成功。因为只有充分现代化、工业化、经济发展的现在，李子柒这个来自四川绵阳，家境并不殷实的九零后女孩，才有机会去实现自己成为或扮演为一个“富农”的梦想。

因此，李子柒的成功在国内引发了巨大的争论，这种争论本身就是后现代思潮与现代性的交锋。

对李子柒称赞有加的人认为，一个李子柒带来的文化传播效果某种程度上超过了官媒的整个外宣矩阵，她为观众带来了理想中的农家之美与内心平和，团结了所有曾经重农主义的亚洲地区。但对李子柒加以否定的人，则质疑她迎合了西方对中国封建社会的刻板印象，她本身就是一种封建落后的代表。

然而，封建制度和封建文化是两种完全不同的东西，前者专指在特定生产力条件下人与人之间的关系，这种关系往往有着压迫性；封建文化虽然诞生于封建关系之下，但我们是有能力将生活方式、文化与具体的生产关系进行“脱域”的。

先跳开李子柒，转而去关注另一个例子。在北上广深等大城市，近年来流行一种全新的周边游业态：城市中的消费者向远郊区县的农村集体农场支付一定费用，承包一块菜地，平日会有农民来为这些菜地做日常维护，在播种、收获等关键的时间节点，消费者可以亲自来体验种田的快乐。

如果你向身边家有小学子女的朋友询问，他们大都听说过这种业态。因为作为一种亲子活动这实在是十分完美，只需花很少的钱，就能为小朋友找到一个四季可去的游乐场所，还颇具教育意义和互动价值。将这个活动抽象来看，消费者缴纳一部分钱，向农场这个“地主”租赁一块地，然后还要向农场租赁耕地用的生产工具，最终获得少量的农产品。这是对封建农业生产关系的复兴么？显然不是。因为这项服务被现代化包装为一个商品，一种体验式的商品。在包装之外，作为一个商品，它不存在任何压迫，消费者与农场之间遵循市场的自由交易原则，平等、自愿、互利互惠地达成了购买与售卖的关系。

事实上，这种业态被称为“休闲农业”，是中国目前许多城市大力鼓励的行业，因为这种业态能够更好地解决城市周边零散农田无法形成规模种植效应的问题——这些土地原本也产不出多少农作物，但当地农民又渴望赚更多的钱。在这个业态中，城市消费者获得了归园田居的体验，农民以更高的价格售卖了农产品，当地村镇获得了发展旅游业的可能性，可以说是所有人都受益了。

李子柒也是如此，她展现了一个中国古代富农的美好生活，但支撑这一美好生活的恰恰是我们强大的工业化体系和现代商品流通机制。在李子柒历时三个月打造一支精美的螺蛳粉制作节目的过程中的每一天，她吃的都是机械化农业生产出来的柴米油盐酱醋茶。通过展示这种“落后手工艺”下制作螺蛳粉的过程，她唤起了人们对螺蛳粉这种食物在精神层面的好感。而李子柒所售卖的速食螺蛳粉，则在某种程度上代表着食品工业最先进的水平——螺蛳粉的速食化是一个艰难的过程。也因此，在李子柒所构建的富农生活中，不存在被压迫的佃户，也不存在被剥削的贫农。她只是文化符号上的富农，不是生产关系上的富农。与之相反，在生产关系上，她甚至比辛巴和其他短视频平台上的土味网红都要来得现代化、产业化。

李子柒与许多后现代符号一样，她利用一系列现代化的手段，满足了人们内心试图寻求前现代社会简单、朴素、自然、慵懒的主观体验。尽管这些体验在真正的前现代社会代表着单调、枯燥、饥饿，甚至死亡。

这种将前现代社会美好一面脱域出来的行为，当然是片面的，但它是否真的值得批判呢？

“封建”的脱域与再嵌入

在过去两三年里，舆论场上有两种非常矛盾的声音。甚至在某种程度上，两种声音来自同一批人群：一方面，我们总是听到对来自本土的，Low的，下沉市场所孕育出的数字内容猛烈抨击；另一方面，又总是对出圈后的传统文化内容毫不吝惜赞美。

在大众舆论场中，什么算是传统文化，而什么又是封建残余？我并没有从中看出显著规律，但总体来说，当下大众更喜欢阳春白雪——亦即曾经的统治阶级——的传统文化；而更倾向于将下里巴人——亦即曾经的受压迫阶级——的那部分斥为封建残余。这似乎与“传统文化”和“封建残余”的字面定义截然相反。承接郭老师与李子柒，我们要讨论的问题是：封建文化的脱域与再嵌入为“传统文化”。

脱域，是英国社会学家安东尼·吉登斯提出的学术概念，指社会实践不再受到由其所产生的地点、时间和历史背景的限制的一种状态。用知乎上署名“奔跑氧”的一个回答来通俗解释什么是脱域：“在前现代社会中，泼水节是傣族人在特定的时间和空间中举行的活动。而在现代社会中，泼水节从傣族日常生活中抽离出来，可以随时随地举行。”其中，随时随地可以举行、不再承担其原有的生产生活意义，可被视为“脱域”。为吸引到更多游客，在旅游团到访时作为一种民俗展示而呈现，则是与脱域对应的“再嵌入”。

之所以在这里引入脱域与再嵌入的概念，实际是想说明：当我们面对社交媒体上汹涌蓬勃的“封建复辟”和“文化倒车”时，总还是要分辨一下哪些是真正的封建复辟，而哪些则是通过对封建社会文化的脱域和再嵌入实现的传统文化复兴。

如果以是否脱域和再嵌入来区分什么是封建复辟什么又是文化传承，可能会化解我们当下的很多争论。

一个典型的例子是抚鬓礼。对清宫剧比较熟悉的人，都会对剧中诸位女性角色甩手绢的礼节有比较深刻的印象。无论是《还珠格格》，还是在《甄嬛传》里，清宫之中的妃子贵人们见面，往往会轻轻下蹲身子，然后将手中的手帕向身后甩去。仔细想一下，会发现这个礼节有诸多不合理之处，其中最大的冲突在于它并不雅观。即便不如“小燕子”那样大大咧咧，白色的手帕甩得稍微大力一点，都像是跑堂的伙计而不是大清的格格。

这其实是因为，这个向后甩手帕的动作，是现代清宫剧中对原始礼节进行大幅削减之后的原创礼节。它的原型是满族抚鬓礼或蹲安礼，敬礼的要点也不是甩帕子，而是“蹲”。在一个对长辈或上位者的正规蹲安礼中，敬礼者需用右手指从眉上额头至鬓角，连抚三下，随后点头目视；同时，双脚平行站立，两手扶膝弓腰，膝盖略屈如半蹲状。蹲安礼的出现与“三寸金莲”“寸子鞋”等的流行密不可分，这些束缚足部活动的传统，使得女性难以迅速做出下跪再起立的动作，才从跪礼衍生而出。失去这些实际的约束后，在文化作品中，蹲礼成了纯粹的文化符号，为满足影视剧画面丰富的需要而加上了甩手帕的动作。

你很难说，在影视剧里手帕乱甩的抚鬓礼是一种“封建文化”，因为如果这样行礼的女性真的生在清朝，定会因为轻佻放肆而被惩罚。因此，礼仪的变迁甚至回潮，并不一定代表着生产关系的变迁或回潮。

举一个更没有争议的例子：在新冠时代最初的那段时间，有人提倡用作揖取代握手作为见面礼。若不是中国本土在前两年较为成功地控制了疫情，这可能会成为现实。

作揖是古代汉人一种典型的礼仪，最早大约可以追溯至周朝。但《周礼》中的作揖有着比较浓重的封建生产关系色彩，它依据见面双方的关系与地位，将作揖的形式分为土揖、时揖、天揖、特揖、旅揖和旁三揖。如果以《周礼》中如此复杂的原教旨主义作揖来看，它确实不如握手“现代”，因为握手虽然也有一些注意事项，比如男性与女性握手时要轻握不全握，但总体而言握手在动作上更体现了双方的平等。

问题是，作揖礼在漫长的去封建化过程中，早已失去其在《周礼》中的复杂性，对于现代中国人来说，作揖的意义与握手几乎是相当的。而更为关键的是，握手这种接触式礼仪在现代医学崛起之后一直受到医学界的诟病，因为握手除了带来友谊的交融外，还带来一场充分的细菌病毒大交流。早有西方人在2014年的研究中发现，碰拳、击掌和碰肘，都比握手传染病毒和细菌的可能性更低。还有研究发现，甚至是贴面礼都比握手更符合现代卫生习惯，毕竟你不会用你的脸四处乱碰其他东西。在美国的许多医院和医学院，会要求医生和学生在大部分场所禁止握手，并用其他礼节代替，比如碰肘或碰拳。但这些礼节的通用性不高，因此握手一直大行其道。

作揖没能在短暂的回潮中成为取代握手的新礼仪，但由此引发的一个值得探讨的问题是：如果我们真的用作揖取代握手，这是一次"封建复辟"么？我认为不是，因为作揖作为一种封建礼仪加强封建生产关系的作用在现代社会已经失效。同时，作为一个高效的现代社会，我们应当理性地选择对社会更有益的社会行为。也就是说，在对卫生安全要求越来越高的未来，应该认为作揖是比握手更为"现代"的礼仪方式。

但值得注意的是，要警惕在后现代性中试图真正复辟封建关系的那些人。比如在作揖这个例子中，如果有人拿着《周礼·秋官司仪》来要求每个人，那这个人就是想要复辟作揖的封建生产关系意义。同理，我们没有办法对所有的传统文化进行完美的脱域与再嵌入，因为这种文化现象的存续，必须建立在让活生生的人受到压迫的基础上。

这涉及我们究竟该如何对传统文化进行扬弃。

2018年初，快手主播牌牌琦被封杀，但这位主播创造的社会摇，直到今天仍在短视频行业有着一定的地位。社会摇中经典的甩手和花手两个动作，非常明显地借鉴了中国古典舞中两个最为基础的动作，盘手和小五花，尤其是后者。抛开牌牌琦遭封杀后被解构为搞笑元素的花手不谈，在相对正统的社会摇斗舞中，花手的转法有着明确的顺序，与古典舞中的小五花几乎一模一样。最大的区别是，社会摇中花手可以单独存在为一个主要素撑起一整段舞蹈，但古典舞中，小五花仅作为搭配的手部动作出现。这种区别也使得花手在短视频平台上成为一种“竞技项目”，人们比拼花手的速度，变成土味短视频或社会摇中一种带有社交属性的动作。

社会摇被封杀，可能并非因为它本身过于低俗，而是因为它在斗舞中所具有的社交属性，让本土的械斗文化有了抬头的趋势，并且有从乡镇向着城市蔓延的可能。

械斗文化起源于明清时期，其背景是根植于农村社会的宗族文化，但随着“土味系”主播在短视频平台构建了数字时代的新宗族，社会摇斗舞成为进城务工年轻人的冲突性社交方式之一。如果一切纷争能如《歌舞青春》电影一样在舞蹈领域解决，那自然是好事，但这显然是不可能的。线下的斗舞作为一种摩擦式的社交，更有可能进而引发械斗。这便是传统文化的扬与弃中“弃”的一例。

中国灿烂传统文化中的许多，是在当下人看来极不人道且落后的封建生产关系中产生的，加之中国的现代化进程是在近代史上伴随着列强压迫而萌发的，后来又经历了轰轰烈烈的政治运动，因此很多传统文化没有经历时间的洗礼，而直接从历史上被切断了。如今想要找回这些传统文化，找回中华民族的民族性，不可避免地会导致部分情况下封建元素的复兴。站在市民阶层的角度，它们中的许多或许是土味的；站在现代人的角度，它们中的许多或许是愚昧的；站在自由人的角度，它们中的许多或许是压迫的。但这是由于它们没有经过自然的、顺畅的现代化进程。由于中国近代史的多灾多难，它们中的许多像文物一样被原样深埋在中华大地之下，又在互联网时代被原封不动地挖掘出来，没有经历中间几代不同思想程度的中国人的打磨与改造。

那么，如何打磨呢？或许我们应该充分允许现代商业对传统文化进行解构和包装。将传统文化放进商品流通领域，尤其是与文化相关的商品领域，只有这样，才有可能在二十一世纪，重新筛选出那些真正值得保留到下一个时代的中国文化。

商品化是封建文化在当下这个时代“去其糟粕，取其精华”最常见，也是最自然的一种模式。但大众往往对这一过程有偏见，主观上表现为两个常见的相反的大众舆论：“太可惜了，这些老手艺都要失传了”和“资本、商家真是糟蹋老祖宗留下来的东西”。

然而，在一个商业社会，商品化与大众化往往是同义词。在衣食住行吃穿用度都需要花钱购买的时代，一样东西只有能被购买，并且有大量的人愿意购买，才证明它是真正大众化的，深受当下人们喜爱的。而一样古代的东西，在现代被大众化，则几乎一定意味着是“走样的”，或者说经历过脱域和再嵌入的过程。因为一项杰出的技艺、文化、产品，必定既是时代的，又是超越时代的。一件清朝的艺术作品，必须符合清朝的封建礼教，清朝的审美文化，才能在清朝得以创造和广泛称颂，为其流传至今奠定历史基础。但现如今我们要将它拿出来大众化的时候，又必须去除其可能会造成封建复辟的制度性内核。

汉服就是这样一个典型的矛盾的例子。

随着传统文化的复兴，汉服近年来发展迅速，但汉服爱好者中的形制党，实际上阻碍了汉服的再嵌入。原教旨主义的汉服爱好者，一方面希望汉服能在二十一世纪的中国（甚至不只是中国）最大限度的流行，但另一方面又不愿意在汉服的形制上做出妥协。这种诉求是不合理的，因为新世纪的普通年轻人，大多数的衣服既不是东方的，也不是西方的；既不是汉服，也不是胡服或西服，而是现代服装。简单来说，若不是印着宝可梦联名的皮卡丘图案，你很难说一件优衣库的T恤是“日本的”，因为一件T恤的“形制”就是两片或一片布简单地缝在一起。它满足了当代年轻人一秒穿衣，一秒脱衣，出门凉快，洗衣省水的生活诉求。纯色T恤，几乎是不带有任何地域或民族文化色彩的，甚至是与任何文化色彩互斥的，带有很浓的实用主义和现代性味道。生活中大部分消费者目前消费的服装，都带有这种特质。即便小红书上那些精致穿搭，无论日系、韩系、欧系，也都与这些地区的传统服饰有着巨大区别。

对汉服形制的改变，不是向西方文化或向日本文化妥协，它唯一需要的妥协是向现代性妥协，也就是怎么能让汉服变得好脱、好穿、不易被蹭脏，在四十摄氏度高温的深圳与海南不会汗流浃背，清洗、收纳都更方便。相反，如不做出这种妥协而固守形制，那么当下的汉服热必将再次熄灭，让汉服重新回到博物馆和演出场所。

因为，我们无法再营造出符合汉服的社会运转模式了，也就是说我们的社会不可能再回到宋代，更何况在宋代，如今形制党所追求的复杂汉服也不是人人皆可在劳作时穿着。

作为文化认同的一部分，本国服饰的消失、复兴与再简化，在日本几乎完整地发生过一次。

十九世纪末二十世纪初，日本明治维新时期，为区分大量涌入的"洋服"，"和服"一词正式出现。随着现代化服饰的普及，和服在一段时间的演进里刻意剔除了庶民、贫民等古代日本低下阶层人士的衣服，力求把大众对和服的整体观感提升至庄重美、高级感的层次，并且迅速成为仅有皇族和戏剧中才使用的服装，失去了其原本的生命力。但在"二战"后的现代，为了在经济高速发展的快节奏生活中满足身份认同，被视为简化版和服的浴衣和甚平开始重新流行。浴衣和甚平原本都是当作真正的“浴衣”或者睡衣使用的，但在重新流行的时代，它们被脱域并再嵌入到日常生活中，成为两种可以日常穿着且价格相对低廉的日本国族服饰。

因此，想要延续汉服的生命，唯一的出路就是汉服要适应现代社会。我们要考虑穿汉服时是否会卡进电梯缝隙，是否会在挤地铁时变形，是否在骑共享单车时卷入轮子，是否满足各种安检时“脱下外衣”的要求等等。为满足这些诉求，汉服的形制可能会被解体，带有汉元素的现代服装可能才是最好的选择。

在中国的其他消费品领域，这个过程正在以更快的速度进行。

商品与文化的互动

2020年4月，COVID-19的第一波疫情刚刚平稳，抗疫关键人物之一、复旦大学附属华山医院感染科主任张文宏的一番好心劝告却在互联网上引发轩然大波，甚至成为之后两年他被全网部分群体攻击的源起。这句引起争议的原话是：“绝不要给他吃垃圾食品，一定要吃高营养、高蛋白的东西，每天早上准备充足的牛奶，充足的鸡蛋，吃了再去上学，早上不许吃粥。”

将中国数千年来普通大众最喜爱的传统食物形容为垃圾食品，还劝告国人“不要吃”，引发文化层面上的争议是完全可以想象的。然而如果从垃圾食品的科学定义来说，粥，尤其是白粥，确实是毫无疑问的垃圾食品。

李录在其《文明、现代化、价值投资与中国》一书中，从经济的角度重新梳理了文明史，并将人类文明聚类为三个版本：文明1.0是采集狩猎文明，文明2.0是畜牧农耕文明，文明3.0则是以工业现代化为基础的文明。在他看来，促成文明3.0诞生需要两个要素，一个是科技（现代化），另一个是自由市场。

但这种文明的断代方式显然忽略了文化对文明的作用与反作用力。文明是大写的文化，但在“生产力决定生产关系，生产关系反作用于生产力”的简单模型中，忽视了文化的作用性。文化作为生产关系的一项附属品，由生产关系决定性地诞生，却不会反作用于生产关系，这就导致了经济发展中一直存在的文化漠视现象。笼统地讲，自中华人民共和国成立以来，无论是我们前三十年学习苏联老大哥，还是后四十余年学习西方和邻国日本，都是将对方的生产关系带着文化属性照搬过来，这加剧了生产关系变革中的不适症状，让原本的转型阵痛又加上一层水土不服。比如张文宏所陷入的这种早餐喝粥还是喝奶的歇斯底里式争论。

部分地方政府在过去几年中，做出了一些偏向保守的政策和管制措施，其中一些看起来匪夷所思，比如不允许商场在圣诞节和万圣节组织促销活动。政府并不是真的想不让卖这个，不让卖那个，想毁灭这个行业，想毁灭那个行业，而是对消费品上附带的文化属性感到焦虑。一个人早餐喝咖啡吃帕尼尼，不是一种文化，而只是一种个人消费选择，但一群人，大多数都喝咖啡吃帕尼尼，并且会拍照发在微博、抖音、大众点评和小红书上，这就会成为一种文化现象。

保守主义者真正的焦虑不在于晒咖啡的人太多了，而是没有人愿意在互联网上晒出自己豆浆油条白米粥的早餐，这造成了一种从草根民间到顶层官员对“全盘西化”的文化焦虑。随着经济的发展，民族性的觉醒，会有越来越多的人对这种全面照搬他国文化的状态感到焦虑。

中国不应该再照搬日本文化，但应当参考日本如何复兴自己的传统文化，以商品而非纯粹的宣传制品为载体，对传统文化进行筛选和复兴，勇于将传统文化再嵌入到现代社会的消费场景中，让年轻人接受。回到张文宏“劝奶”事件上，两年之后我发现，中国的部分商家找到了这“文化”与“科学”看似无解命题中的解决方案：做蛋白粥。2021年，新消费品牌WonderLab曾推出一种蛋白质含量高达22%的“速食米粥”，比市面上能买到的蛋白质含量最高的牛奶还高了七倍，并且将碳水化合物的含量降低了50%，让粥从垃圾食品一下跃升为高营养食品。而想要实现这种效果，依靠的则是更加发达的现代食品工业。用通俗的话来解释，它的制作方法是将大米磨成粉末，添加乳清蛋白和豌豆蛋白粉后，再重塑成大米的样子。这就是几年前网上嘲讽的分子料理工艺的真正价值。

在食品领域还有一例，是伊利的植选系列植物奶，以6%的蛋白质含量（约为普通牛奶两倍），解决了部分中国人确实厌恶喝牛奶，而传统豆浆的蛋白质含量又远低于牛奶的问题。

更进一步的现代化，并用现代化手段顺应传统文化，或许才是我们解决许多无解争端更好的方法。

没有人可以忽略中国消费品市场的巨大成长。

2016年，即这一轮消费升级起点的那一年，中国消费品领域最大的新闻，是无数中国游客到日本旅游时往回托运智能马桶圈。这在当年上了微博热搜。而过去的这六年里，一个显著的变化是，中国市场上几乎每个消费品赛道都出现了一到两个国产品牌，它们要么已经替代了自己赛道中曾经第一的外国品牌，要么正在替代的过程之中。

而另一个显著的特征是，“国潮”与“国风”在这一轮消费品变革的浪潮中占据了主导地位。

我看到过很多文章分析为何国潮与国风成为新国货的主角，但大多基于消费端进行分析，忽略了很重要的一些事实。这个事实是，自2016年以来的消费升级，并不是以国风商品打头阵的，相反，是以山寨日本品牌、产品和调性为起点。元气森林、名创优品和网易严选均在2016年成立，而三个品牌也都参考了日本文化。“消费升级”这个词，当时正是伴随着网易严选的上线而出现的，而网易严选最出圈的一次营销，就是做了一组海报，标榜自己的产品和日本无印良品几乎一模一样，但价格却明显便宜不少。

从生产力的角度来讲，消费升级出现得恰逢其时。

到2016年，中国改革开放已经三十八年，全面施行社会主义市场经济二十四年。在这段时光里，中国人凭借自己的辛勤汗水和聪明才智，成功地让中国成为当之无愧的“世界工厂”。尽管在高精尖产品的生产上，可能仍然有一些困难，但在毛巾、拖鞋、袜子、加湿器这样的商品上，总没有理由生产不出与进口品牌同等的水平。世界上大部分中高端日常消费品，也早已是made in China，而中国本土市场的爆发，等待的其实是中国自己消费者消费能力的提升。在那一年，中国人的消费力水平，终于达到了至少一部分人可以负担得起自己国家所生产的高质量商品。

最初的消费升级，机械地选择了过去中国品牌惯用的手法——抄袭与山寨，却忽略了中国消费者在消费能力提升的同时，消费伦理也在飞速发展，尤其对于重视个性的年轻人来说，他们要么买原版的国际品牌运动鞋，要么买独立设计师品牌的国产运动鞋，唯独对山寨国际品牌的国产运动鞋越发觉得索然寡味。这对于生产端来说是个难题，尽管中国在过去的一段时间里生产了世界上大多数的日常消费品，但其中由中国供应链直接设计的却少之又少。

2016年的消费升级企业，尝试使用简单复制的方法制造商品，遭到了中国城市中产阶级——他们的目标客户——的抵制之后，品牌和消费品制造商们迅速找到了一个不会侵犯任何知识产权的宝藏设计库，也就是中国的传统文化。中国不同朝代，不同民族，不同地区的古人，留下了大量精美绝伦的艺术品和文化符号，更具商业意义的是，你只要对这些元素进行简单的拆解和重构，它们就是完全免费的，不需要支付任何版权费用。设计一个极具创意的原创纹样可能需要聘请非常昂贵的设计师进行很长期的开发，但如果是一张卡通化的三星堆面具图案，那么只需几千元甚至几百元就能在网上找到兼职画手完成。

我曾经问过一个生产国风日用品的小厂长，将一个搭扣双层保温杯印上中国传统图案，是否真的能提振销量。他说并不一定，至少他们的决策逻辑不是这样的。他们之所以会在这件商品上印上传统文化的图案，是因为这是最低成本的制造出原创设计的方法。

这一发展策略并不独特，“二战”后的日本也曾经历过对欧美品牌的完全抄袭，之后逐渐过渡到将自己的传统文化融入其中，直到二十世纪八十年代的黄金时期，日本品牌才成功调和了自己本国民族性与实用主义之间的矛盾，形成了改革开放后中国消费者所熟知的“日系品牌”风格。而与日本不同的是，中国的消费品崛起在互联网普及以后。这种相对廉价并且不侵犯第三方的设计模式，又与互联网时代消费品的敏捷迭代策略相得益彰。《垄断的困境》一文介绍过这种模式，即通过大批量、低件数、设计微调的方式不断投放市场，以实现设计方案的快速迭代。

名创优品实际上就在使用这个策略，如果你持续跟踪过其某一款商品，会发现低价并非它的全部。比如在加湿器这个品类，名创优品最早推出的版本与无印良品的经典款几乎一模一样，但这个版本仅售卖几个月就下架了。尽管所有人都对无印良品的那个经典款奶白色超声波加湿器印象深刻，并且在日本本土市场的销售数量也证明了这款产品在特定市场的成功，但如果你在知乎、什么值得买和小红书等中国网站上搜索就会发现，这个经典款的原版在中国的口碑并不好。“山寨经典款”加湿器被下架后，名创优品的加湿器品类在两年里进行了至少五次迭代，最终确定了一个“适合中国市场的经典款”。

对照日本，我们当下的消费市场与我们的舆论场一样处于钟摆回调的那个阶段，因而会有许多不合时宜、看起来像是“割韭菜”的国风商品出现。随着消费市场的进一步发展，中国也将形成自己独特的现代商品和现代品牌调性。

这就是国潮与国风在消费品领域刮起旋风的供给侧故事。阻碍这一趋势的，恰恰是类似“汉服警察”的传统文化原教旨主义在各类消费品领域中的“频繁出警”。他们对原教旨传统文化的保护，“老祖宗留下的东西不能变”，实际上伤害了各类传统文化在现代商品社会重获新生的机会。

比如“茶包”这一商品和“下午茶”这一社交活动的错位与合流，简要概括，这两个事物虽然均起源于英国，但下午茶文化源自有钱有闲无处打发时间的贵族阶层，而茶包则是被发明出来满足底层工人在工厂中没时间泡茶的力巴商品，两件事物的起点不仅毫无关联，甚至有形而上的冲突性。但随着现代化进程的推进，英国的贵族阶层规模人数急剧缩小，工人阶级的空余时间多了起来，用茶包来做下午茶，成为一种可以被接受的客观事实。以至于在中国许多餐饮商家的“英式下午茶”团购中，甜品配立顿成了主流。这使得下午茶这一诞生于英国封建贵族的文化活动，在现代社会找到了自己立足甚至发扬光大的方法。

而这一切，要归功于没有一群英国的“下午茶警察”跳出来说，“你这个不符合安娜·玛丽亚夫人的敕令”。

谁在交智商税？

为什么论及消费升级的时候，我谈到的是名创优品、拼多多和直播带货这些形式？在此，需要以拼多多的发展历程，来讲解一下这个问题。

首先要思考：拼多多是消费升级，还是消费降级？

直接从结论来说，对于绝大多数拼多多的消费者来说，拼多多是消费升级。

拼多多之所以给人消费降级的印象，是因为所有在舆论场中评判它的人，往往与其用户处在两个不同的参照系中。如果天猫、京东、得物和其他城里人认可的高级电商平台，在某种程度替代的是城里的万达广场、凯德MALL和大悦城等商业综合体，那么拼多多所替代的，就是乡镇的集贸市场和小商品批发市场。在这些乡镇大集上，拖鞋、内裤、袜子、手纸、肥皂架、锅碗瓢盆等大量生活日用品，是没有牌子的白牌商品，这些商品不仅几乎无法溯源厂商，而且可能还存在大量的劣质商品。这些商品也曾经在淘宝大量销售，但随着2015年淘宝清理低端商家与商品，事实上同时放弃了这部分卖家和买家。

一个值得参考的事实是，在被诸多分析师认为电商市场已经饱和的2015年伊始，中国的电商用户总数只有3.6亿。当年9月，拼多多正式上线。而到2021年中，这个数字已经上升到了8.12亿。许多分析师当年认为的那些“绝对不可能学会绑定银行卡”的下沉市场消费者和老龄消费者们，在朋友圈和同学群的“砍一刀”中，学会了如何网购。

回到低价商品本身，你很难想象一个三线城市的消费者，原本要买三元一双的袜子，在淘宝清理了低端商家之后，他们就会买十六元一双的蕉内袜子。因为产业链的升级需要时间，消费水平的升级也需要时间，但并非如此这般大跨步的前进。而且，对于乡镇消费者来说，他们对消费升级的理解与城里人完全不同。城市消费者对消费品价格的衡量，在某种程度上是与居民收入锚定的，也就是随着工资从五千元上升到一万元，消费者会自然而然地认可周边的生活资料也有一倍左右的上涨。但在广大的农村和乡镇，由于他们大多直接参与农产品和工业产品的生产，对价格的锚定是产品的成本价格。也就是说，他们对消费升级的诉求不是十年前买三元的袜子，现在买十五元的袜子，而是十年前买三元的袜子，现在用三元买质量更好的袜子。因为在他们看来，随着各类生产资料的降价、生产技术的提高，同质量的袜子理应越来越便宜而不是越来越贵。

拼多多早期大量引入白牌商品生产商，说服他们注册自己的品牌，再通过大量的流量导入让厂家对其产生依赖。随后再不断要求厂商满足某些商品的质量标准，使得这些厂商改变了“我没有牌子，出现质量问题我就跑路”的思路，从而实现在不显著升价的情况下进行有限度的消费质量升级。

这便是拼多多之于它的用户的消费升级，我称之为通缩型消费升级。

在传统的经济学中，一般认为通缩的危害大于通胀，这是因为通缩往往意味着失业。但从超长期来看，共产主义实际上设想了一种极限通缩的情况，即物质生产极大丰富，每个工人为了自己的兴趣而劳动（也就是全民失业或从事非必要性劳动），因为基础甚至中等以上的生活资料都不再稀缺。在共产主义社会中，一元钱理应可以买下你一生所需的东西，但你不再需要那么做，因为整个社会本来就属于每个人，因此我们需要惧怕的不是通缩，而是经济发展过程中通缩带来的经济停滞和失业等问题。

在传统的经济学框架内，由于过分强调市场的作用，因此通缩带来的危害往往是不可解决的，但在中国特色的后现代社会不一定如此。如果我们真的能将基础生活日用品的成本压到极低水平，那么全民基本工资将不再是一个梦想，而到了这一步，“躺平”的人将更多。固然，一部分人吃饱喝足之后将不再做任何劳动，但更多的人会开始追求精神文化上的“劳动”。这个目标可能在一百年，甚至二百年后实现，但关于躺平、消费主义与工作伦理方面的问题，此刻我们就已经面临。

通缩型消费升级，其实更接近消费者的普遍愿望——花更少的钱，买好的商品，这比经济学中“赚得多了所以想买更好的商品，花了更多钱于是所有人赚得更多”的一厢情愿自循环假设，更为符合真实的人性。在短期来看，通缩型消费升级也能更好地帮助中国的轻工业体系实现转型；同时，它还为商品流通市场的分层和文化分层奠定了基础。如前所述，商品是现代社会中文化表达的重要一环，文化与商品或者说与经济的关系，不太可能是单向传导的关系，通缩型消费升级与下沉市场的崛起，必然引发文化领域的全新变化。而在中国，这又与后现代思潮息息相关。

社交电商的本质，是一种再嵌入。它的胜利是理性的“失败”，但这是一件好事。

我曾在朋友圈进行过一次小样本调查，询问大家为什么有些人更愿意在直播电商购买产品，而不是在目录式（信息流）电商下单。回收的结果数量不多，但启发了我对这一问题的思考。

回收到的答案明显分为两派，其中一派是从事互联网、媒体行业或久居大城市，早就习惯淘宝、京东等目录式电商的好友，他们的答案与我们预想的一致：冲动消费、直播刺激购物欲、限定时间场景的销售，降低了人们购买商品时被干扰的可能，那些看直播买东西的人傻；但另一派从事非互联网、媒体行业或久居二三线城市，此前网购频度不高的好友，则给出了出乎意料的答案："目录式电商看着像骗子"，"直播起码有个人，可向商家买，被骗了都不知道是被谁骗的"，"直播电商更可信"。

这个结果对于我的认知冲击很大，因为这意味着在电商领域，直播电商的受众和目录电商的受众，事实上是双向鄙视的。在主流舆论中，惯常使用目录式电商的人对直播电商的鄙视显而易见，但后一种反向鄙视却鲜有人表现出来，更很少有人剖析其背后的原因。

目录式电商，是完全脱域的产物，它充分运用了脱域机制的两大工具：符号标志与专家系统。我们打开淘宝、京东、拼多多任何一个独立的商品页面，首先映入眼帘的往往是商品的"信息"，也就是一连串书面化的、经过市场营销包装的、突出产品特征与优点的文字，这些信息本质上是"符号标志"；其次，在商品页里如果出现了人物，那么这个人物要么是权威专家，要么是明星代言，这些人本质上是"专家系统"。

自诩在购物过程中一直持有理性的目录式电商消费者，实际上是通过符号标志和专家系统两个维度来做出自己的购买决策。然而，依靠这两套系统进行购买决策，也不一定就不会被骗。比如在挑选护肤品时，许多年轻人都有“成分党”的倾向，也就是不管广告吹得多好，大家在买的时候都希望知道护肤品里的具体成分是什么。许多化妆品的揭秘、扒皮、科普也从这个角度出发，告诉你SK-Ⅱ其实只是二裂酵母发酵物，面膜只是低分子透明质酸钠，大部分祛斑精华的主要成分是烟酰胺等。然而如果深究下去，尽管大多数年轻消费者都知道了面膜之所以能补水是因为含有低分子透明质酸钠，但又有多少人知道，低分子透明质酸钠为什么能补水？它的药代动力学是什么？水分子是如何被运输进皮肤的？这些研究曾发表在哪些期刊上？这些论文的影响因子如何？做了多少样本的测试？

“小米12拥有2600mm^{2}超大VC液冷板，创新采用小米最薄0.3mm VC，改进Mesh工艺，提升毛细力加速热量流通，这可能将是小尺寸手机中前所未有的最大VC液冷散热系统。”这是小米12官网的一段宣传文案，这种现代性符号标志的堆叠，显然没有主播喊一句“冷得像东北冬天的电线杆”有效。

一个纯粹理性的消费者，需要在日常生活中面对无数这样的“应用题”：吃食物要查询配料表及每种配料的营养学作用，吃药要搞懂药代动力学，买空调要搞明白不同压缩机的原理和功耗，买手机要能分辨芯片与基带的好坏。

我没有质疑玻尿酸补水作用的意思，只是通过这个推导来论证，并不是自诩拥有科学精神的消费者在购物时就一定会将科学精神运用到底。在生活中的每一个场景都调动理性，是一件非常耗费精力的事情。它会在两个层面上将人逼到极限：一、我们需要调动大量的情绪精力，来抑制作为情感动物的各类冲动；二、作为一个个体，我们的知识储备永远是有限的，而我们在现代社会中每天都要面对大量的陌生事物，这意味着如果对每个陌生事物追本溯源，会消耗大量的时间。

直播电商和社交电商是反脱域的，其实质是一种再嵌入。

人们在社交电商上相信一件商品好用实惠，并不依托于对商品原理的了解，也不依托于权威专家的推荐，而是源自对于将商品链接发给你的那个人的信任，他或许是亲戚朋友，或者是同学同事。他对该商品的推荐，可能全无任何科学、理性或者现代性的思考，而仅仅因为他用过、好用，又因为他是针对你来说的可信之人，所以你在这样的购物模式下也放弃了那些理性思考的复杂过程。

这种“放弃思考”的行事方式，在许多领域其实是更“理性”的选择。因为对于生活中的许多日用品来说，我们真的不需要，也不应该花费那么多的理性来进行判断与决策，否则反而证明了现代社会的失败。比如袜子、挂钩、肥皂盒这样的商品，我们恰恰希望只要有一个可信的人告诉我某个品牌的某个型号好用即可，不会去深究它是不是“最好用”，或论证它好用的过程是否科学，因为这些商品即便不好用也不会对我们造成严重的损失，并且它们的价格无论如何都能让我们随时替换掉它。与之相比，花心思去研究这一商品背后供应链的时间可能更为昂贵。

用更通俗的话来说，如果一双拖鞋需要研究五分钟以上才能让人产生购买决策，那么无论用了多么好的材料，多么美妙的人体工学设计，它的消费者都会大幅减少，因为它已经被视频直播间里那些被主播用双手翻折一百八十度，并拼命吆喝着“踩屎感！好穿！现在买一送一！”的竞品打败。

没有人愿意在这种鸡毛蒜皮的商品上，浪费自己的精力去理解人因学专业术语，即便有，也是极少数，因此对于商家来说，就算确实使用了大量的现代工艺打造出了一双极为舒适的拖鞋，最佳销售策略也不是在商品页面上堆满科学且使人信服的技术细节，而是请一个面部表情极为夸张的主播来亲自展示一下足部高潮的试穿过程。

这是理性的失败，但对于我们来说却是件好事。

因为早在“信息大爆炸”之前，我们的社会就经历了“商品大爆炸”，穷尽一切购买最优品的策略，对于消费者来说本身就不是最优的购物方式。近年来，消费的包装正趋向于后现代，亦即主观表达与科学理性的综合统一。最为典型的案例之一，是在健康食品领域，越来越多的广告以“热量不超过一个苹果”为文案。一方面，这个文案的出现，意味着它的目标受众是完整接受了九年义务教育、具备一定的科学素养的新消费者，此类新消费者开始注意到热量是衡量食物健康与否的重要指标，这与前现代（老一辈）消费者的“天然的就是好”形成鲜明的对比。但另一方面，这条文案算准了大众并不知道苹果的单位热量事实上超过了可口可乐，并且没有人会在购买每一样产品的时候，实际去推导和详细比较不同食物之间的热值。通过苹果这一“前现代社会认定的健康食物”，来实际售卖一个“现代社会的垃圾食品”，最终使得一群具备一定科学知识，想要购买健康食品的人，购买了一些他们只要调动理性就能察觉的垃圾食品。

既然以何种方式产生购物决策，都不一定是最优解，就可以解释为什么会有“消费者相互鄙视”的现象了。

改革开放后，中国城乡的双轨制结构，文化和市场机制形成了两个完全不同的分野；再加上对于大多数人来说，挑选商品的过程没有绝对理性，只有相对理性和谁比谁更理性，因而两个市场的“相互鄙视”，而非单方面的城市鄙视乡村，逐渐成为可能。

“五环里市场”更偏向于使用现代性来进行包装，它更频繁地使用符号标志和专家系统，以满足都市生活的脱域和随时再嵌入。而在下沉市场，由于生产活动从未缺席，因此它的商品销售也更加“在场”，人们将原本乡里乡亲在大集上口碑相传的方式搬到网上，变成土味直播带货和拼多多的社交电商。然而，下沉市场其实从改革开放起就一直存在，只是在互联网下沉到二三线城市之前，城里人已经忘记了自己也曾是下沉市场的一部分。

可能会有些五环里市场的消费者不太服气，认为现代化的商品销售方式，无论如何都比下沉市场的要好。在此，不妨先思考一个具体的问题：我们真的需要那么多运动服么？

在二十一世纪以后，城市年轻人的业余服饰基本是围绕着运动服进行的。从以前的Nike和Adidas到现在的李宁和安踏，再到如今都市中产最爱的Lululemon、Maia Active或Under Armour，有多少人是在从来不打篮球，从来不踢足球，一千米跑步不及格，压根不会做瑜伽的情况下，购买了大量的运动服饰。这些运动品牌，通过对强大服饰科技的细节介绍（符号标志）以及知名运动员充满质感的宣传片（专家系统），让城市消费者相信，穿上这些服装就拥有了某种运动员所特有的特质，比如健康、活跃、朝气蓬勃、勇往直前。而这种脱域的影响系统对仍浸淫在熟人半熟人社会的中国二三线城市消费者来说几乎毫无作用，他们更相信邻居王大爷、村口李大妈和县城里做公务员的外甥，这才是逆向鄙视链得以存在的原因——在那些符号标志和专家系统不存在的地方，人们更容易识别现代的消费主义包装，进而他们认为能被这种东西骗到的城里人“更傻”。

但“下沉市场”的思维模式意味着更反消费主义么？也并非如此。

我曾仔细观察过一些头部“土味”主播的直播间，他们的商品售价相对于乡镇或三四线城市的消费者来说并不算便宜。以运动鞋为例，他们售卖的运动鞋最高单价可达六百元左右，而均价一般在三百元。这个价格与入门款Nike和经典款斯凯奇相当。然而这些均价并不便宜的运动鞋却没有任何知名的品牌加持，大多数是莆田曾经的仿制厂转型后的自建品牌，因而，购物这一过程似乎就没有优劣之分了，不过是城里的消费者被知名运动员挥洒汗水的黑白升格广告片“骗”，乡下的消费者被他们所热爱的视为家人的土味主播“骗”。

对网红师徒制和直播电商的夸赞，并不是说直播带货的主播卖假货就是一件值得夸耀的事情。相反，无论是主播带货还是社交电商，如果没有一个强而有力的现代化工业体系支撑和愈发严格的质检体系，就是难以维系的。

直播电商和社交电商对原本专业化的现代商品流通体系进行了又一次专业化细分，它通过将对商品的检验与专业判断完全从商品流通领域分离，减轻了一个普通消费者做出消费决策时所要付出的情感和理性代价，但并不意味着这一体系能够依赖常年、持续、大量的销售低质量商品维持。

一种合理的方式是，作为头部主播，必须在自己的团队内设立关键岗位甚至一个专业人士的队伍，对自己销售的所有商品进行非常科学、严谨的筛选和研究。许多主播都会宣称自己有很强的“选品”能力，但目前无论是主播自己也好，还是团队内的选品团队也好，更多的是在市场和定位方面的选品，而不是技术质量方面的选品。没有任何一项单一的制度和技术是万能的，直播带货和社交电商解决的是人们以更直观和感性的方式进行购物决策，以节省更多决策精力的问题，它偏向于“前端”；网红的师徒制，解决的是这种新的经济业态下公司内部的利益分配问题，它偏向于“后端”；而传统的以现代企业方式运转的其他部门，比如每个网红直播带货所需的运营部门、摄像部门、选品部门，则仍以现代化的方式发挥自己最大的功效，充当“中台”来支撑“前端”与“后端”的顺利运行。

那些不聘请科学团队进行选品的主播会翻车，不与消费者套近乎打感情牌的品牌会凉，不与主播进行社会化契约转换的带货公司则会因为利益不均而无法长期运转，三种不同“现代程度”的模式耦合在一起，形成了相对来说较为稳定的当代商业模式。然而既然被称为“商业模式”，它自然被包裹在更大的现代性泡泡之中，也就是市场经济。

危险，但无法被革除的宗族文化

2022年春节期间，徐州丰县“八孩母亲”事件在网上发酵。后续一个月中，中国网民的注意力紧紧地盯着这个用铁链锁住女人的地级市。在这个过程中，有网友挖掘到一个细节：丰县县城西北角曾有一个烈女坊（贞节牌坊），始建于1614年，在1967年的“破四旧”运动中被砸毁，但在2003年重建。

在网友的描述中，这被轻松化的语言“过了几十年当地的老少爷们还念念不忘”一笔带过，成为批判丰县的无数舆论中轻描淡写的一笔。但在我看来，这是一个非常严重也非常明显的标志，即危险的宗族文化无法通过断裂的现代性方式来完成祛除。

1967年到2003年之间的时间间隔有三十六年，其间中国经历了文化政治层面最大的一次断裂——文化大革命，还经历了生产关系与生产方式上最大的一次断裂——改革开放，两次事件不仅持续时间长，而且都具有某种不容拒绝的强迫性。而正是在这样两场浩浩荡荡的断裂运动中，最封建的那部分宗族文化火种，在丰县至少三四代人的心中被保留了下来。尤其“文革”期间，思想上的错误往往意味着生命受到威胁，也就是有些人即便冒着丧命的风险，也要将这份“封建文化”传承下来。这是一个需要警惕，也同时需要解决的问题。

如果你查阅相关理论论文与官媒报道，会发现在丰具事件之前、2017年以后官方对乡绅与宗族的态度一度暧昧。某种程度上，宗族制度在乡村的复辟，很有可能在台面下是一种“双向拥抱”。一方面，受到断裂的现代性的影响，宗族文化成了中国广大农村心中被压迫的火种，随着乡村及县域经济水平的提升，人民消费力的提升，这一火种随时等待着反攻由工人和小资产阶级构建的城市文化。另一方面，随着近些年精准扶贫、乡村振兴、疫情防控等重大议题在基层落实，基层治理的难度和工作量比过去提升了许多，行政人员不足成为基层治理的常态。基层治理何以被乡绅和宗族势力侵蚀，是因为在劳动力不足的情况下，需要这样的力量来协助维持基层治理的目标。用最简单的防疫来说，城市里防疫依靠的是大数据、健康码和几乎无感的温度摄像头，但在三线城市或农村，唯一可行的方法可能就是人盯人。而人盯人的前提是基层有足够的行政力量来做到这一点，但从现实的角度考虑，基层治理人员永远是不够的，因此在基层治理中就更需要那种以一令百的能力，这时熟人社会、乡绅、宗族那套“封建模式”就比现代化治理有效得多。

宗族可能是中国社会中最危险的力量与文化，能否对它成功扬弃，而不是简单断裂，是中国文化现代化中的重要一环。在宗族文化领域，能否出现“蛋白粥”那样的替代品？它一方面满足了群众对某种形制的本能诉求，另一方面又其实全然是别的东西。

我们在批判宗族的时候，其中最重要的一点便是强制性，这种强制性是一种对个人意志的侵害。但事实上，在现代社会中也充满着强制，比如最典型的，只要上班就要交社保，但很多收入较高和收入极低的人都不愿意缴纳，而更希望将所有的收入折算成现金。在宗族这里这是一致的，如果将所有的“礼教”（仪式）从宗族中剔除，只看宗族制度本身，它具有很强的经济制度属性——宗族本就是一种对“现代化”的适应，当然这个现代化是要打引号的，因为它不是当下这个“现代”。

宗族制度的雏形出现在宋代，这是由于在宋代以前宗族是不必要的。比如在唐代，官府的封建制还比较浓重，士族门阀可以依靠血脉直接为官、世代为官，因此人们不需要为保持自家荣耀而四处“攀亲戚”或“创造亲缘”。到了宋代，官位不再凭借直系血脉传承，因此名门望族必须扩大家族的概念以确保在自己的“大家族”中总是有人仍在官府工作，进而使自身获得庇护。比较典型的是北宋知名政治家、文学家范仲淹，移居颍昌后，他出资在老家苏州建立义庄。义庄会为族内穷人提供米、钱和基础教育，并为其参加科举提供资助，相应的，如果这些人科举成功做官后也要回馈同族。

抛开其为达成目标所产生的那些不人道、不合理和压迫性的方法，宗族制度所试图解决的问题，与现代保险制度几乎是相同的，可以视为一种更适合后封建农耕社会的保险制度。在农耕时代，资本没有从人的劳动中被抽离出来，无法独自交易，因此涉及利益的分配往往直接关乎人的分配，这也是宗族制度充满着对人的压迫的原因。

在古代，大多数人的一生都生活在熟人社会里，那时的人们甚至会认识生活半径中的每个人，而不像生活在小区中的我们，只认识小隔间里的几个人。因而，宗族是一种基于熟人关系的保险制度，它甚至会为了维持运转，而强制将一些人变成熟人，又或者是将一些人强制变为陌生人。这便是它不合理甚至显得愚昧封建与血腥的部分。并且由于当时社会制度的不完善，宗族在“业务范围”上的拓展又十分广泛，几乎涉及生老病死、婚丧嫁娶、工作教育金融的方方面面，因此在某种程度上，宗族制度的强制力比现代保险制度的强制力更为强大。在宗族社会的“社死”，往往意味着真正的死亡。

已经进入二十一世纪，如果我们还需要宗族制度来作为社会的保底，那么几乎可以说是现代制度建设完全失败。

但这并不意味着宗族不可能被去封建化。正如现代企业管理制度无法很好地适应注意力经济和原子经济，宗族制度的部分设计，也许可以被用于一些社会问题的解决，一方面舒缓农村地区人们心中越烧越旺的“宗族文化”反攻火种，另一方面可能可以切实解决一些我们所将面临的社会问题，比如养老方面。当下，全球主要经济体都在面临老龄化危机，机器人养老又仍然仅存于科幻作品中，在养老这一领域，现代社会所提倡的“核心家庭”可能会瓦解，历史的方向可能会重新回到大家庭的模式中。因为宗族养老在某种程度上与网红夫妻店类似，它将现代社会中的一种经济契约转化为前现代的社会关系契约，这可能会使得老人更有保障。

具体来说，即便是相对富裕的孤寡老人也面临一个问题——无法预估自己的寿命，因此一旦停止赚钱，就必须开始节衣缩食。因为不知道自己究竟什么时候去世，所以实际上他是无法合理分配余生的月度现金流的。再加上当下中国老人的主要资产都是不动产，这意味着老人活得越久，就越会出现流动性危机。比如很多人想象的将住宅卖掉去住高级养老院，其实是一个风险极大的行为，因为如果活的时间够长，一旦售房款花光，那将面临无处居住的生存危机。因此，一个无子女或子女经济能力不强的老人，除非能通过非劳动所得（如理财）获得与退休前相同的现金流水平，否则他的生活水平就会大幅下降，这与其净资产数额反而没太大关系。这也是为什么我们经常会看到许多十分有钱的老人，也会因为轻信一些理财诈骗而损失大量金钱。

并且，在陌生人社会的养老机制下，护工拥有完全独立的人生路径。尽管社会倡导护理群体对被护理对象的关爱，但这种关爱相比家庭关系仍是有限度，而且是限度极低的。护工就像是一个家庭中请来的“职业经理人”，对老人，对子女，都是完全的“他者”。

宗族养老制度综合了几种不同的养老模式，并且这些养老模式都可以与某些现代化养老模式一一对应：家庭养老是宗族养老的主体，在旁系亲戚之间存在互助养老，对远方亲属之间则是救助养老。并且通过礼教，名门望族内部往往会形成一种养老SOP（Standard Operating Procedure，标准化作业程序），即养老的服务化与专业化系统。

这意味着，宗族养老有可能被去封建化后，嵌入到现代社会的养老机制中去。

在传统宗族制度中，对长子的经济偏向往往是遭现代人诟病的原因之一，一方面“凭什么长子能理所当然获得更多的财产与遗产”，另一方面也促生了更强的性别歧视与传宗接代的思想。其实，这也是因为在传统宗族中长子有着更高的赡养义务。但在宗族制度此前的覆灭过程中，赡养义务被均分了——现代《婚姻法》要求子女均对老人具有赡养义务，而财产权利却以封建文化的形式保留了下来，也就是我们常见的父母更偏爱男性后代，但却同时强调女性后代的赡养义务。这与社会需要的正确模式恰恰相反，也造成了诸多社会纠纷，是一种错误的去封建化。

一种将宗族理想化应用于养老的路径，可能是对外“广结亲缘”，但对内“义务权利明晰”。也就是说，应当允许孤寡老人在更广的范围内“认远房亲戚为自己的后代”，通过更自由地让渡遗产继承权来换取余生的体面生活。甚至不排除通过开放反向的收养机制，让有能力的年轻人“收养”孤寡老人，用赡养义务交换老人的财产继承。对于与老人有亲缘关系的群体，更不应凭传统观念来分配财产，而应当依照对老人的赡养贡献来分割。也就是通过改革家族内部规训的方式，在不与宗族文化整体作对抗的情况下，将宗族转化为更适应当下或未来的家庭亲缘制度。

在这种模式下，实际造成封建压迫的宗族制度会被逐渐革除，但抚慰人心的宗族文化则得以保留，且更容易被广大的保守主义者所接受，不易出现传统势力的反弹或反攻。

但总体而言，从当下来看，无论是2022年春节的丰县八孩母亲事件，还是2021年春节的山东集体磕大头事件，宗族制度与文化在中国农村地区仍然处于一种封建生产关系与封建文化完全不脱钩，并且力量十分强盛的状态。在漫长的去封建化改造过程中，需要让现代社会的基本保障体系时刻就绪，特别是需要时刻准备着对遭受迫害的弱势对象进行彻底的救济。

然而，任何认为依靠强制行政力和法律力量，就可以将宗族文化从农村叙事中彻底根除的人都应当记得，是有大量的人在“文革”的十年间“不畏强权”“不惜牺牲”地将这些封建残余保留下来，因而再来一次依靠强制力的革除，也只会在未来埋下再一次复辟的种子。

一个良善的分层社会

在保留乡村文化的情况下让其融入现代社会，并不是一件简单的事情。但放眼全国，这样的例子并非不存在。比如大理古城的变迁，就是个很有意思的传统文化与现代经济融合的例子。

大多数的游客听说大理古城，是在2008年以后。但根据许崧在《仿佛若有光》中的回忆，最早发现云南大理古城的，其实是二十世纪八十年代末的一批嬉皮士背包客。这些厌弃现代性的西方旅行者们，试图在印度、尼泊尔、泰国等佛国寻求自己的精神原乡。舟车劳顿的精神探索之旅后，又发现了中国云南大理这样一个风景秀美、物价低廉且治安状况远优于东南亚的休憩之所，于是在这里停留下来。

这在当时形成了极为冲撞，但又尤为和谐的文化融合。八十年代末到整个九十年代，大理仍是经济上较为落后的少数民族（白族）原生聚集地，基本上是一个前现代社会，而这些西方的旅行者，又来自一个现代化过度而导致溢出的后现代社会。这引发了某种奇妙的共鸣，并在大理当地的现代化过程中起到了至关重要的作用。

在大理，有老外开店卖三道茶、酸辣鱼和饵块等白族美食，也有卖咖啡和烤披萨饼的白族老板。两者之所以能很好地融合在一起，正是由于“后现代性”的本质就是在现代社会找回“前现代社会的遗珠”。在八九十年代的大理这个时空中，前现代社会与后现代性直接衔接，形成了一种更好的现代化方式。它让来自后现代社会的旅行者找到了自己想要的心灵安宁，让原住于前现代社会的当地居民意识到现代化、市场化、范式变革，并不是要摧毁他们的一切传统与过去的生活。在这种模式下，被影响的两方都认为“对方是好的，我要向他们学习”，老外觉得当地的美食、手工艺品、山歌是好的，“要学习”；当地白族人则认为咖啡、现代服装、吉他民谣是好的，“要学习”。

这是非常难得的模式，因为在经典的现代化模型中，现代化总是带着优越性与傲慢试图去摧毁前现代的一切——“你这个是低端产业”“你这个是落后风俗”“你们应该用坐便”“你们应该进楼不应该住平房”。那种现代化革命中机器取代人、商品取代手工品、打卡上班取代穷但闲适生活的张力，在大理的现代化过程中不仅不存在，而且形成了合力。

如果你曾在2010年以后去过大理古城，并没有感受到这种融合的氛围，也是很正常的，因为文化合力将大理古城塑造成了中国排名前几的旅游景区之一，并通过收割商业旅行者来反哺当地居民和早期文化旅行者的工作与生活。现在，苍山脚下地价更便宜、游客稍少的地区接替了大理古城当年文化交融的任务，那里成为大理新移民的主要活动区域，继续完成着文化旅行者与当地居民之间的交流。

我们无法重建本就不存在的西式社区文化，只能从类似大理这样的社区中寻找中国特色的现代化社区发展路径。

而要做到这一点，首先是要放下作为一个“现代人”的偏见，如果永远认为城市文化是当下唯一正确的文化，那就不必谈及乡村振兴，只需要不断地城镇化就好了。但即便抛开“乡村振兴”这一带有中国特色的术语不谈，逆城镇化也是二十世纪下半叶主要工业国中均出现和需要应对的状况之一。因为正如在李子柒的案例中，关注乡村的现代人，其实并不是在关注城镇与农村，而是在关注工业化社会中人作为一种碳基动物对田园的心灵需求。

文化的分层，形成了商品的分层；又由于商品在现代社会承担文化表达的作用，商品的分层会进一步促进文化的分层。如果你不看土味视频，就不会买下沉市场商品，进而无法理解老家长辈群里的许多聊天内容，因为商品本身也构成了当下生活中社交货币的大部分，我们会在日常生活中聊买什么衣服、什么零食，哪里的娱乐设施好玩，又或者是什么电影和电视剧好看——这些文艺作品也是一种商品。

我们看到过太多关于信息茧房、过滤泡与回音室的反思，将算法与信息流创造的世界斥为狭隘的“奶头乐”。科幻作家郝景芳在其中篇小说《北京折叠》中讽刺的社会圈层固化与折叠，也是目前大多数城市现代人所批判的。

似乎现实正在不可避免地滑向这样的境况。

然而，对城乡两种商品包装方式和社会运转方式的辨析，让我们需要思考的另一个问题是：社会阶层间文化的沟壑，是否真的需要弥合？当人们的总体诉求是让所有人过上美好生活，是否要精确定义美好生活中的每一个细节？用更直接的话来说就是，究竟是要让所有的农村人都喝得起四十元一杯的喜茶，还是要让城里人被迫接受七元一杯的蜜雪冰城？尤其是当他们各自认为对方交智商税，并从自己购买的那份商品中感受到快乐和优越感的时候。

落到具体问题，会发现这其实是一个选择问题，只要选项存在，塑造并不是问题的关键。蜜雪冰城的洗脑神曲并没有强迫消费者去购买它的产品，也没有欺骗消费者说买蜜雪冰城就是唯一的幸福生活。一定要在宣传上赤裸裸地展现出“喝蜜雪冰城的消费者就是穷”这样的观念，才算是没有欺骗消费者么？恐怕也不太对。买蜜雪冰城的人自然知道它的价格是远低于喜茶的，但重要的是一个长期选择蜜雪冰城的消费者自身的内心是如何看待这件事的。他究竟是觉得“这个世界对我不公，凭什么我只能喝蜜雪冰城”，还是“花四十元喝一杯喜茶的人脑子多少有点大病”？

无论是高档的喜茶还是价位稍低的蜜雪冰城，带给用户的都是来自糖和脂肪的多巴胺风暴。从口味的角度讲，有些人能感受到较大的差异，而另一些则感觉差不多。但从健康的角度讲，即便是用了低卡糖和有机水果的奶茶，也并不意味着游离糖就比奶茶粉更低，对健康的危害更小（对老年人来说，这都是糖水儿，喝多了致癌）。

喜茶和蜜雪冰城在各自的领域，面向各自的潜在消费者推出吸引力足够的广告和市场营销活动，其本质不是对消费者认知的固化，而是使原本就选择了这一品牌的消费者有了更强的获得感。

如果一定要追着蜜雪冰城、拼多多、海伦司等通缩型消费升级品牌穷追猛打，只会加剧社会对经济强势群体的仇恨。因为批评甚至扼杀这类“略显低档”的品牌崛起，与“朱门酒肉臭，路有冻死骨”有极大的相似性。另一方面，如果只强调喜茶、黑天鹅和精酿啤酒才算是“幸福生活”，则不免又让人陷入追求超出自身消费能力的消费主义，这与极端反转基因组织宁可让非洲贫困地区人民饿死，也不愿意给他们提供转基因粮食的行为类似，陷入了绝对主义。

消费主义的分层建构，在某种程度上消除了社会矛盾中最为激烈的那个部分，它让所有人都意识到自己是社会进步的受益者，而淡化了同时产生的阶级分化矛盾。这在共产主义完全实现，也就是“阶级消失”之前，显然是有利于社会发展的，而不是社会进步的阻碍。

《美丽新世界》中的警世之状，可能已经悄然实现，然而，它却以更温柔、对社会更有益的方式，成为我们社会的一部分，并未带来反乌托邦作品式的噩梦。

奇妙的是，正在反抗折叠与分层的，不是反乌托邦中的进步主义者，而是保守主义者。

既然要用现代的、资本主义的、消费主义的运行模式去包裹尚未完成去封建化的传统文化，那么封建文化也必然会做出反抗，并试图让经济偏向保守。在主流舆论场里，很多人并不能很好地理解逆全球化的支持者究竟是谁，因为从宏观数据来说，即便全球化在国家与国家之间仍然有着不平等，但确实让几乎所有国家都比全球化产生以前变得更好，尤其是在1992年进入全球市场、2001年得到认可的中国，更是全球化的最大受益者。

但问题在于，全球化让每个国家都变得更好的同时，也让参与全球化的国家内部产生了分化。包括中国在内，一部分能够直接参与全球化的人生活变得更好，而不能参与全球化的人，则在经济上沦落至附属地位，尽管他们仍是全球化的间接受益者，因为他们的国家从中受益后基础设施和社会福利都有所提升，但对比自己身边那些原本一样处于落后地位的同胞，他们就似乎成了全球化的直接受害者。

全球化使得所有人的生活都变好了，只是让有些人的生活变得更好了一些，因而逆全球化主义者的真实画像是：那些在各个国家中未能直接从本国参与全球化中获利的阶层。

很多时候，大众之所以偏向保守、传统与落后，并不是真心认可这些东西的内核，而只是希望有一种力量能够与现代化、全球化和精英主义相抗衡。这一点甚至不只在中国社会，在全球各国皆是如此，美国政治哲学家迈克尔·桑德尔在其《精英的傲慢》一书中，描述了美国所有那些不同的“非精英”们是如何团结起来使得特朗普当选。保守主义阵营并非铁板一块，甚至有着完全不同的“保守”方向，但他们有一个共同的底层心理，就是受够了主流精英主义叙事的压迫。这种反抗造成了特朗普的当选、英国的脱欧，以及在中国市场上一些宏观政策的调整，无论是企业家还是在大型民营企业中工作的人，在过去几年都感受到了经济氛围发生的微妙变化。

然而，认为中国会放弃市场经济重新回到计划经济这种观点有一根本性错误，新加坡亚洲政治经济学家郑永年在其最新的学术著作《制内市场》一书中，描述的一种新的对中国经济断代的观点值得一提：中国事实上是在1980年以后才进入计划经济的，因为在此之前，受到抗美援朝、自然灾害、文化大革命等重大历史事件的影响，中国的五年计划几乎从未按计划执行，因此1949年到1980年之间，仍然延续了新中国成立前的战时动员经济。1987年，中共中央确定“一个中心，两个基本点”的社会主义初级阶段基本路线，才使得经济建设成为中国政治经济生活生产的中心。从这时开始，经济上的五年计划才得以贯彻和执行。而在改革开放后的第一个五年计划，也就是“七五”计划中，“建立社会主义市场体系”是计划的重要一步。

也就是说，在新中国，市场从一开始就是计划的一部分，从引入市场开始，中国的计划经济才首次按计划完成目标。这也是郑永年《制内市场》一书标题的来源。

中国的改革开放已经证明，计划经济并不等同于配给制，而如果真的要从原典中寻找答案，“大锅饭”的配给制，恰恰是“粗陋的共产主义”的一部分，它并非真正的共产主义，而是私有制极大化的结果。在《共产主义的原貌：马克思〈1844年经济学哲学手稿〉如是读》一书中，北京大学马克思主义学院副院长陈培永对粗陋的共产主义进行过通俗化的解释：我们可能会想，扬弃私有财产，财产就不能被少数人私有，那就平等享有，不能光你有，我也要有，你有我有全都有。这不就是共产主义了吗？这不就是我们想要实现的目标吗？

这就是粗陋的共产主义。这种共产主义看似有道理，实际上只是财产关系的普遍化和彻底完成，它把一切都变成私有财产，用强制的方法抛弃所有不能成为私有财产的一切，最终只是确立了实物财产的统治。

这种共产主义设想所有的人都应该是私有财产的主体，必然否定人的个性，把人人都看成是贫乏地想去占有更多物的“工人”，它设定物质的直接占有是人生活和存在的唯一目的，也就决定了所有的人都将为私有财产而四处奔波，决定了整个共同体将成为物质财富的俘获物，共同体不再是人的积极的共同体，而是财产当道的物的共同体。

所有人共同占有私有财产，这是平均主义思维在作怪。它要满足的是一种低层次的、贫穷的、需求不高的人的忌妒和贪欲。用普遍的私有财产来反对私有财产，满足平均占有、共同占有的欲望，甚至会以一种动物的形式表现出来，向非自然的、否定整个人类文明的简单状态倒退。

因而，当注重效率、竞争与创新的改革开放四十年后，当我们重新提起公平的时候，绝不是要放弃基于私有制的竞争机制。

重视公平，意味着机会的均等而非结果的均等。每个人的自由发展应当站在相对趋同的起跑线上，对那些由于客观原因无法劳作，或在没有触犯法律与道德的情况下却意外遭受磨难的人，施与维持其生存和再次发展的保障。当我们提及第三次分配、共同富裕，或被冠以任何名称的保障公平的社会方针时，不应是简单的慈善与捐助，而更要重视“授之以渔”。

在现代社会，一个人需要第三次分配的救助，必定首先是由于他或她在第一次分配，也就是市场机制中失利，在第二次分配中被漏网。因而，第三次分配更应该帮助一个人，补全其在第一次分配中所遭受的不公待遇与客观障碍。比如，对于一个残疾人来说，通过慈善和捐款每月向他支付生活费，就是一种错误的救济方式（除非他真的行将饿死），因为这事实上剥夺了他通过自己的劳动获得更大成就的权利。而捐助一副假肢，为其提供专项技能和职业培训，都是更为合理的救济方式。后两种方式，实际上是帮助这个客观上有肢体残疾行动不便的人补足了他自己在第一次分配，也就是市场竞争中的致命且难以凭借自身改善的弱点。让残障人有机会像健全人一样自由发展自己的人生，这使得他们拥有自己追求并掌握幸福人生的机会，而不是等待他人的施舍成为社会的附属品。

再比如对于制造业的企业家来说，向自己的家乡贫困地区捐献柴米油盐，远没有捐建乡镇工厂有价值，因为在已经由二次分配（财政支出倾斜）消灭了绝对贫困的当下，中国的贫困地区大多存在着生产力危机。要么是那里的土地日渐贫瘠，要么是道路不畅无法参与全国乃至全球市场的竞争，要么是没有什么特殊原因，只是单纯在改革开放四十年的历程中没有被城镇化、工业化等进程选中，因而想要帮助仍然驻守在那里的乡亲，最好的方法当然是给予他们启动的基础，让他们能自己把钱赚起来，把日子过得好起来。

在效率至上的过去四十年里，资本的自由流动使得即便是中国最爱国的民族企业家，也不会去思考在有生产力危机的地方投资建设——如果有沿海更平整的土地，我为何要在内陆山区建厂呢？但随着东南沿海土地、人力、能源和配套基础设施成本大幅上涨，投资内陆或西部，在效率维度上变得“可以接受”，而“追求公平”则赋予了这种投资以契机。比如在2022年初国家发改委牵头的“东数西算”工程，就为互联网行业这一天生就不应被地理空间限制的行业迁往内陆，提供了良好的机会。

而这，是平均主义和狭义计划经济（配给制）无论如何都做不到的。

现代性压迫与消费社会

工作伦理为何失效？

现在，我们回到无论哪一种后现代定义中都最为关键的主角身上——人，也就是个体。

首先抛出一个无解的问题：幸福是什么？它与理性或说现代性的关系又是什么？

千百年来，有无数人试图回答这个问题，但始终没有给出一个完美的答案。因为人不是机器，尤其是涉及主观感受时，它并不完全遵循任何一个我们目前为止已知的科学理论来精确运转。

从一个比较直观的方面入手：身体健康。在个体生活方式中，极致的现代化生活非“量化自我”莫属。量化自我运动起源于二十世纪九十年代，最初只是利用计步器来记录步数，随着互联网、算法和可穿戴设备的崛起，越来越多的生物学体征数据被个人用户记录下来。尽管时至今日，“量化自我运动”从公众舆论中消失，但这其实是因为在苹果推出Apple Watch后，量化自我运动已经完全取得胜利，数以十亿计的地球人在自己的身上安装上小型传感器（运动手表、手环）来创造自己的数字孪生，通过对数字孪生的反复观察和调试，试图实现“原生自我”的健康。

从表面上看，量化自我似乎塑造了一个更客观的自我，它通过将个人的生物体征完全外在化、数字化，使其能与我们所创造的专家系统和标志符号去衔接。我们可以通过iPhone健康App中十二个大类的一百多种生理指标去与同龄人比较，与伴侣比较，与健康群体和生病群体比较，甚至与更年轻时的自己比较，并对自己的生活做出相应的调整。而在小红书与抖音上，一切减肥、增肌、塑型、改善睡眠甚至心理健康等方法的起点或隐含前提，都是你需要有一个量化自我的设备。

然而这种客观是肤浅的，其实反而是一种主观。我们实际上是通过主动意识抢夺了身体自主调节系统和潜意识负责的身体告警和情绪机制，试图用主动的选择去创造一个更健康的身体。于是，对于那些真正留意身体数据的人，会经常发现这一现代化系统与实际情况存在偏离：你累了，但你的心率变异性（HRV）告诉自己没有疲劳；你饿了，但你的卡路里摄入量和血糖告诉自己已经吃饱了；你睡得很好，但你的夜间睡眠数据告诉自己休息得不好。我们的身体是主观世界与客观世界最后的交界处，而现代性则希望将我们的身体全面外在化（客观化），将“主观”赶回到最后的避难所“大脑”。但这种客观化本身就是一种主观的意志。

由于这种错位，量化自我作为一种工具在帮助少部分人取得成功的同时，反而成为鼓励身体和容貌焦虑的工具。过去，当我们在社交媒体上看到更瘦、更好看的人时，事实上没有那么多的维度可以与他们比较。但现在，除了身高体重外，身体每一处肢体的维度，脂肪和肌肉含量，蛋白质总重，基础代谢率等等，都成为追求的目标。仿佛我们只要将所有的数字凑成标准值，就能获得社交平台上的完美身材。

但这就像《钢之炼金术师》里的人体炼成一样，是完全不可能的事情。

在保健品领域，也有南辕北辙的现象。我们经常会周期性地听到许多人嘲讽某些保健品是“智商税”，但忽略了购买保健品的人可能需要的就是安慰剂。比如有些营养品宣称对熬夜有好处，另一些宣称能改善被蓝光刺伤的皮肤，还有一些能改善年轻人精力不足的问题。在这些无关痛痒、不直接致病的领域，带有一定夸大宣传性质的保健品，往往能够有力地利用安慰剂效应达到实际效果。也就是说，一个年轻人由于经常加班而吃了某种宣称可以改善精力不足的无效保健品，但由于他主观上相信药效，因此其精神状况真的有所改善。对于不相信这些保健品的人会说，与其花钱吃这些，不如早点睡觉。但如果这个年轻人能够早点睡觉，那他又怎么会去买这样的保健品呢？因此，在纯粹的日常保健领域，现代人其实最需要的就是安慰剂。

幸福的主观性，还体现在已经讨论过的消费鄙视链里。一个每天吃十元午餐的人，如果逐渐能吃得起二十元的午餐，这毫无疑问会是一种幸福。但当他听说，在北京有一群人每天吃一千五百元一位的fine dining时，比起“我被压迫了”“这是一个格差社会”“为什么他们比我过得好”这些问题，他更有可能首先发出的感慨是：“这群人是不是脑子有病？我就算有这个钱也会在老家多盖几间房，不会拿来吃这些西式冷羹，和剩饭似的。”

社会学家和一些良知知识分子会痛心疾首地说，这是因为这个穷人没有“觉醒”，他没有意识到自己也有权利吃上这么好的食物，所以才会这么想。但我却觉得，抱有这种看法的人，才是处于一种对底层的傲慢之中。如若不是某种生活习惯客观上极为明显地伤害了某部分群体的身心健康（比如吸毒），或致使他们丧失了自我发展的可能（比如赌博），又或者是对他人的自由造成了妨碍（比如嫖娼），精英群体又有什么资格对他人的人生幸事加以批评或备感同情呢？我倒是觉得不能从肯德基疯狂星期四中获得快乐的人是可悲的，这意味着他一生注定要为获得与别人同样的多巴胺而多付出许多成本。

被禁锢于现代性牢笼中的人会有一种迷之自信，但实际上后现代选择恰恰不是反智，而是顺应了天性——这往往意味着更高的幸福感。

随着职场内卷和教育内卷的发生，在国内的一些专注于效率提升的网站和圈子里，开始流行使用OKR（Objectives and Key Results，目标与关键成果法）来管理自己的人生。OKR原本是一套由Intel发明，Google发扬光大的企业目标制订及管理方法，近些年来，在企业管理领域，它被认为是KPI（Key Performance Indicators，关键绩效指标）的更好替代品，能帮助企业更好地激发员工潜力，实现整体目标。

然而，一个人以OKR来规划自己的人生，无论如何都是不幸的。他的OKR制订得多么合理，都不太可能获得幸福。因为使用OKR来规划人生，首先假定了人生的幸福可以被确定为一个单向度的O，而这种假定大多数情况下充斥着自我欺骗。比如会有部分人认为，自己的OKR应为四十岁时提前退休，也就是说O（目标）是“四十岁后不再需要工作为生”，并以此来制订诸多KR（关键成果），比如建立人脉，长期储蓄，获得自由职业的技能等等。但实际情况是，没有人能在个体目标实现之前，准确地预测自己在实现目标后是否幸福。

简单来说，我们都曾经因为厌恶一家公司羡慕另一家公司而跳槽，但实际是我们在新的公司也会有新的烦恼。而将这一逻辑放大一些，当厌烦了为任何一家公司工作、决定提前退休的时候，我们实际上也不能知晓自己究竟是否喜欢提前退休的生活。一些可能的困境是，当同龄人都主动或被动地投入工作和职业时，提前退休的人所面临的孤独感是难以被安抚的，因为所有你能联系到的朋友，都只在有限的时间（如晚上和周末）回应你的诉求。并且，由于缺乏职场，你也难以认识新的朋友，这对于喜欢独处的人来说是件好事，但对不喜欢独处的人来说可能比上班更痛苦。因而，人生OKR即便实现了，也不一定能获得幸福。

而另一方面，为了这个不确定性的幸福未来，执行每一项KR又是痛苦的。为实现“四十岁提前退休”的目标，不能像你所鄙视的其他人那样“浑浑噩噩”度过四十岁之前的生活，你要更勤奋地工作，去结识潜意识里并不喜欢的朋友，节省所有与目标不一致的开支等等，而执行这些KR时的痛苦，会成为一种对自身身份的构建。当O最终实现，但并不因此感到幸福时，你会强迫自己相信自己所付出的沉没成本没有白费，进而造成精神上的扭曲。

因此，一旦一个人的人生OKR被制订出来，那么执行它的过程和执行它的后果都是不幸的。而这种不幸，并不是因为OKR模式有问题，而在于人类这个物种本身并不适应一个精确的系统。理性的目标总是千篇一律，感性的人生则各有千秋。每个个体对幸福的认知是如此的不同、多样且难以标准化，以至于大多数人主观上都无法清晰地定义对于自身的幸福究竟是什么。幸福是一种主观感受，这与OKR模式试图解决的企业管理问题完全不同。

现代社会中，人们遵循趋利避害的原始规则做出人生抉择，但奇怪的是，即便是规避了所有的害、追逐到了所有的利，仍有很多人是不幸福的。这就是人之于其他动物的复杂之处，也是当我们——中国人——在追求了四十年的理性、效率与现代化之后，到达了某个精神拐点的原因。

过去的几年里，中文互联网上对模糊的、界定不清的“大资本”的声讨，到达一个高峰。仿佛一切社会问题的诞生都是源自大资本，而人们的一切痛苦都源自这些社会问题。

《垄断的困境》中，我基本梳理了大资本与垄断究竟带来哪些社会问题，而哪些问题又不是源自大资本，这里再探讨一下资本与人的压迫之间的关系。

在社会学者吕途《中国新工人：文化与命运》一书的开篇序中，有一段文字非常形象地描述了当代工作者的痛苦：

最近大半个世纪的雇佣劳动的一大趋势，就是要在世界各地消灭“瞿师傅式的劳动”。这消灭的主要方法，是发展一种技术，将综合复杂的劳动过程，分解为细小简单的劳动步骤，1900年代在福特汽车厂布成的那一条流水生产线，就是这技术的第一个大型的产物。

这东西煞是厉害，在每一个重要的方面，它都和瞿师傅式的劳动反着来：劳动不再有任何复杂的性质，它现在就是一个简单的动作；工人也不再需要了解全局，你盯着眼前一小块空间就够了；自主是谈不上了，领班只需将流水线的传输速度扭快一秒钟，你就会紧张得放个长屁都不敢；跟创造更是不相干，你只是千百次地重复拧紧同一种部件上的同一种螺丝，时日稍久，你甚至都感觉不到自己是个活人……

跟瞿师傅式的劳动相比，特别是在大多数单个的劳动环节上，流水线的生产效率是大幅提高了，所有以降低成本为牟利关键的企业和机构，当然热烈地拥抱它。但是，对那些被密集种植在流水线边的工人来说，这样的劳动却不是什么好事。

遗憾的是，《中国新工人》后续的论述中，落回了对劳动生产成果分配的陈旧分析框架中。在作者和后续采访中的一些工友看来，“瞿师傅式的劳动”被拆解，带来的最大问题是，瞿师傅的收入水平下降了。但事实上，无论是资本主义国家还是社会主义国家，给工人带来直接痛苦的并不是劳动后的收入分配过程。

带给他们痛苦的，是具体而鲜活的流水线作业，即大机器生产、现代化生产方式本身。

翻阅各国关于劳动工人的研究和访谈，会发现大量劳动者对工厂的控诉——劳动强度过大，劳动时间较长，劳动行为不自由，不能随意停歇，感觉自己像是一个机器人等等。但传统的关于劳动权利的相关研究，却采用了一种极为掩耳盗铃的方式，将这些具体问题上升为对资本主义的批判。值得注意的是，资本主义与社会主义在对待现代化问题上的分歧，只在于我们究竟要为流水线上的工人的痛苦支付怎样的赔偿，却从来没想过试图解决这个痛苦本身。而这种资与社对立的分析框架，则会带来一个原本不应存在的问题：为缓解工人的痛苦，加强劳工福利（痛苦赔偿），但劳工福利增强后劳动积极性会下降（大锅饭），进而导致生产力下降

（经济危机或经济困难），进而劳工福利又被迫削减。

以上循环，不断地在两种社会阵营中出现，在某种程度上侧面验证了分配问题（姓资姓社）在劳动压迫中不是根本问题，劳动方式（现代化生产）本身才是问题的关键。

近几年，另一个领域可以进一步验证“劳动的痛苦来自劳动本身而不在分配”，即城市居民，尤其是互联网及互联网相关行业的就业人口，对劳动权利的呼声已经高过了传统制造业，形成了舆论场中抗议的主流——在网上呼吁对996进行抵制的，恰恰是那些收入水平与劳动体验远高于平均水平的群体。劳工福利远在他们之下的流水线工人、农民和个体业者的声音却鲜有出现。这里并非要去批判程序员和互联网大厂白领为自己争取劳动福利的权利，只是说，如果将各行各业的工作环境和劳动福利水平做一个客观的排行，那么在一二线城市坐格子间的人，无论如何也远高于那些在工厂流水线上的工人，但前者的声音却不成比例地占据了主流。

这是因为，流水线对生产过程的拆解，正在逐步从物质生产拓展到非物质生产，或者说创意生产领域。这一过程给脑力劳动者带来的阵痛，远比早已习惯这种痛苦的实体生产工人要强烈。在制造业领域，这种拆解发生于两次工业革命期间，因此在那时诞生了代表工人的社会主义思想，但在非制造业，这种拆解发生于当下，也就是现在进行时。那些自诩从事创意和内容创作工作的人，正在感受到这种现代化拆解的过程，而非一个已经完成拆解的结果。这种拆解过程中的痛苦，才是他们发声的原因。

我们看到越来越多的广告、影视和短视频行业，遵循一种可以被清晰描述的标准流程生产日常内容，在稍微洋气一点的公司中，甚至毫不掩饰地使用工程学名词SOP来形容自己的内容生产模式。而SOP恰恰来自实体生产领域的流水线。

这样的好处是不言而喻的——只有这样，才能以更高的效率满足我们（全人类）所需要的物质与精神需求。但这样的坏处，并非收入分配上的减少（事实上，白领的增多是城市居民平均收入增长的主要动力），而是剥夺了他们劳动的快乐。简单来说，如果你能像瑞士的表匠一样全自主地制作一块手表，除了出售这块表本身所带来的金钱回报外，还享有创造这块表本身的快乐，这种快乐几乎是刻在智人种族基因里的某种情绪反应。但如果你只是某个品牌手表流水线上的一个工人，你的工作只是将手表中某个零件在进入下一个工序前把齿轮摆正，便不会获得除收入之外的任何快乐。

在这种情况下，你工作的唯一目标，是不工作。也就是说，你只能寄希望于摆正足够多的齿轮赚取创业、晋升或提前退休的资本，来从此告别这种工作。正是由于这个原因，才会出现劳工权益的增衰循环，因为我们总还是需要生产手表的，如果所有劳动者都赚足了不用再生产表的钱，那么（无论是哪国社会）就必须想办法让他们重新回去做钟表工人。

“劳动异化”，首次出现在马克思《1844年经济学哲学手稿》里，大致是指工人失去对自己所从事劳动的控制的状况。被异化的劳动者与它的生产活动、劳动目标和生产过程分离，这使得劳动成为被迫的非自发性活动，从而失去了对劳动的认同和兴趣。

"手稿"中明确了"劳动异化"是私有制的原因，而不是反过来。私有制确实促进了劳动异化，但并非导致劳动异化的原因。究竟是劳动异化导致了资本主义，还是资本主义导致了劳动异化，是政治经济学中的一个"鸡生蛋，还是蛋生鸡"的问题，以至于劳动异化理论一度在马克思主义研究中也成为边缘选题。但如果抛开所有制与劳动成果分配的后续步骤不谈，仅就劳动生产环节本身来说，在自工业革命至今的现代化工业里，几乎不可能不对劳动进行异化。

仍以手表作比，只要我们的目标是让世界上每个人都能使用手表和使用更好的手表，无论这个手表最终在流通环节，是以售卖—消费的形式，还是配给制，还是按需分配，都注定有一批活生生的人要在流水线上生产手表。而一天生产三百块手表，绝非任何劳动者天然的劳动诉求。在手工业工坊时代，确实可能存在一些工匠天生喜爱制表，他们会把制作手表这种工程学与数学结合的产品作为一种游戏和创造艺术品的享受，但很少有人会对把齿轮精确地卡进擒纵机构感兴趣。这意味着，如果我们想要构建一个不带有劳动异化的手表厂，就需要找到足够多对制造钟表感兴趣的人，并让他们实现自由、自主地创造每一块手表，而不是将一块手表的齿轮、发条、表盘、表冠等零件拆开来看，分配给完全不同的工人以实现高效生产。

这与生产力的发展方向并不相符，也与社会发展的方向并不相符。这时我们就会发现，在私有制与劳动异化的这对“鸡生蛋还是蛋生鸡”的问题里，出现了一个“鸵鸟”。

这个鸵鸟，名为“现代化分工大机器大生产”。

不考虑任何意识形态、社会制度和分配方式的情况下，仅仅以流水线的形式组织高效生产，就已经会使其中的工人处于劳动异化的状态。在2021年的中文互联网上，大多数反资本、反压迫叙事中所描述的理想状态，都是不再需要工作。因为，除了在科幻作品中假定一种可以随意生成任何物质产品的万能机，人们几乎想不出任何一种完全不给人带来痛苦的现代化工作方式。

我们逃避工作，就是因为工作本身的痛苦，而不是为谁工作。承认了这一点，才有可能改善这一点。

为解释“现代化”本身如何带来痛苦，首先要将时间向前拨动一段时间——拨到时钟被发明出来之前。

1894年2月15日下午，英国伦敦格林尼治公园附近发生了一场恐怖袭击。一个二十六岁的法国男人穿过公园，来到格林尼治天文台的门口，然后引爆了他棕色手提袋中的一大盒炸药，一时间现场惨不忍睹，恐怖分子当场死亡。

没有人知道他的确切动机是什么，但当时的一些评论家认为，这场恐怖袭击的目标是时间。

确切地说，是在十年前刚刚确立了格林尼治平均时间（GMT）的格林尼治天文台。这个推测并非毫无来由，在那个精确时间体系刚刚被发明出来的年代，不少进入现代社会的国家都爆发了针对时间，或者说针对时钟的恐怖袭击。在英国伦敦，在法国巴黎，在印度孟买，都发生过。理由很简单，群众对精确的时间感到愤怒。

作为一个二十一世纪的读者，你可能会对此感到奇怪，甚至不能理解这种愤怒，那事实上恰恰说明了这一点：时间已经异化了你我。

在现代时间体系被发明前的千百年间，人类社会中的大多数社会活动，都不严格遵从并不存在的时间来进行，而是与自然的运转息息相关。以农耕为例，二十四节气并不严格指导农民什么时候该做什么，在幅员辽阔的古代中国，许多地区的农民从未听说过二十四节气，因为地域间的差异以及年与年之间的气候误差，使得农民必须观察真实的自然迹象而非谨遵固定的历法。学会看天，比精确的历法对务农更有用处。在古代，秋季并不一定是九月份开始，它是由第一片黄叶来定义的；对正午的定义，则是“太阳位于头顶，没有影子”的那个瞬间。但随着十四世纪精确计时工具的发明以及天文测量水平的提高，大多数的社会生产和交际活动便脱离了自然节律，开始遵循某种由人类所定义的节奏进行。

在马克思的话语体系中，时间的发明是一种“对象化”过程，它有助于人类理解、改造和利用自然，造福社会。我们无法想象在一个时间没有被发明出来的世界，究竟该如何实现现代化，因为自工业作为一种产业崛起以来，几乎一切的生产生活活动，其底层都是一条被精确计时的流水线。这意味着，时间本身就是一种对象化世界的工具，但这种工具被发明出来之后，最先和最广泛被对象化的就是人类自己，而对象化正是异化一词的本义。

我们几乎不可能用时间来要求客观世界，因为客观世界的大部分事情并不精确地按照时间来运转。尽管天体的运转是精确的，但四季的流转并非分秒不差。相反，在发明了时间以后，我们却精确地对人进行了行为上的统治。

标准化时间的推广是个很有意思的过程，也很具启发性。

在时钟发明之后的很长一段时间里，时间并不是统一的，各地方采用自己的时间来达到与自然界更加贴合的状态。比如可以想象一下，即便是在同一个时区内，每一个经度地点的落日时间都是不同的——因为地势原因。一个山阴之处的小镇，可能与山峰另一侧的城镇在距离上并不足以导致显著的时差，但如果没有强制的划分，他们可能会遵循完全不同的时间，因为对于山阴小镇来说，太阳在每天的正午才会出现。

欧洲最先使用标准化时间的是各大铁路公司，为保证列车时刻表的高效运转，要求铁路沿线市镇采用国际标准化时间。随后，标准化时间随着铁路像病毒一样在整个欧洲大陆传播开来，随之带来的愤怒，引发了上文所述的恐怖袭击。

标准化时间的推广过程，就是一种对生活的异化过程。

最初，我们日出而作，日落而息；然后，我们有了精确的计时工具，为协调整个社会的运转，开始规定每天早上八点应当起来劳作，无论那时的天候是否适合劳作；再之后，我们有了标准化时间表，开始规定人必须按照时间表到达指定的地点（赶火车）。

再来举两个更加贴合现实生活的小例子：

如果你有自己的子女，一定会对这个场景不陌生，那就是当孩子玩游戏或看电视的时候，如果你与他们约定“再玩五分钟”“再看五分钟”，往往是一个无效约定。大多数情况下，这种约定都不能很好地被履行。只要稍微回想一下自己小时候被这样约定时的实际场景就会发现，依照时间划定娱乐行为，本身就是违反自然的，因为我们实际上玩游戏有“一局”之说，看动画有“一集”之说，时间实际上不能规划我们的一切生活。

另一个小例子与午餐有关。宽松的工作环境（硅谷互联网公司）出现之前，在午饭时间之前或之后吃午饭，是一种令人羞愧的职场行为，即便公司的行政没有给出指责，但这样做的员工仍然会有一种压力。

这正是时间自身的异化作用在起效，它遵循一种奇怪的逻辑：

我们将午餐时段规定在中午的十二点开始，是因为大多数人会在这个时间段感到饥饿，但在实际的现代生活中，我们却以十二点来判断是否该开始吃饭，而几乎不考虑是否会提前饥饿或错后饥饿。

自精确计时工具发明以来，人就一直是被时间（工具）主宰的客体，定义了时间的不是另一群人，也不是统治阶级或资产阶级，而是机器与社会生产。这种异化并不是由于谁掌握了时间，而是时间本身的诉求。

时间的暴政是一种隐喻，由于现代社会的一切生活都与时间紧密相连，精确时间便比资本更无孔不入地渗透进我们的生活——我们掐着时间劳作，对着时间表追赶交通工具，为了自律精确地限制娱乐生活——因而精确时间与不精确的肉体（我们不是齿轮）之间的矛盾，实际上会在现代生活的每一处表现出来。

近年来，中国城市白领猝死的新闻时常引发人们的关注，但实际上只要一个人每天花费十二小时以上坐在电脑面前，无论做什么都会导致猝死的风险提高。在996大行其道之前，我们曾经历过这种将计算机本身带来的害处怪罪到使用计算机的意图上的另一个阶段：二十一世纪最初十年，媒体记者处心积虑地找到各类长时间泡网吧或玩游戏之后猝死的案例，并试图将问题归咎于网吧或者游戏；早在1980年，就已经有媒体注意到计算机这种设备可能会损坏我们的健康。因此，桌面电脑这种需要长期伏案的工具一经发明，就在荼毒人们的视力、听力、颈椎、脊椎和精神健康。

在移动互联网普及之后，情况可能更容易理解一些。

使用手机的时间越来越长，而工作仅占人们使用手机的很少一部分时间。但当青光眼、颈椎病和“手机手”找上门的时候，我们还是会本能地去将这些痛苦归咎于工作，这种指责似乎就失之偏颇了。

如果健康问题是“使用工具”带来的，而并非“使用工具工作”，就不得不承认，为我们带来痛苦的是现代化本身了。

消费主义足以成为新工作伦理吗？

既然工作本身“有害”，人们为什么而工作？这是一个可以宏大，也可以具体的问题。

向宏大叙事方向展开，这个问题的答案可以是为了社会的进步，为了国家与民族的崛起，为了人类种族的延续。向个体人生的方向展开，这个问题的答案可以是为了过上更好的生活，为了让子女有更好的未来，为了实现个人的梦想。在现实世界中，宏大叙事与个人动机往往似有似无地被编织在一起，然而对于大多数现代社会中的个体来说，上班的理由，就是维持一个稳定的现金流。这个现金流是我们参与现代社会各种生活方式重要的前提基础，因为我们身处一个工业化的商品社会，所需的吃穿用度都不太能像李子柒在其视频里展示的那样“自给自足”了（这正是李子柒视频的魅力之一）。

值得注意的是，获得一个稳定的现金流，与获得一大笔资产，有相似之处，但仍有区别。现金流的重点在于每月、每季度或每年的资产增量，它提供了一种预期生活的安全感；持有大额资产在一定程度上确实能提供安全感，但那种感觉与稳定现金流是不同的。就像老年人在资产颇丰的情况下，仍容易成为理财诈骗的受害者一样，如果手中的资产本身不能提供稳定现金流，那么实际上稳定的现代化生活也就无法期待。

比如一个人如果持有多套无法出租的房产，从资产数额上看可能算得上富有，但如果他不工作，那么实际产生的焦虑感与无房者的焦虑是相当的。

多年以前，中国的互联网上曾经流传一个段子，大致是：中国和美国各有两位老人，中国老人从十八岁参加工作开始攒钱，辛辛苦苦节衣缩食一辈子，到七十岁才买到了属于自己的房子，没住上两天就去世了，房子只有子女享福。而美国老人在二十岁刚工作两年就贷款买了房子，到七十岁贷款还清，自己享受了一辈子房产，还给子孙留下了馈赠。显然，多年以后中国人也已经切换到了后一种模式，因为房价涨幅已经超过了许多人以攒钱的形式进行资本积累的速度，对大多数人来说，以攒钱的方式买房，成为一种不可能实现的路径。

这个段子其实是为说明一个问题，对房地产的重视并非中国独有的特色，因此网上诸多将中国传统文化（安土重迁和“结婚必须买房”）与中国房地产市场牵强附会的说法并不合理。经历过资本主义原始积累跑马圈地和美国西部大开发时期的欧美人，对土地与不动产（字面意义的恒产）的执著，绝不比中国人更低。不要忘记，在二十一世纪，房地产泡沫破灭的首先是美国，即便是在2021年中国出现局部断供潮和部分房地产公司出现经营困难，其规模和产生的影响也远不如2008年引发金融危机的美国房地产泡沫。

可以说，拥有一套自己的、可以遗留给后代的房产，是过去半个世纪里全球主要经济体最重要的个人叙事。因为，无论一个人在工作时有怎样宏大的愿景，他最初进入职场时的个人直接动力，往往都是获得一个稳定的现金流。

而现金流分为两方面，一方面是收入，另一方面是支出。拥有属于自己的住宅，相当于从自己和后代的人生中永久地减去了一大部分月度支出。因而，房地产在某种程度上构成了现代社会工作伦理的一部分。它的原理十分简单，即通过背上一笔稳定的长期贷款，让人无法过上“三和大神”般的生活——你一旦有一笔固定的、金额较高的月度账单要付，就不可能通过自主降低生活水平来适应随机式的工作方式。

未还清贷款的住宅地产，对持有者来说更像是牢房而不是家，因为它会限制你的自由，让你不敢随意辞职，不敢反抗公司的加班策略，不能轻易离婚，不可以随时休息。而且实际上，它并不会在你最需要的时候保护你（自然界对家的定义）。即便你没有做错任何事情，当意外发生导致断供时，它会反过来像狱警一样惩罚你。在许多关于996、猝死或是职场PUA的个人故事中，真正隐藏的压迫者是房贷。

房贷，使得广义上的工人连自由地被剥削的资格（自主选择被A剥削或被B剥削）都失去了，并最终把他们逼上绝路。

如果仔细观察，就会发现在如今的职场中，最拼命加班的，正是那些身上有房贷的人。因为他们是最害怕“意外”的，房贷使他们不仅害怕短暂的失业，甚至使他们在工作中成为公司的利益共同体。当大环境不好的时候，公司的关闭或业绩下滑，对他们来说也等同于失业。尽管没有公司的任何股份，但他们却如公司股东甚至创始人一般为公司操劳，而这一切是尚未背上房贷或坚定地不打算背上房贷的年轻一代所完全不能理解的。

当然，这么说并不公允，因为我们不可能真正地将个人与全社会完全分割开来看，因而拜房产和房贷所赐，全球各国都获得了非常稳定的劳动力市场，而这是全球经济发展非常必要的前提。至于工人是否受到公平待遇和是否分享到了发展的成果，则是发展之后需要考问和追究的问题。

这确实会带来一系列其他问题，当人口减少和房产继承从需求和供给两个方面使这个叙事对个人的吸引力减弱时，躺平时代将不可避免地降临。

随着工作伦理的崩溃和工作本身的痛苦加剧，年轻人给出的答案是躺平。

躺平作为一种文化，我们并不陌生，2017年的“丧文化”风潮，实际上已经有了躺平的影子。

丧文化在网络上的流行，起源于上世纪的电视剧《我爱我家》，剧中葛优饰演的纪春生穿着花布衬衫瘫倒在沙发上的场景，在2016年被作为表情包。丧文化流行后不久，包括人民网、《南方日报》、《光明日报》在内的一系列官媒对此进行了严厉的批判。

2021年，躺平的走红与丧文化如出一辙，同样的精神内核，同样是网络蹿红，同样是在年轻人群体中引发共鸣，随后官方批判。但唯一的不同是，比起四年前的“丧文化”，躺平不再是一个纯粹的文化现象，它正如字面的词性一样，从一个名词变成了动词。许多关于年轻人辞职、年轻人不上班、年轻人回到老家低成本生活、年轻人绝不加班的报道和自述，开始出现在互联网上，这在上一轮丧文化流行时是完全没有的。

关于躺平，互联网上有无数讨论，但这些讨论与关于消费升级的讨论一样，只看到了需求侧：年轻人不想再加班了，不想再内卷了，不想再给“资本”打工了。但我们已经知道，工作的痛苦来自工作本身，如果有机会，大家都想少工作一点，因而，关于躺平的出现，只剩下一个需要回答的问题：为什么现在出现了躺平？

在近代史上，中国的青年们遭受过比当下痛苦得多的阶段，即便假定认可现在的中国存在资本压迫，那也不过是历史上中国青年曾承受过的“三座大山”中的一座而已。为什么在三座大山压迫下的中国青年没有躺平，如今只是面对一座大山却躺下了？

正如分析消费升级中国潮的作用一样，在供给与需求端同时变化时，供给侧的变化才起到决定性因素。一个群体能否躺平，不取决于他们正在承受多大的痛苦，相反，取决于他们躺平后能多大程度规避痛苦，也就是他们是否有躺下的条件。

具体来说，鹤岗市是个很好的例子。

2019年，鹤岗因其“三万元一套”的低价房而受到全国的关注。三万元一套的房子，在广袤的中国大地上其实并不稀奇，许多地区甚至有比这更低的房价，但鹤岗的特别之处在于，许多曾在一线城市“漂”过的青年，亲自到鹤岗考察之后，觉得这里“能住”。

“能住”的标准有哪些呢？

鹤岗有肯德基，有小龙坎火锅，有喜家德水饺，有沪上阿姨和蜜雪冰城，有三个电影院，其中一个有杜比巨幕，有近二十个健身房。城内有公交，有共享单车，有共享电单车，有外卖，通快递。个人宽带入户最高1000M，城区有5G，在修高铁站。并且，鹤岗甚至有一个三甲医院，这在很多人向往的南方城市都是个奢侈品。简单来说，尽管绝对不可能和北上广深比较，甚至不能和新一线和二线城市比较，但鹤岗的城市生活体验可以被视为一种典型的中国现代生活体验。某些维度上，对于一个不富裕的普通人来说，在

2020年鹤岗的居住体验（不包含就业和求学），可能远远好于2010年的北京。

如果一个县城（鹤岗不是县城，是地级市）里，冬天有暖气，做饭有天然气，自来水里有二十四小时干净的水，几乎从不停电，有说得过去的宽带，有高速公路甚至是高铁可以在紧急情况下到更大的城市就医，房价几乎忽略不计并且生活成本极低，还没有大城市的污染和工作压力，这是不是一个理想的人类居住地？当然是。

然而，拜“水电气热管网”基础设施六通政策所赐，这种反经济常识的县城在中国遍地都是。比如在网红旅游路线318国道上，道孚县的二手房均价约为每平方米三千三百元。但由于这是川西线游客的必经“歇脚地”，这个常住人口仅为五点五万的县城中曾有星巴克（因疫情关闭）和瑞幸咖啡。即便不考虑县域一级，根据第一财经记者的报道，2021年，中国有五十个城市（地级市）的房价低于每平方米五千元。

尽管在外界看来，这些城市本身可能具有很大的财政问题，当地的经济发展也存在一定困境，但对于想要躺平的人来说，迁居到财政赤字的小地方，实际上意味着薅到了中央财政的羊毛。

回到鹤岗来说明这一点。

2021年12月23日，鹤岗市人力资源和社会保障局发布通知称，因该市政府实施财政重整计划，财力情况发生重大变化，决定取消公开招聘政府基层工作人员计划。在许多媒体口中，这被称为“鹤岗破产”。中国并没有地方政府破产制度，财务重整也与破产遵循的处理方式不一样，但两者都有相同的原因，即某一级地方政府入不敷出。“鹤岗破产”从侧面证明了鹤岗成为躺平青年目的地的原因——客观上作为一座已经枯竭的前资源型城市，在过去十年里尽管一直处于人口净流出状态，但它的居住体验和商业氛围并没有显著下降，甚至可以说是跟着时代在飞速进步。

这正是由于中国的财政转移支付策略造成的。这里不详细讲述转移支付的逻辑和细节，大体上，中国的转移支付主要是在经济发达地区获得更高的财政收入，然后通过中央预算平衡，将这些钱投入到经济落后地区。用最浅显的话来说，你在鹤岗买一个茶叶蛋（五毛钱）的价格中，并未包含建设鹤岗城市公路的金额。但你在某一线城市的便利店买一个茶叶蛋（五元钱）的价格中，大概率是包含了建设鹤岗城市公路的那部分税金的。

财政实施强转移支付策略的初心当然是好的，它在某种程度上可以被认作“中国仍是社会主义国家”的铁证，也是“先富带动后富”和“共同富裕”的重要工具。但它带来的负面效应是，当现代基础设施的最低标准被过度提高后，必然导致一部分对生活期望不高的人选择主动躺平。

如前所说，并不是每个人都喜欢喝喜茶，有的人觉得此生有蜜雪冰城喝就已经是一种幸福了，而由于物流、交通、通信等基建的完善，这样的幸福已唾手可得，那又怎么能责怪他们“躺平”呢？

还有一件事加剧了躺平趋势，即大城市户籍制度对年轻人不友好。

过去三十年里，无数青年涌入北上广深四座超级大城，但从城市治理的客观现实角度，能被允许留在这四座城市的人，一定是总体中的少数。我们根本无法想象出一种十四亿人仅生活在四个城市的模式，这种假定突破了客观世界的法则。因此，在过去的三十年里，并且在未来很长一段时间，政策仍然会引导让大部分来到这四座城市短暂停留的青年回到他们的家乡，或比之前家乡更高一级的县、市、省会生活。

这一政策的本意可能也是“先富带动后富”的一部分，除北上广深确实不可能容纳中国的所有人口外，它原初的设计似乎是为了让青年能带着财富回到家乡建设自己的城市。比如2022年初“流调中最辛苦的中国人”岳某的经历恰恰证明了这一点，尽管他在北京的工作强度令人心疼，但他也对记者提到“四十多天赚了一万多块”，比他的妻子在家乡一年的收入都高。

可这种策略忽略了过去四十年中，北上广深四座超级城市与三线以下城市的收入差距。举个极端一点的例子，一个在字节跳动月薪税后四万的人，如果他足够节俭，将工作期间日常开销压缩在一万以内（含房租），那么他每月可以攒下三万元的积蓄。以北京每平方米十万元的房价来算，且假定房价不涨的情况下，他需要接近二十年才有可能买到一套住宅。然而，如果他的目标是在鹤岗度过自己的退休生活，那么他在领取第一个月工资的时候，就能买到一套鹤岗的房子。然后，由于鹤岗的人均可支配收入约为每年二点五万元，那么理论上这个人在字节跳动每工作一个月，就能赚出足够在鹤岗平均生活水平线以上一年的开销。

也就是说，如果这个人是在三十岁拿到了这个月薪数字，那么他将在三十五岁——IT行业“裁员线”——之前，攒够自己余生在鹤岗生活所需的所有开销，并且他的生活质量还将比那些终生在鹤岗工作的人高。

这种躺平，与多年前媒体报道的“三和大神”有些相似，三和大神打一天零工歇三天，而躺平青年的梦想是工作十年歇三十年。

这并非一种批判，既不可能批判转移支付和基础设施建设的国策，也不可能批判选择躺下的年轻人，我只是将这种可能的张力摆在这里，解释一个现象，但并没有试图给出解决方案，因为这不是一个能给出答案的问题。

实际上，我认为这种形式的躺平，在一定程度上对社会是有益的。因为，原本在一二线城市工作的人，无论是在自己的本城市躺平，还是去鹤岗那种地方“降级”躺平，都客观上为鹤岗的本地孩子提供了阶级晋升的机会，这实际上缓解了大众普遍认为越发严重的另一问题——社会上升通道逐渐狭窄。

在鹤岗房地产莫名火热的那一年，有许多想要定居鹤岗的人询问，对于年轻人来说，鹤岗有什么工作机会？据一位在当地开设了房产中介业务的短视频博主介绍，对从外省市尤其是大城市来鹤岗定居的中青年来说，从事课外教育行业是个非常不错的选择，因为鹤岗及鹤岗周边乡镇的家长，都希望自己的孩子能走出鹤岗，因此对补习班和艺术教育的诉求极大。

这形成了一种神奇的循环，鹤岗外的人来到鹤岗归园田居，而鹤岗的人借力他们去鹤岗外发展奋斗。

从乡村及三四线城市“走出去”，一直是中国社会集体叙事中最有动力的一支。而赚了一笔小钱之后去过闲适的生活，又是几乎所有现代人心底的个人叙事。

当两者合二为一的时候，有什么不好呢？

当旧工作伦理瓦解，工作仍需继续，我们必须找到新的工作伦理。而消费主义可能将在很大程度上取代房地产，构成下一个时代的工作伦理。

中年人需要认清一个事实，并停止批判那些炒鞋、买盲盒和盲目花钱买NFT头像的年轻人浪费钱，因为如果他们不在这些领域花钱，就根本不需要为你工作。

年轻人只要不至于大规模举债导致社会危机，不会在消费主义中制造大量的浪费与环境污染，那么小规模的盲目消费既填补了他们自己人生中意义的缺失，又促进了社会的消费与生产，可以说一举多得。

但随着消费主义成为新的工作伦理基石，我们将不可避免地从一个生产社会向消费社会过渡。

齐格蒙特·鲍曼在他的《工作、消费主义和新穷人》一书中，使用了一个非常直观且浅显易懂的框架来分析一个社会属于“生产社会”还是“消费社会”。将书中文字再进行一次精简，大致可以理解为：如果我们在大多数情况下用工作去描述一个人，那么这就是一个生产社会；反之，如果我们在大多数情况下用一个人的生活方式去描述一个人，那么这就是一个消费社会。

用更通俗的话来说，在前现代社会，我们会说一个人是鞋匠，一个人是木匠，一个人是制糖的，一个人是种稻谷的，一个人是种苹果的，一个人是养猪的。但在现代社会，我们会把前三类统称为工人，后三类统称为农民。

在现代社会，职业细分在标识人身份的作用上是模糊的，大多数非财会专业的人分不清财务、会计和出纳，非计算机互联网行业的人分不清程序员、运维和产品经理，他们都被更广泛地称为“白领”，与典型意义上的工人、农民划开界限。因为现代化的一大神迹，就是将普天之下千万种职业标准化为几个较大的类目，并尽量抹平他们之间的工作体验差异。用高情商的话说，这叫“所有的工作都值得体面”；用低情商的话说，便是将所有人都按在枯燥无聊的流水线或格子间工作。

鲍曼对消费主义的批判，是由于在西方国家，消费主义没有被“制内市场”驯服。资产阶级革命后的欧美社会，市场一直占据着支配国家的主导地位，而在中国这种情况不会发生。事实上，中国从生产社会到消费社会的过渡，可能会探索出一种新的社会发展范式。它将与拜金主义、新自由主义完全不相关。

为更好地说明这一点，需要从大众对消费社会的主要反思性概念“消费主义”入手，来分析这一问题的本质。

消费社会与生产社会的本质区别是以生活方式而非生产方式来区分社会上的个体，反消费主义者因此对消费主义进行批判：你想要购买的许多商品，都是“伪需求”和“智商税”，是被建构出来的。

但这种批判本身带有一种迷惑性，如果说一切由社会建构出来的需求都是“伪需求”，那么人类似乎应该退回到猴子时代。

我们需要用两种视角来看待广告包装和社会建构带来的需求与商品溢价，下面以一个假设的例子来说明这两种思维方式带来的结论变化。

首先，假定市面上有两个品牌的运动鞋，其中A品牌经久耐用，外观朴素，价格一百元；B品牌质量相等，外观花哨，聘请了流量明星代言，价格七百元。在消费主义批判者的视角来看，A品牌是这道选择题的唯一答案，B品牌是一种“伪需求”与“智商税”。在现代工艺下，一双运动鞋的成本也许是五十元，它的使用价值大约就是一百元，因此高于这个价格的部分是不可接受的。但在消费主义支持者的视角看来，B品牌七百元中的成本与使用价值的计算方式是完全不同的：消费社会中，人们评价他人的依据是“生活方式”而非“生产方式”，这意味着花哨的外观和流量明星的代言费用，被视为有实际使用价值的成本，而不是“智商税”的一部分。

在实际的场景中，穿A品牌的运动鞋去往某些场合可能是不合适的。当然，这也会被批判消费主义的人所诟病，然而这种诟病是无力的，因为当一个场合中的人确实会因为你穿着A品牌的运动鞋感到不适而开始不欢迎你的时候，否定这种他人内心的不适——即便这是一种社会建构——本身是一种在智商和情商上都不够高的表现。

因而，在消费社会中，广告不是商品的附庸，而是商品的一部分；你的生活方式和社交圈层，由你所购买的商品和服务所定义，而这些商品和服务由广告所赋予的文化和社会属性所定义。因此当你购买七百元一双运动鞋的时候，你购买的是一双一百元的鞋，和六百元用于表达即便在运动鞋这种配饰上也不愿意妥协的态度。

在部分批判者看来，“态度”的展示本身虚无缥缈不值一文，但实际上这种标签不仅昂贵而且非常具有价值。直到近些年，这类标签才被商品化且易于购买到。

以前两年十分流行、近两年成为网络迷因的“匠人精神”为例。在过去，只有匠人本身持有“匠人精神”的标签，并且这种标签难以随着商品进行交易，但随着广告、宣传与市场包装，把“匠人标签”与匠人参与工业生产的商品相结合，这个标签被表象化到能在市场上购买，从而在一些其他领域表现出来。一个人购买带有“匠人精神”标签的商品，也许并不一定代表这个人本身具有匠人精神，但至少能证明他对这一精神的认可与肯定。而这使得他更有可能在茫茫人群中识别其他具有同样偏好的人，从而促成工作、生活、社交上的可能性。

学者王宁在关于改革开放前三十年消费制度与文化变革的著作《从苦行者社会到消费者社会》一书中，论述了消费的这种属性：人们追求物，不仅仅是因为物的物理属性或使用价值可以满足自己的生理和生活需要，而更多是因为物被定义为解决个体人生幸福的手段和构建自我认同与社会认同的主要“原材料”。

前面举过一个这样的例子，当“乡下人”与“城里人”购买两种不同渠道的商品时，他们实际上形成了两个独立的文化氛围与社会群体。商品定位与包装的多元性，极大程度地承载了文化与认知多元性的任务。而这本身就具有巨大的价值。

如何规训消费主义？

2021年4月14日，中国人民银行微信公众号发布了一篇名为《关于我国人口转型的认识和应对之策》的工作论文。

在论文中的这段话引发了极大的风波：“……二是重视储蓄和投资。首先要高度警惕和防止储蓄率过快下降的趋势。要清楚我国不仅肩负发展的重任，而且面临沉重的养老负担，要明白没有积累何来增长。其次要认清消费永远不是增长的源泉。要明白由俭入奢易、由奢入俭难；要清楚发达国家消费率高有历史原因，其力图改变，但回天无术，因此不要以此为学习的榜样。”

论文中这段出现于结尾“应对”部分的文字，之所以会引发如此巨大的关注，一方面是它迎合了近些年在中国抬头的“消费主义批判”浪潮，但另一方面则是最严厉的消费主义批判者也能感知到的这一表述逻辑不自洽。

将这种张力抽象出来，会很容易发现，这个矛盾其实是：我们生产，难道不是为了消费么？

无论是西方国家还是东方国家，无论是资本主义国家还是社会主义国家，无论是经济发达国家还是经济落后国家，最终衡量人民生活水平唯一直观的维度，是消费，而不是生产。

因为“消费”一词甚至不意味着购买，在百度百科中个人消费的定义是“人们把生产出来的物质资料和精神产品用于满足个人生活需要的行为和过程”，这意味着生活在现代社会中的人，吃肉是消费，穿衣是消费，开空调是消费，玩游戏、看电视、唱KTV，都是消费。对高消费的批判，应被解释为“与生产力水平不相匹配”的消费水平，而不是“绝对值很高”的消费水平，因为高消费就意味着高生活水平，而否定高生活水平本身是反人性和反发展的。

消费主义的真正问题，是伴之而来的拜金主义与新自由主义，而在具体层面上，它更大的问题是浪费、污染、贫富差距和社会不稳定。这在被市场控制而不是控制市场的西方国家确乎会带来问题，但在中国，这个问题可能本就不存在。

很多人没有意识到，社会层面已经在规训消费主义了。

在1992年全面施行社会主义市场经济之后，经济政策上几乎从未对消费品进行严厉管制，“在经济的三驾马车中要提高消费”曾被写入高中政治课本，“扩大内需”也是二十年来如一日的政策基调。但对待消费具体行为的态度上，却总是有些摇摆或暧昧，我们总能定期在官方媒体上看到对拜金主义、消费主义和奢侈浪费的批判，有时甚至会具体到某些商品、品牌或是个人。

2019年，中国人民银行上海分行发布《警惕“炒鞋”热潮 防范金融风险》的金融简报，就是这样一个例子。时值新冠前的经济鼎盛期，潮鞋与潮玩成了消费品市场中的热门话题，但最终，终结市场过热现象的这份简报，不是来自监管市场的工商或物价部门，而是金融系统。它警诫的是高溢价商品变成一种金融衍生品，以及由此诞生的金融投机文化对青少年价值观造成冲击。至于有钱人想买多贵的鞋，似乎并不是政府部门需要优先处理的事情。这种“放大抓小”的现象，在我们的政策治理中并不常见，大多数其他领域，政策都是抓大放小。

要理解这一点，需要重新回到消费主义的定义上。

周晓虹《中国体验：全球化、社会转型与中国人社会心态的嬗变》一书中，概括现代消费主义至少三个特征：第一，消费欲望的形成不再是单纯由生物因素或经济因素决定，而是涉及社会、文化等复杂因素；第二，欲望具有不断增长和膨胀的特点；第三，消费涉及对快乐体验和享乐价值的追求，这种快乐就有短暂性和易变性，并因此而表现为人们对新奇产品和时尚体验的无尽追求。

抛开道德批判不谈，消费主义的三个特征，与现代社会经济发展的诉求几乎完全吻合，因而对消费主义的规训主要集中在两个方面：

其一，是对消费主义社会建构的管制，通常来说就是对广告与商品所形成的社交货币的管制。

现代社会中，广告或商家赋予商品的文化符号并非商品的附庸，而是商品本身的一部分。但这部分超出商品使用价值的东西，事实上是文化的一部分而非纯粹经济的一部分，因而对许多消费行为批判的背后，本质上其实是一种文化管制而非经济管制。比如关于喝牛奶还是喝粥的讨论，就是这样的一个例子。

其二，是对超前消费的管制，也就是遏制人的欲望“无限膨胀”。相比起第一点，这其实更好理解，尽管政府一直坚定地促进内需，但始终对个人消费信贷保持着谨慎且克制的态度。中国的个人消费贷款，即便是在“网贷”这一新兴业态野蛮生长的时期，也仅从2015年的18.96万亿膨胀到了2020年的49.6万亿。相比之下，全球经济体量比我们靠前一名的美国，2019年的个人消费信贷规模约为14万亿美元。中国在2020年的个人消费信贷规模与同年的日本相当，但要记得日本的人口是中国的十分之一，并且我们都知道日本早已进入了所谓的“低欲望”社会。

在商品文化的建构和个人消费信贷两个领域的限制，基本避免了消费主义在中国野蛮生长出新自由主义和真正的拜金主义的可能性，使得适度的消费主义与“制内市场”一样，变成可以为经济增长和个人发展叙事带来动力的一种引擎。

抛开经济上的问题，消费主义在道德上值得批判么？

在这一点上，我的观点可能与大众存在分歧。个人层面上，消费往往带来两种快乐：一、如果你吃一顿好吃的饭，感觉十分满足，这是来自食品实用价值的快乐；二、如果你吃一顿饭，拍许多照片，然后发布到朋友圈或小红书，获得了成百上千的点赞和评论，这是来自商品社会建构的快乐。

“社交货币天然不是商品，但商品天然是社交货币。”如果你获得快乐的主要方式其实是“社交”，那么应该意识到前半句的意义——你不应该只通过消费来获取社交货币。如果你获得快乐的主要方式是享受消费购买到的物质生活本身，则应当注意到后半句的意义——你的消费事实上除了能给你带来感官快乐外，还能为你带来更多社交愉悦。

因此，消费主义的道德批判，其实是一个平衡问题。

消费主义批判者的问题在于，从经济维度衡量人类社会的发展会发现，人类文明的发展一直处于一个不进则退的“病态状态”。如果某个时代的经济发展停滞，或者换一个通俗的说法，“人们的所有需求被满足”，这将导致更为糟糕的历史事件，比如战争或局部的文明衰退。因为人的需求会在物理层面回归无感，一个没有欲望的社会，或者低欲望社会，才是客观上导致社会衰退进而世风日下的真正原因。哪怕是追求通缩型消费升级，也比全社会进入完全不消费的状态要好。

因此，消费主义在道德上的反面，不是那些在豆瓣穷组里精打细算过日子的人，而是苦行者。

苦行者否认消费能带来快乐，无论是昂贵的还是廉价的。他们为满足某种禅修式的信仰而拒绝消费，并否定消费为人五感带来的自然快乐，并且妄图将这种苦行推广给所有人。消费主义者（包括豆瓣穷组的“低消费主义者”）就像在奶茶店点不同甜度奶茶的人，有的人喜欢微甜，有的人喜欢半糖，有的人喜欢全糖，而苦行者完全在另一个轨道上叙事，他们像是在奶茶店要点无糖凉茶的人，以苦代甜作为人生目标。

然而，除非真的投身某种宗教事业，否则大多数的世俗苦行者都是要赚钱的。只赚不花的苦行者，在行为上反而比消费主义者更像法国作家巴尔扎克长篇小说《欧也妮·葛朗台》的主角葛朗台，他们将“积蓄”与“美好生活”的因果颠倒，错将获得更多的财富当作人生的终极目标，而不是实现幸福生活的方法。因此苦行者才是现代社会的敌人，我们人类进化至食物链顶点，无论如何也不是为受苦而来。

况且，消费是具有实际发展意义的。

首先，从个人奋斗的层面，基础设施建设的广泛投入，正在个人层面创造“躺平”的可能，同时自资产阶级革命以来的工作伦理基石“房地产”（住宅不应被视为大宗消费，而是个人现金流的投资）正在失去其激励人们工作的作用，因而，鼓励消费，鼓励适度的通过贷款获得美好生活，有助于在个人层面上给人更强的前进动力，而不是满足于现状原地踏步。

另一方面，从整体发展的层面，在基础设施充分建立后，只有消费才能发挥出基础设施投资最大的用处——修建的公路上应有汽车，高速互联网上要有游戏和视频，那些通了水电热的山区应有游客，通了高铁的地区应有工厂因地制宜生产出其他地区喜爱的商品。

基础设施投资就像是在自然的地图上驱散迷蒙的暗雾，但一块敞亮的土地并不是我们所需要的，我们需要的是丰饶的果实。

而消费的繁荣，才是我们用现代化开垦这片土壤的目的。

快乐教育与快乐工作哪个是解药？

教育：现代化负外部性的起点

“内卷”这个词，在铁锤砸向教培行业之前，就已经被公众用滥了。

有一个形象化解释内卷的比喻是“电影院”，即在一个电影院中，如果有一个人站了起来，那么他后面的人为看清银幕也需要站起来，然而没有任何人因此受益。如果我们将“教育”视为这个电影院，那么，教育的目的是什么？

“为中华之崛起而读书”。教育是为了让电影院中的每个人都看清银幕么？不，现代教育的目的，其实就是让每个人都站起来，因此，教育在宏观层面上不存在内卷。

回顾现代教育的起源，它与现代化和工业化的需求直接相关。工业革命以后，一方面当适龄的成年人从农民或手工业者转化为产业工人，他们被迫要在每天最主要的时间段远离家庭，因此他们的孩子成了一种“麻烦”；另一方面，为加快社会各阶层人士转化为产业工人的速度，有必要在他们成为合格的劳动力之前接受某种前序过程，以获得参与社会生产必要的知识和技能。在这两种残酷的动力下，1816年，世界上第一所幼儿园在英国的工厂中诞生，专门收留并教育两到六岁的工人子女。小学、中学等后续教育机构也在这个时期转型，教育系统的“入口”与“出口”，深度嵌入工业化社会之中。从这个缘起可以清晰地意识到，在中国以外的大部分地区，教育对个体的促进作用，是在现代教育系统发明之后才被“发现”的。中国的科举制度在历史上有其特殊性，但科举重文轻理，与现代教育体系有些区别，故而在这里略过。

因此，回到那个“电影院”比喻的时候会发现，“让每个人看清银幕”，从一开始就不是教育这间电影院的目标。教育的目标是让所有人都站起来，这里的所有人，是指整个社会，也指民族国家。辛苦的学习对个人来说，不一定能改变命运，但每个人的辛苦学习，必然带来国运的改变。

任何市场发生变化，都至少要从供给和需求两个维度来考察，当所有人都在抱怨教育过于内卷的时候，实际上是在抱怨：即便受到良好的教育，也找不到好工作了。但这恰恰说明，在高考制度恢复四十五年后，中国这个“电影院”中的绝大部分青年人都“站起来”了。

2021年，《我的二本学生》出版后引发了强烈的共鸣。这本书的作者黄灯是一所二本高校的老师，该书比起研究更像是一本札记，记录了作者十五年来从教过程中，四千五百名二本高校学生的困惑与迷茫。

2020年全国高考报名人数1071万人，本科批次的录取率普遍不足40%，一本平均录取率不到10%，这意味着，二本学生不是典型意义上时代的边缘群体，而是这个时代的中流砥柱。高校生的平均薪资在过去十年里的增长水平，是超过中国居民平均可支配收入增长的，所以从最理性的数据来看，即便过去二十年里中国的大学生数量膨胀非常严重，但读大学仍然好于不读大学。

那究竟是什么塑造了这一代二本学生的悲观情绪呢？我在B站黄灯的演讲视频下方评论区里找到了答案，《我的二本学生》引发的不只是二本学生的共鸣，还有专科、三本、双非一本、选错专业的985学生和常青藤但未能找到好工作的海归的共鸣。换个说法就是，这本书几乎让所有此代大学生受到了感召，甚至不仅仅是那些在国内完成教育的学生。

这意味着，教育的问题不出现在宏观层面，而是在微观层面。

谈到近些年一些强制分流性的教育改革时，批评家总是注意到这些政策的第一性后果：无论如何，一部分资质稍平的学生被高等教育拒之门外了，有人调侃，“看起来有的孩子不配学习”。很少有人意识到，这句调侃可能击中了某种客观现实，因为在最近十年里，不断扩招的高等教育实际上已经变成了一种变相的强迫劳动，确实让许多“不配学习”的人，强制性地卷入了不必要的竞争。

在过去的六十年里，中国城市的青少年近视率从10%上升到80%，少年儿童总体近视率达到52%左右（2020年数据）；在过去的四十年里，中国七到十八岁儿童青少年的肥胖率从1.1%上升至20%；自2020年开始，青少年精神疾病进入相关部门的视野，中国青少年抑郁检出率已经达到24.6%，其中重度抑郁的检出率为7.4%，未成年人自杀或产生极端行为的报道愈发频繁。

一位因双相情感障碍而从初中辍学的朋友对我说，在北京安定医院住院、被几个留学的博士生医师会诊的时刻，是他此生中的某种价值高光，因为他可能以后再也不会有机会住在二环里了，再也不会有学历那么高的人为他服务了。

在商业领域，近些年的一个热词是“资本的负外部性”，即在投入一元钱后，除了那些能摆在台面上的数字之外可能存在的成本（比如多年后治理污染的成本）。而现代化的负外部性，也早已在现代教育领域显现出来，它是众多个体在求学过程中所受到的身心伤害与收益落空的加总。这种宏观层面不易察觉但微观层面会世代累积的负面影响，使得现代教育的边际成本在上升，而边际收益在降低。只有当这种微观层面的痛苦累积到一定程度，才会在宏观基本面上形成警示。比如偶发的学生自杀并不会引起公众同情以外的社会行动，但如果命题变成：每增加一百万的大学录取名额，会同时新增十万身心存在疾病的成年人，那么继续扩大高等教育是否仍是一个合理选择，就值得被讨论。

其实只要我们将上学想象成一种工作，将以上这些数据当作一种工伤，就会理解分流性教育政策是一种非常正常的劳动保障措施。

与强制分流性政策打配合的，是对公有制教育以外的培训机构的打击，这彻底断绝了部分学生（主要是家长）“过分努力”的机会。亦即这套政策实际想要达到的效果是，筛选出那些努力程度不至于导致肥胖、近视、精神失常及其他扭曲身心的地步也能获得良好成绩的学生。这确实是依据某些分数以外的特质使一些未成年人失去了获得高等教育的机会，但与操作某些危险机床、需要达到一定身高在本质上没有区别。不让这部分继续学下去就“有危险”的孩子继续学习，才是保障他们自由发展的基础。

因此，“有的孩子不配学习”，指的并不是剥夺人们选择的权利，而是应在自由选择的基础上，设置刚性的保障。就像在奥林匹克运动会上不只要对危险动作设置限制，还要对兴奋剂做出限制。

当然，言至于此，仍会有很多家长并不认可这种保护，认为无论如何人应当有“再努一努”的自由，就像所有猝死的人在黑暗真正来临的那一刻之前，都觉得自己可以“再努一努”一样。

那么，究竟要怎么做，才能解决教育内卷呢？答案似乎只能从教育的后续，也就是工作的改革去思考。

实际上，我们很难不从工作的角度去思考教育，因为现代教育的本质就是为工作提供预科培训。即便所谓的“非职业教育”和“非应用学科”，也绝不是像前现代社会中的许多教育那样，只是为了培养王公贵族的业余雅趣。因而，东亚近代教育的一个问题是：我们在牺牲现代人一生中短暂的可以合法拥有长假的时间，去争取一个未来没有假期的职场（996）。

从个人角度讲，如果说学习的目的是改变命运，那么这个目的里隐藏着一个潜台词，就是改变后命运应该比改变前更好。在以前，这是无可置疑的，但现在，这个前提需要打一个问号。教育的问题事实上不在教育阶段，而在职业阶段，是因为在当下的生产力水平和社会分工中，并没有实现让所有工作都得到尊重和体面，才导致了个人层面教育的内卷。

学而优则仕的传统文化和改革开放后学而优则商的新思潮，始终将高学历当作社会成功的唯一路径。这种成功一般指两个层面：职业生涯的上限与职业生涯的下限。

而学历在这两个目标上的作用都在减弱。

过去，当人们惊叹于企业家的低学历时，总会认为那是偶然现象，但当短视频时代来临，大量网红通过自己的表演或外貌取得成功，便进一步动摇了人们对学历的信仰。

短视频时代，许多网红的学历并不高，甚至有人认为高等教育是阻碍人们在视频时代取得成功的原因：如果一个人的脑中充满了符号标志与专家系统，他实际上失去了某种与话语体系之外的人共情的能力。若非一个短视频博主在非自己术业的范围内发表了有关科学和知识的误导性言论，那么拿学历来衡量一个主播是非常不合理的，这个世界上许多伟大的艺术家和创作者都没有很高的学历；拥有高学历的那部分中，有很多是在获得艺术成就后重新进入教育系统进修的。

艺术创作和内容创作，很多时候是一种情感表达而非观点表达，科学的系统性训练、即“科班出身”确实能提升这种表达的效率，但当“镜头”不再是一种稀缺资源的时候，这种效率的意义大大降低了。我们在短视频平台中看到的很多碎片化的小品、短剧、段子，都是由完全没有受过系统训练的人出演和拍摄。但没关系，因为他们即便演砸了，也只不过是被我们用指尖快速划过，并不会对这个社会整体造成什么资源浪费。

如果说取得成功代表着职业生涯的上限，那么许多拼命想要获得更好教育资源的人，其实只是希望自己不至于落到职业生涯的下限去。这样的下限，在大众的语境中一般是指去工厂做工，成为外卖员，去餐馆端盘子等。但这正是问题所在，我们为什么会认为这样的工作是职业生涯的下限？难道任何一个都市丽人的体面生活，离得开环卫工人的工作么？

在劳动力匮乏的欧美市场，蓝领工人和服务人员的地位比国内高很多，而这种地位之高，是由经济地位撑起来的。随着“二战”后的产业转型和少子化浪潮，劳动力资源短缺成为欧美市场的常态，因而那些稍懂技术的工人自然在市场中获得了竞争优势，这也是我们经常听说在欧美社会请人来装修要花多少钱和花多少时间的原因。

这回到了在分配领域“左右摇摆”的那个循环：如果体力劳动者的薪资高到咋舌的地步，那么就会有移民涌入来掘金，从而导致整体薪资水平再度下降。

在过去，这似乎是个无解的问题，但现在，或者说在不久的未来，这个问题是有希望得到解决的——劳动者的地位不一定与其经济地位对齐，即工作体面与纯粹经济报酬脱钩。

部分环卫工人的工作状况改善，可能是一个例证。上世纪，环卫工人典型的工作工具就是扫把与簸箕；之后，三轮车逐渐成为城市环卫的标配；近些年，道路清洁车成了部分大城市中的主要工具。数据显示，2010年到2020年，中国新增环卫车辆由1.62万辆/年增加到11.39万辆/年，复合增长21.50%，而保有量到2020年则为50万辆左右。尽管对上过大学哪怕是上过二本大学的中国年轻人来说，成为一名司机仍不算什么体面工作，但比起二十年前，甚至十年前的环卫工作来说，这些能够有机会开上环卫车自动清洁路面的环卫工人是十足体面了起来。而且客观来说，封闭式的环卫车提供了遮风挡雨以及与垃圾隔离的工作环境，对地面的自动清洁减少了这一“体力”劳动中劳累的部分，它确实使得清洁城市道路这一枯燥工作中的大部分痛苦消失了。并且这种工作体验的提升，并未触及影响社会创新与进步的分配层面，也就是说，它不是依靠一个突然“左倾”的政策或运动，让所有环卫工人的薪水涨到与博士生相同水平来实现的。如果真的这么做，那么对通过勤奋与天赋考上大学、研究生与博士的那些人，又是显然的不公了。

可以顺带说一下人口与劳动力问题。在一份关于中国环卫工具市场的预测报告中，有一个有趣的推导，它计算了在有现代化工具和无现代化工具的情况下，中国2025年可能需要的环卫工人数字。根据国务院编制的《国民经济和社会发展第十四个五年规划和2035年远景目标纲要（草案）》，到2025年，中国城镇常住人口将达到9.5亿左右。据此估计，全国城镇生活年垃圾清运量将有5%左右的涨幅。另一方面，全国所需清扫的城镇道路面积亦以每年4%左右增长。按照这一数字估计，在没有智能小型化环卫装置的情况下，从2020年到2025年，中国需要新增50万环卫工人，使环卫工人的总体规模达到500万至550万。但如果半自动的清扫设备得以普及，实际的情况可能是缩减。

随着科技的发展，我们——中国乃至整个人类社会——是并不需要那么多劳动力人口的，而人口学家和经济学家所担心的人口红利消失，重音从来都是在“红利”两个字上。人口红利，实际上就是一种劳动力供给过剩，导致每个人都不能获取正常报酬的状况。

人口红利对产业来说自然是红利，但对于个人来说，从来只会带来内卷。

2022年全国两会期间，全国人大代表、小康集团董事长张兴海在建议案中提到，近年来由于直播、外卖、电商等行业的崛起，年轻人不愿意再进入工厂上班，政府、社会、企业等各方面应共同努力，鼓励支持年轻人争当产业工人。

从短期来看，张兴海所提到的服务业及其他灵活用工行业与制造业的用人需求冲突确实存在，但劳动密集型制造业早已不是撑起中国经济所需要的。

在欧洲和美国，关于制造业的议题与中国完全相反，那里的人们在讨论新兴制造业因为自动化程度过高而造成了产业工人失业。早在2011年，富士康创始人郭台铭曾宣布在五到十年内完成首批自动化的工厂。十年后来看，这一宣言并未完全兑现，但进步依然明显。以深圳的“黑灯工厂”为例，单条生产线减员接近90%，但生产效率却提升了30%，库存周期降低15%。其中，产能提升18%，人力耗用减少84%，实现每百万营收制造费用降低11%，管理费用降低8%。

在新世纪的第二个十年里，鼓励年轻人进入工厂流水线成为产业工人，是具有道德缺陷的，因为在他们可以预见的职业生涯里，必将迎来中国制造业由劳动力驱动型向技术驱动型质变的临界点。我们现在应该做的，是让尽量少的人进入低端制造业，以避免在那一刻来临时造成大量的失业。以制造业企业“美的”为例，在2012年到2020年期间，由于其在数字化和自动化上的努力，美的的工人总数从19.6万人一度减少到11万人。伴随着这场数字化改革的，是1400多起与裁员相关的劳动仲裁官司。如果中国所有的制造业企业都与美的一样向下一个时代的生产力转型，便应当提早纾解这部分劳动力，而不是因为一时的用工荒继续“鼓励”或“建议”年轻人向制造业回流。

随着制造业的这种转型，源自工厂生产模式的八小时上作制，也极有可能在不久的将来迎来终结。

工作时长一直是劳工权益中的一个重要部分，但随着越来越多的人脱离实体第二产业（工厂），走进第三产业或虚拟第四产业（技术与用户体验），压缩办公时长对于劳动者幸福的提升会逐渐减少（当然，从加班地狱恢复到正常的上班时间还是有意义的）。

工时管理的理念，源自第一次工业革命所产生的“工厂”这一形态，它革命性地切割了工人用于生产活动的时间和生活休闲的时间，并在第二次工业革命中确立为工业社会的主要劳动力管理方式。马克斯·韦伯在1904年发表的《新教伦理与资本主义精神》中，引用本杰明·富兰克林的话“时间就是金钱”，来论证基于劳动时间的工作制度是资本主义精神的本质。

但是，随着第三产业和第四产业的发展，消费端发生了巨大的变化。在许多关于996和007的讨论中，我们经常听到有人抱怨无效加班——即便是没什么工作，也要在工位上坐到深夜才能离开。这些深陷996的员工不一定真的在晚间没有工作，而是不知道工作什么时候降临。由于互联网和全球化，社会不再遵循昼夜节律产生消费行为，我们会在清晨购物，在傍晚看直播，在深夜购物。广义上的消费行为（包括互联网上那些没付钱的行为）分布于一天中的任何时段。当深夜你在互联网上点击一个按钮的时候，一条指令将通过一个混沌且复杂的系统，进行一系列传导，变成后半夜某个时刻某个打工人工作面板上的一条当日任务。

我们原本能在八小时内高效完成的工作，被系统拉长到随机分布在二十四小时里，这破坏了工时制的合理性——公司认为你的工作量其实并不饱和，你则认为公司占用了大量休息时间。

这种系统的不可捉摸性，除了让消费端产生永不停业的需求，也让劳动力构成正在发生巨大的变化。

在工业革命早期的黑暗时代，资本家利用秒表计算工人产出每一个零件的精确时间，然后再用工时和产量两头衡量员工——如果你在规定时间内没有完成足量的零件，证明你偷懒；如果你完成了足够多数量的零件却提前下班，意味着你已成为熟练工，可以领取微薄的涨薪，然后迎来更高的绩效指标。

过去三百年间的大部分时间段和大部分领域中，这都是"正确的"（尽管它是一种压迫），因为它有助于提高社会生产率，但随着信息时代的来临，现代职场不再完全以制造业为中心，工时与成果的正相关性正在变得越来越低。企业仍然需要购买劳动力，但劳动时间不再是劳动要素中的一个必要元素，一个方案、一个观点、一个信息、一套方法论、一个创意、一个设计、一个关系链所产生的价值，可能远高于一个员工一年的劳动时间所创造出的价值。与制造业时代不同，这些基于信息的劳动要素是可以被复用的，更加适应于打破工时制度的永久远程办公。

一个明显的例子，在中国的新媒体行业，其实存在一个庞大且独立的渠道运营外包群体。这个群体中有小型机构企业，也有个人，他们的主要服务就是帮助品牌或内容机构每日对公号进行排版、回复平台留言、处理不同平台的认证续期等。这种工作一般在企业内被划为“基础性劳动”，但事实上它又没有那么基础。企业聘用一个熟练且具备学习能力的新媒体运营，需要支付较高的薪酬，但除非企业拥有很多个品牌需要运营，否则这名员工的大部分在岗时间无法被足够的工作量填充。而在远程外包模式下，一个熟练的新媒体运营者可以在同一个时期内代运营五到八个账号，并有时间学习最新的运营技巧以保持自己的竞争力。在这个过程中，这一拥有熟练技能的运营者收入会显著上升，而每个企业在获得同等运营水平的情况下，支出却大幅度减少。

远程办公与灵活用工，带来的是一种整体范式的变革，它在宏观层面上影响我们的财政（社保及税收方式），在中观上影响企业应当维持何种规模甚至企业这种形态本身是否还应当存续，在个人层面则影响我们应该如何平衡工作与生活。

回到制造业与外卖等新经济形态的具体争论上来看，劳动力选择涌入外卖平台、直播平台，是因为无论从任何角度讲，逃离制造业都是这些劳动力个体在个人层面能做出的最佳选择。

尽管这些年关于外卖员生存状况的报道愈发频繁，但这恰恰是由于外卖是首个让城市居民大规模见到进城务工的农民工的行业。此前，城市吸纳农民工的主要行业是工地与工厂，两者均与真正的城市生活相隔绝。这种隔绝使得农民工失去了更好地观察和体验城市生活的机会，也断绝了他们走上自我发展的道路。而那些仍存在于工厂与工地中的恶劣工作环境与不体面的工作方式，则很少见诸报端。

齐格蒙特·鲍曼在《工作、消费主义和新穷人》中观察到，在二十世纪末，人们对失业的直接联想，从“死亡”变成了“无聊”。也就是在前现代社会，一方面是劳动生产率的低下，另一方面是社会保障措施的缺乏，适龄个体一旦停止劳动（不一定是停止上班，因为那会儿没有工厂），面临的往往是直接的生存危机——饿死，冻死，但随着上述两个条件的改善，大多数经济发展水平在一定基线以上的国家都提供了一定的社会保障机制，以确保因非客观原因暂时失去劳动机会或能力的人无须直接面临死亡的威胁。这使得许多人对失业的感受从“我会饿死”变成了“非常无聊”。

这种无聊是全方位的，你的同龄人都在上班，你的长辈和晚辈可能也在上班，整个社会都在上班，社会运转以八小时工作制为中心设置昼夜节律。又因为没有充足的可支配资金，所以也无法通过购买娱乐商品和娱乐服务来充实自己的生活。这是比较成熟的现代社会中，失业者的主要感受。

由于转移支付和社会生产力的提升，中国年轻人的就业观正在发生这样的转变，无聊、无趣、没意思，成为辞职重要的原因，而一旦趣味性成为衡量工作的标准之一，那么工厂流水线就几乎毫无胜算。

在关于两会委员建议案的许多后续讨论中也提到了这一点，尽管流水线工人的工资并不像大家想的那么低，骑手的收入也不一定像美团和饿了么宣传的那么高，但年轻人还是义无反顾地离开工厂去做外卖员了。毕竟，在城市中风驰电掣地驾驶本身就是一种乐趣，而在流水线上给包装盒贴Logo则绝不是。

与鲍曼写就此书的1998年有个巨大的区别，那个时代失业会导致无聊，而现在失业并不会。

全球互联网在过去十年里提供了海量免费或价格十分低廉的娱乐活动。2015年以后，以《王者荣耀》为代表的手机游戏和以抖音为代表的短视频，为全社会无论贫富之人提供了大量欢乐。2017年，一项中国的研究表明，互联网的使用行为会显著降低幸福感获取对收入的依赖。

不同的工作有不同的痛苦，而不工作则总能获得相似的快乐。这进一步促进了躺平浪潮。

快乐教育，还是快乐工作？

经历了十六年起步的痛苦求学之后，当代大学生获得的工作值得么？

黄灯教授书中的二本学生们，以及这本书所引发的共鸣已经给出了答案：不值得。

而且，这种不值得的、令人痛苦的工作似乎看不到尽头：2019年，中国的人口预期寿命达到77.3岁，超过了美国，这使得延迟退休几成定局。

我们必须承认的客观事实是，没有人、企业或政府能从空气中变出面包，因此人口老龄化带来的必然是退休年龄的推迟。当越来越多的年轻人受教育年限从十二年（高中、职高）变成十六年（本科及以上），而老年人退休后不事生产的时长从十年上涨到十五年的时候，即便在保持人口规模不变的情况下，“吃饭”的人也在迅速扩大，而“做饭”的人在迅速减少。

但当退休变得遥不可及，人的一生中大部分时间都必须投入到生产工作中的时候，如何快乐地工作，就成为工作的元命题而非附庸，否则，躺平就会逐渐从社会中少数群体的选择变成大多数。

一般来说，有两种方法提高工作的快乐，其一是经济方式，另一种则是非经济方式。在大众的认知中，经济方式总是第一位的，也就是“赚得越多越快乐”。但赚钱更多的工作本身可能并不快乐，快乐的是它为人们提供了一个几年后不再工作的可能性（提前退休或财务自由）。这回到了前面提到的现代性陷阱中，它是一种极具不确定性的延迟满足，并且存在结构上的矛盾——如果社会创造出许多使人在十年内就财富自由的岗位，难道说十年后社会的运转就不再需要劳动力了么？

早在2010年一份关于美国的调研报告就指出，收入与幸福感的关联度存在转折点。具体到美国来说，年收入超过七点五万美元后，收入的增长不再显著增加幸福感。在2021年的一份新研究中，研究者将幸福感的来源进行了细分。他们发现，收入与幸福相关性的转折点并不出现在所有的人群中，在一部分视金钱如己命的人群中，收入与幸福度的关联性是其他群体的四倍，并且即便在越过收入—幸福转折点后，相关性作用依然存在。这意味着这部分人群拉高了收入与幸福度的相关性。

虽然大家口头上都说收入高一点会更好，但实际上对在改革开放四十年后进入劳动力市场的年轻一代来说，收入因素作为工作评价的决定性地位，正在受到明显的动摇。第一财经旗下塔门的一项报告显示，赞同“工作只是一种谋生手段”的青年仅占54.9%，而认为“工作是维持和社会发生联系的媒介”的认同比例却超过了75.2%，这种对待工作的态度在2010年是难以想象的。即便是在新一代年轻人形容一份工作好的俚语“钱多，事少，离家近”中，也有至少两项与经济因素无关，但极少有企业正视这一点。

我们真正需要的其实不是快乐教育，而是快乐工作、体面工作。幸福是主观的。即使到了如今的时代，个体的幸福仍然难以被数值量化，而现代社会几乎一切的宏观调控与中观的社会运转与解决方案，都仰赖于对数字的控制，直接的后果就是，我们系统性地忽视了“个体幸福”作为一种参数与各种社会运转机制（包括商业和非商业）的互动。

许多政策和企业在提升劳动者福利方面，采取了大量成本巨大但收效甚微的举措，姑且称之为“撒钱式”劳动福利。在《中国新工人：文化与命运》中，吕途自己的卧底日记中有一段对外资工厂入职培训的描写，也许更能让人理解在尊重工人方面，“撒钱式”福利无法做到的地方——

德资公司人力资源部的陈经理进门首先说下午好，然后对着工人九十度鞠躬，鞠躬后稍作停顿才起身。而后他做了自我介绍，包括名字、电话和电子邮箱，说有任何问题都可以找他。在他打开投影的过程中，吕途注意到了他桌面上的一个名为《中国在梁庄》的文档。

陈经理的培训内容是“信息安全”，但在培训过程中他不断跑题。他用乔布斯的故事来证明生命比钱更重要，用共产党的故事来证明声誉比生命更重要，向工人讲解通货膨胀的意思，用通俗的话解释竞争与工资差异的价值与意义，在培训的尾声表示自己的讲解可能有许多不到位，请大家多原谅：“大家都是大人了，大人有大量，要原谅我。”

在离开培训之前，他重复了五遍“下班慢点儿走”，重复之后接着说：“现在充斥人们视野的都是：更高、更强、更快。所以我要强调下班慢点儿走。这和质量管理也相关，我们下班之前要把各项工作都检查好再走。”

在培训结束后，吕途询问其他工友对陈经理看法时，一位女工说："他给我们鞠躬的时候，我都不敢看他了，都不知道怎么办好了。"

可见，这种资方对劳方的"尊重"，至少在本书所写成的年代（2013年）是并不常见的。尽管在我们看来，这家德资厂员工培训的本质与其他工厂并没有太大的区别，都是工厂基础秩序和劳动力驯化的一环，但它在细节上的处理，与那些将工人当作动物一样训练的残忍资方完全不同。陈经理在阅读《中国在梁庄》是一种象征，意味着作为一名"资方"代表，他至少愿意去了解和体察自己所面对的"劳方"，把他们当作有故乡，有教育背景，有成长经历和有精神源流的人来看待，而非劳动力市场上今日来明日去的"商品"。尽管其动机可能仍是为了满足自身的本职工作，即成为一名更好的资方代表，但这依然是一种进步。

尽管在制造业中仍不流行，但企业文化与雇主品牌的建立在城市企业中已经流行了数年。长期以来，在中国企业里，企业文化和雇主品牌建设一直是人事管理部门的附庸，在许多境况下，那些尴尬的团建与年终答谢宴，加剧了员工对工作的不认可和离职的倾向。

对员工的尊重，体面的职场环境与氛围的塑造，是一系列细节的精准控制，而非撒钱式的一蹴而就。这种细节与态度上的改善是难以用经济账算清楚的，一方面在入职培训中多加一个切实理解员工的培训所需的成本是清晰的，比如需要梳理企业文化，需要有人制作PPT和定期更新这些话术，需要调研员工对什么样的企业文化感到认同。但另一方面，这种培训对公司的收益却是不明显的，因为员工的心理感受难以量化，并且难以与其他更为刚性的指标形成因果关系；更重要的是，由于劳动力的流动性，打工人的心理状态在某种维度上是一种“公地悲剧”——一个现代人如果在职场中感受到太多的精神压力，那么企业的最优策略是辞退或让他“自主离职”，而当他进入下一家企业时，这家企业自然不会认为疗愈员工此前积累的精神创伤是自己的应有责任。这就像在工业革命后的一段时期里，由于每个企业都有权利向空气中排放污染，因为空气属于所有人，所以没有人会为糟糕的空气质量买单，于是所有人只能被迫呼吸肮脏的空气。

但随着就业心态发生改变，躺平从文化现象变成群体实践，各行各业将不得不开始重视劳动力的实际工作体验。一些显失公平或完全无法做到体面的工作岗位将逐渐消失，进而被机器人和人工智能替代，比如首先可能就是工厂的流水线，因为无论工厂如何善待工人，他们仍无法解决做流水线本身就是无趣的这一事实。

但在十年后，外卖员这个岗位可能也会消失，因为，尽管对于目前身处其中的劳动者来说，外卖是一个比制造业流水线工人更为体面和有趣的工作，但外卖员这个岗位仍有一些客观因素，导致其无法变得真正体面和受到尊重。具体来说，中国外卖行业的蓬勃发展，其根基是外卖员收入较低。2020年，外卖单笔订单实际配送费用大约6.5元，2019年是大约6.8元。对于一笔单价约30元的外卖来说，这一比例已经偏高。但这样的收入，不足以让外卖员在体面的工作方式下取得理想的收入，这才导致了外卖行业一系列交通安全和社会保障等相关问题。在欧美市场，食品外卖业务的发展一直不如中国，原因就是偏高的人力成本使得外卖食物看起来远没有自己出门觅食那么实惠。

外卖行业对外卖员的压迫，其根本原因不在于平台抽了多少成，而在于在一个真正公平的社会里，根本不应该存在配送费6.5元的上门餐饮服务，否则无论如何对送餐员来说都是一种压迫。因而，食品外卖的终局必然是机器人送货，只是这个自动化的进程要慢于工厂，因为从技术角度来讲，实现工厂的自动化比实现城市复杂路况下的机器人送货要容易得多。这意味着，外卖行业是一个缓冲池与中转站，它在当下吸纳那些来自工厂流水线的劳动力，几十年后再将这些劳动力吐出。

外卖行业作为劳动力的中转站，对比工厂有一个重要的优势，它提供了一种真正的观察城市与学习城市生产生活方式的机会，这更加符合中国未来进一步城镇化的整体趋势。

一个背景数据是，中国的城镇化率从2010年的49.95%上升到了2021年末的64.72%，并且这个数字仍在继续提升。同时，根据农业农村部印发《“十四五”全国农业机械化发展规划》，在2025年中国的农作物耕种收综合机械化率将达到75%，届时第一产业也不需要那么多人了。这意味着大部分持有农村户口的劳动力，在大城市赚够钱之后，不会回到农村，只是从一线、二线城市，回到三线或四线城市。这些仅在户籍层面上是农民的农村人，必将在其有生之年成为彻底的城市市民。城市的运作方式与农村完全不同，无论是生活还是生产，而尽早学会这一点，将决定这些进城务工人员的“下半生”如何度过。

用更为具体的数字来描述上面这段话的意思，可能会更好理解一些：十到十五年前，在厂子里赚够了钱回老家盖房，是那一代进城务工人员的主要奋斗叙事，但在当下一代，回到省城、县城开设自己的小买卖，成为新一代进城务工人员的目标。美团研究院2020年的调研显示，有57.5%的骑手对未来一年最大的愿望是“多赚点钱，想自己创业或做小生意”。而要实现这一目标，近距离学习与观察城市中的服务业与消费者是必要条件，将其“关”在工厂和工地，只能让他们离自己的梦想更远。

现代性的得与失

现在，让我们一口气将本文的全部逻辑串起来。

在过去的四十年里，普通中国人对现代性问题并不关心，但我们对这些问题也并不陌生。由于整体一直以来的阶级斗争惯性，又因为改革开放到中期出现的一些阶段性的财富分配不均等问题，导致绝大多数的民众和少部分精英都误以为我们是重新陷入了一个阶级危机，一个意识形态问题，但实际上可能并非如此。现代性所带来的后果，对人性的异化或者说后现代性的思潮，其实与姓“资”姓“社”完全无关。它的本质是人类作为一种动物的天然感性与贯彻机械理性之间的矛盾，或者说是人作为有机体无法成为一个完全耦合的零件嵌入到以机器生产为代表的现代社会之中的矛盾。

尽管卓别林的影片《摩登时代》讽刺的是资产阶级，但实际将工人异化的并不是拥有机器的资本，而是机器本身，即摩登（Modern，现代）。持有机器的人可以是资产阶级、封建领主、纳粹分子等一切历史层面的邪恶反派，但同样也可以是历史中正义的主角——工人自己。只要机器本身不发生改变，需要人以枯燥的形式操作，异化就会存在。

工作，在流水线上工作，在流水线上超时地进行简单重复的工作，本身就是一种痛苦。这种痛苦正是梭罗在《瓦尔登湖》中想要逃离的，它由琐碎的现代性细节所构成，比如早起，比如工作单调，比如精准地控制动作，比如无法看到除薪水以外的劳动反馈，比如一生的大多数时间在闭塞的工作场所中度过等等。工作本身的痛苦，不会因为通过集体所有制或公有制掌握了工厂而改善，因为到目前为止，所有的意识形态问题都不作用于劳动本身，而只作用于劳动成果。

资本主义和共产主义的争端，只是在解决工人付出痛苦之后的利益分配问题，两阵营实际上在争吵究竟该为这种痛苦支付怎样的赔偿，但两者都从未试图解决痛苦本身。因为在很长一段时间，解决这种痛苦会动摇现代社会的根本——生产力。在这个大前提下，后现代性思潮和反现代性思潮诞生了，无论在资本主义国家还是在社会主义国家。躺平的本质是不工作，不参与机器大生产或类似机器大生产的生产模式。至于不为谁工作，这并不重要。选择躺平的年轻人，同时拒绝为资本、集体和自身工作。

即便是在完全公有制的模式下，工人的所有产出都服务于工人群体本身，个体工人依然会因为工作感到痛苦。但普通民众和执政者往往难以意识到这一点，因此我们会看到在世界范围内，政治总在左倾和右倾之间发生摇摆。人们寄希望于通过改变机器的所有权来解决自身的痛苦，这在某种程度上像是古代中国周期性的农民起义，通过改朝换代释放一些结构性留存的社会财富来暂时性地补偿痛苦；又像是被斥为虚假的美国两党制，在政党更替中给民众以幻觉，但实际上无论民主党还是共和党当选，都不会改变美国作为一个资产阶级民族国家的国家本质。

改革开放的前四十年里，精英和大众都不太相信中国将会面对后现代性问题。这是因为，我们当时还没有完全实现现代化，简单地将后现代性理解为资本主义社会发展到中后期，在大资本操控和消费主义构建到极致之后人的一种病态。

从表象上看，确实如此。

美国二十世纪出现的后现代思潮，伴随着年轻人开始过上游民（流浪乞丐）生活，吸食大麻，过度的性解放和与世无争且毫不上进的嬉皮士生活方式。但并不是资本主义导致了这些，而是资本主义顺应了这些。资本主义的特性之一就是自利性，当社会出现后现代浪潮的时候，它绝不会像社会主义国家这样尝试对抗，而是会利用年轻人的后现代浪潮巩固自身。用更通俗的语言来说，如果社会上愿意吸食大麻的年轻人越来越多，那么政府就会帮助企业把大麻卖给年轻人然后赚上一笔。

难以想象在一个社会主义国家会出现这种问题，但后现代性危机依然会以其他形式出现在这里，比如躺平。因为，现代性危机和后现代浪潮与姓“资”姓“社”无关，它只与现代性和社会的现代化程度相关。从这点上来说，中国在改革开放四十年后出现了局部的现代性危机，这是一件可喜可贺的事情，证明我们在现代化建设上，终于达到了一个前所未有的高度。这并不是阴阳怪气或是反讽，而是一种真诚的称赞。

因为只需回忆一下就会明白，仅仅是在十年前，你都非常难以想象“躺平”会成为一个社会热议的话题。因为在2011年，中国的人均年收入为6930元，贫困人口1.22亿，约占当年总人口的9%。而当年的贫困标准为人均年纯收入2300元。这意味着，在2011年，如果你敢躺平，大概率会死。而在“躺平”成为热议话题的2021年，这一话题得以成立的基础，正是一部分年轻人发现，即便自己将躺平付诸行动，也绝不会饿死或冻死，甚至生活水平仍能保持在一个相对体面（有质量不错的衣服、日常社交和廉价娱乐）的基线之上。

很难将躺平定义为社会主义式的后现代浪潮，或中式后现代浪潮，因为在日本、韩国、中国的香港和台湾地区也出现了类似的思潮与行动。因此，我们将其定义为东方式后现代浪潮可能更为合适。与欧美的放浪不羁和及时行乐相比，它的显著特征是内敛且低调。

但无论是西方式还是东方式的，身处后现代浪潮中的年轻人自身也都存在一个结构性矛盾。这个矛盾与现代性危机所指的矛盾（人永远无法适应机器）形似，但并不相同。这个结构性矛盾是后现代性的自反性——我们无法离开现代社会，即便由它所衍生的现代性给我们带来了许多痛苦。

现代社会的每个人无论身处于东方国家、西方国家，还是什么阵营、何种阶级，甚至是那些处于结构性被剥削地位的人，都从现代化中获得了巨量的好处。用大白话来说，如果没有疫情，在2021年的中国，即便是月收入3000元的人，生活质量可能也比百多年前的慈禧太后要好上不少。这个收入偏低的当代中国人可能穿不起绫罗绸缎，但淘宝和拼多多上的基础款羽绒服也比清朝最好的棉衣要暖和轻便；慈禧兴师动众劳民伤财在北京城数个地点开凿了上万平米的冰窖，只是为了将冬天的冰存到夏天来祛暑，而现在每一个装有空调的家庭都能在这一点上比慈禧过得更舒服。甚至是经济条件不足以购买空调、支付电费的当代中国人，也可以去地铁站、图书馆、商场等公共场所享受这种超过老佛爷的体验。

然而，不会有任何人觉得自己比百年前的人在这种生活细节上感到幸福。相反，在后现代浪潮中，年轻人会怀念过去，并痛恨当下。

人们并不是痛恨所获得的东西，而是构建这一切的过程。甚至可以把东方式后现代浪潮的主体表现，具象化为“我们都愿意在空调房里度夏，但没人愿意在流水线上生产空调”。我们，或者说大部分真正在生产空调和其他任何工业制品的现代人，无法将自己生产空调与自己获得了冷气之间联系起来。无论这个冷气是来自他自己购买的空调，还是在计划体制下由单位分配的空调，或者是从公共场所“蹭”到的。

我们并不能因此而责怪躺平的年轻人“不够上进”“不识大体”，因为这种生产与消费（或享受）之间的完全脱离，正是现代化所追求的。

现代性最大的三个推动力分别是“时空分离”“脱域”和“知识的反思性运用”，这导致了各种事物在时间与地点上的分离与抽象，投入与产出的分离与抽象，人的精神的分离与抽象，进而消解了人们生活与工作的直观意义。

对于在农耕社会的农民来说，他每日的劳作、每周的劳作、每年的劳作，形成了一个完整的循环。他可以在主观上建立“今日下地干活，明天五谷丰登”的直接认知。而对于工业社会来说，除了月薪能够作为正向激励反馈以外，我们无法从系统中获得任何除此以外的乐趣和价值感。在大多数情况下我们根本不知道自己交付的工作对系统整体意味着什么，而系统整体对我们的“回馈”又总是向我们“收费”（要购买商品，才能获得现代化的服务）。人类不擅长以十年为计算单位，衡量系统的改善及自己在其中的得利，因为这些改善往往是细枝末节的。

现代性在两个方面挑战人类作为一种动物的理性极限，一方面是受教育程度，另一方面是微观层面运用知识的程度。受教育程度很好理解，随着义务教育的深化普及，社会整体的科学素养和使用理性的能力会得到提升。但这种提升是有极限的，它受到教育成本的限制，一方面国家无力承担过长的义务教育开支，另一方面作为个体人类，在经济能力上也不足以一直留在校园里不去工作。这导致我们几乎不可能迎来一个普及博士学历的义务教育时代，也同时意味着随着科技应用的转化，大部分社会中的个体成员，无法理解自己所接触到的每一种现代事物后面的科学原理。

另一方面，是微观层面运用知识的程度，或运用理性的程度。理性的使用并非一种自然而然的过程，而是需要调动人的主观能动性压制自身作为动物的冲动，并对所掌握知识进行组合与综合分析的过程。这个过程的难度，不亚于我们在上学的时候去完成课后作业。学完是一回事，会不会做题是另一回事，而愿不愿意运用知识去做题，这又是一回事。

你也不想在每次买东西的时候，都进行一次“鸡兔同笼”的应用题运算，不是吗?

这方面的理性极限，可以解释为什么在几乎完全普及义务教育的九零后和零零后里，刮起了各种收“智商税”的新消费产品。

现代社会能显著提高人们的生活水平，但现代社会并不一定能显著提高人们的幸福感。在这一点上，理性的作用甚至不如愚昧的宗教。作为普遍受到无神论教育并且自诩理性的当代中国年轻人来说，总体上对宗教嗤之以鼻，但另一方面他们又在过去几年先后对星座和算命趋之若鹜。这是因为，作为个体而言，投身于宗教的幸福回报是立竿见影的，任何人只要在宗教或神秘事物上投入金钱或时间，宗教都能报以足有仪式感的庆典或抚慰，这是一种直接且感官上的回报。但投身科学却不是这样，人类的科学进展对人类个体而言总是具体而缓慢的，个体的人生回报并不总是和他投入的时间精力或金钱匹配。于是人们将个体回报与事业性相连，从对现代性的奉献中剥离出来，成为享乐主义，这使得从事科学研究和单纯赚钱享乐都失去了意义——“你赚这个钱对社会有什么贡献”和“你做这么有意义的事情为什么赚不到钱”。

因此，解决现代性危机的方法，并非依赖全民理性应用水平的继续提高，当然这永远是需要继续努力的方向。更关键的是，要在尊重科学与理性的同时，找回一些有益的前现代社会元素，使之能更好地与现代社会相结合，辅助社会的运转，抚慰个体的心灵。

在这个过程中，我们会看到文化上的回潮，传统审美的兴起，保守主义的反击，国民性的觉醒，甚至一定程度上生产关系的复辟。但这并不可怕，因为这是我们在经历了百年轰轰烈烈的现代化进程之后，重新审视自己数千年历史的唯一一次机会。

现代与前现代不是二分世界，两者磨合才是下一个时代。

2022年2月10日，上海某学校发出一则通告，称一位教师因此前在一场考试的监考期间被巡场老师掌掴，产生心理疾病，进而最终自杀。

过去几年，此类新闻似乎变得多了起来。越来越多的当代都市成年人因为“一件小事”而精神崩溃，轻则大哭一场，重则无法工作生活，更不幸的则“走了极端”。在围绕这类新闻的讨论中，引发情绪崩溃的导火索总是首当其冲地受到指责。然而，相当比例的事件中，导致崩溃的直接原因，看起来都是微不足道的。成年人真的会因为一次逆行被交警罚款而崩溃么？未成年人真的会因为被老师一次严厉的批评而选择自我了断么？一个受过高等教育的人真的会因为一个巴掌而患上精神疾病么？

无论如何历数现代社会之恶，我们都必须承认，现代社会已经比原始社会、奴隶社会、封建社会甚至是资本主义早期社会进步了许多。因而，在这些新闻的讨论里，也总会有人发出疑惑：都已经这样了，他为什么不离职？为什么不离开?

显然，导火索事件本身，并不是这些人精神崩溃的原因。在一次罚款、一次批评、一次掌掴背后，是整个现代社会带给人的精神压力。而这种精神压力的来源是内化的，是从接受现代教育开始就根植进我们思维方式的。在学习、工作与日常的消费甚至是娱乐中，都被要求做一个“清醒的现代人”，换种说法就是：表现得理性一些。

忽略人的精神压力，是现代社会非常明显的一个现象。这不完全是谁的错误，而是因为时至今日的科技发展仍然难以将精神压力量化和可视化。我们没有办法像衡量卡路里那样，通过一个智能手环来计量每日的精神状态，因而，甚至连我们自己都难以衡量究竟何时才是自己的极限。那些被逼上绝路的人并非不知道自己可以选择退一步，或者彻底离开，但另一方面，名为理性的怪物却告诉他们：当下的人生即使有如此多的不如意，仍是“最优的选择”。

然而，理性的使用是一种极为消耗精力，并且反动物性的行为。

理性与感性的使用，就像是减肥（刻意保持身体健康）和享受美食。前者是科学的，客观的，并且引向最终的美好结果，但在结果达成之前的一切，往往都不尽如人意，你需要极大的意志力（反直觉，反感性）来熬过前面的所有环节；而后者给人带来的快乐是直接的、充足的，人类不需要懂得任何营养学的知识，不需要了解糖和油脂如何作用于大脑和神经系统，也能知道吃甜点和油炸食品是快乐的。

现代社会的总体问题是，我们的一生都在被要求使用理性，并且随着社会的成熟，使用理性所带来的满足交付被不断延期——我们的一生都处于一种大型的延迟满足里。小初高教育时期，被告知考上好大学是此前一切努力的回报；但考上大学之后，又被告知要进入四大、互联网大厂、国际公司或政府公务员才算是好的结果；在进入这些工作单位之后，又被告知要全身心地投入到买房、结婚、生子和子女的教育之中；除此之外，现在还要为退休金和老年生活去担忧。理性运用的时间被无限期延长，而那些重大的成果节点却并没有提供足够的正向反馈。

如此这般，从社会层面上消耗了一代人运用理性的决心与信念。

当他们遇到理性与个人努力能给人带来的极限时，躺平已经算是好的选择，至少比那些因为无法自我调节而最终崩溃的人要幸运。

更多的人本主义生活方式，关注自身，关注当下，和适度的及时行乐，会是一种维持长期理性的方法，就像减肥过程中的欺骗餐一样。然而，如何解决现代性危机，似乎是个伪命题，它永远没有标准答案。

因为现代性的副作用会在现代社会普遍出现，并最终形成后现代浪潮，但这对于一个稳健、繁荣、现代化的社会整体来说，几乎不构成威胁。一如欧美社会那样，利用年轻人的后现代行为“再赚一笔”，进而使得社会制度与发展动力继续加强。又或者像中国这样，利用部分行政手段使得那些逐渐上升到社会弊端层面的问题得到修正。这两种方式的效果实际上都还不错，至少保障了“现代社会”本体的继续运转。

但这种继续运转的代价，却是个体的继续痛苦。

现代性危机出现时，确乎真正影响到的是处于现代社会中的每一个个体，而且这个个体是无法聚类、抽象和以一概全的。正如本文开篇对后现代性的定义，“后现代”代指那些名词的反面：相信主观推断、感性、个性、非科学文化和对社会整体进步正当性的质疑。

既然现代性危机的根源是各不相同的人，总是不能完美嵌入千篇一律的“机器”，那就意味着现代性危机虽然普遍存在（共性／物性），但每个人的危机与解题思路都各不相同（个性／人性）。现代性危机关乎具体而差异化的个体，由于每个人都有着不同的情感体验与人生经历，因此每个人的现代性危机都是不同的。当在社交媒体上刷到那些“成年人崩溃”的瞬间时，我们才发现现代人居然有如此多不同的崩溃方式。

但首先，要解决现代性危机，要在个体层面破除来自现代性的暴政，为嵌入机器的每个人提供可以解题的思路。

源于资本主义的现代企业制度不应被奉为圭臬，因为资本主义阵营自己都在发明DAO、B-Crop和原子经济来瓦解企业制度。

高等教育作为人才培养唯一方式的叙事需要被否定，作为个体的人需要有不同的获得成功的方式，当然高等教育仍是获得成功最重要的“方式之一”。

乐趣与体面的需求被认为是与收入同等重要的职业条件，因为人生的大部分时间都被投入在工作中，因此工资不应作为工作唯一的正反馈。

适度的非理性消费和社会行为需要被正视和尊重，这是社会发展至今人与人之间应被允许的合理差异。

当绝对贫困被消灭，大部分人足以在温饱线以上生活时，现实世界实际将从一个竞技类的“游戏”变成一个无主线剧情的开放世界“游戏”，人们需要意识到个体幸福的多元性和什么样的事情是专属于自己的幸福，而不是遵从于现代社会主线叙事所定义的唯一路径——考学、高薪、买房、生子、鸡娃、下一代考学……

幸运的是，主线叙事唯一性的动摇，并不意味着社会形态与发展的完结，也绝非“历史的终结与最后之人”，相反，这将诞生出大量的新商业机会与增长范式。而这些新事物，可能是我们当下完全无法想象的。

用我的本行互联网行业来比喻，当下的世界仿佛2000年左右的互联网行业。当所有资本都投入到当时稚嫩的互联网行业时，人们很快发现自己投资里的一堆泡沫，那些曾被认为是互联网行业“唯一答案”的企业在泡沫破碎的时候灰飞烟灭，而在之后的五到十年里成长出来的真正有价值的应用，是此前从未被设想过的。

如今的现代社会作为一个“整体”，正处于这样一个阶段，即我们曾经无比认同的某些商业和社会运作方式上的共识逐渐被证伪，因而我们看到事情正在逐渐发生变化。当东方的企业开始重视商业向善，顶层设计者开始关注“共同富裕”的时候，西方其实也在进行着类似的实践变革，只是在文本上存在差异，他们叫“重新发明资本主义”“觉醒资本主义”“资本主义2.0”。

然而，这样悄然的变化对于活在当下的个体来说，意义似乎并不大。一场温和而深刻的范式变革可能要二十年才能产生实质性变化，而在这样转型时代中的每一个个体的每一天，仍将重复着令他们感到痛苦的工作日。

自2020年初新冠疫情暴发以来，客观历史的书写速度显著加快，瘟疫、战争、饥荒和死亡，四位天启骑士反复登台，使人对现实世界上演的末日剧都感到了麻木。正如我在《互联网是人类历史的一段弯路吗？》中所谈到的，互联网加速了元叙事的瓦解，并且使得新的、统一的元叙事难以建立。因而大写的历史如何走向，对个人来说已经不再重要，也难以改变。

我们曾经设想过，历史书里那些激荡的年代或灾难的时代，人们如何痛苦地生活，英雄如何横空出世，历史的威胁与机遇如何重塑我们的生活，而现在，我们每天都在社交网络上见证这样的历史，甚至不必等到其尘埃落定被载入史册。但我们却又仿佛只在社交网络上见证历史，尽管疫情“改变了一切”，但除了让我们上班上学时多了扫码和口罩外别无变化。困扰我们的最大的痛苦依然是学习压力过大，找不到钱多事少离家近的工作，基金闪跌了（几天后又暴涨了）等在历史层面上毫无价值的现代性细节，连俄乌战争也只是为人们带来了几天“乌心工作”的摸鱼谈资。

在这样一个历史格局似乎大幅变化，个体命运却固化得令人有些绝望的时代，更重要的是个体如何在单一叙事结束的情况下为自己所做的事情赋格。你大可选择相信本文所讲述的叙事，也可以只相信其中的一部分，又或者是全然相信与本文相反的叙事。选择你相信的故事，赋予你不得不做的工作、惯性维持的生活以意义。

现代社会的问题总是关乎个人，也就是此时此刻的你。

而关于你的问题，只有你能给出答案。

我的父亲王洛宾

王海成 口述　叶小果 采写

“我要写出最好的歌，让大家传唱五百年。”

有人说，凡有华人的地方，就有王洛宾的歌。

王洛宾是我的父亲，被称作“人民音乐家”“西部歌王”“传歌人”等等。

我们父子一场，在一起相处的时间非常有限，交流的时间也特别短。虽然他是我的父亲，但他的时间总被别人占用着。父亲去世后的这些年，我去了他曾经生活过的地方，也走访了他的许多老朋友和老同事，渐渐的，一个真实的王洛宾出现在我的眼前。

他一生创作改编了一千多首歌曲，穿过五次军装，两次囚装，极其坎坷地度过磨难的一生。

王海成和父亲王洛宾的遗像。

第一次穿军装

1913年12月28日，王洛宾出生在北京东城牛角湾艺华胡同的一个平民家庭。中学时代，在学校的唱诗班里，他初次接触到西洋和声。考入北平师范大学音乐系后，他的声乐老师是俄籍歌唱家卡米拉·霍尔瓦特夫人。她是旧俄艺术世家贝努阿家族的成员，1878年生于圣彼得堡，受过良好的教育，“十月革命”之后，随丈夫从哈尔滨到北京开始任教。霍尔瓦特夫人不会讲中国话，为了上好她的课，王洛宾专门选修了俄语。霍尔瓦特夫人很看中王洛宾的音乐天赋，经常在家里对他单独训练，并建议他一定要去巴黎学习音乐。

“九一八”事变后，大学基本不上课了，都在搞救亡运动，宣传抗日。当时王洛宾要承担养家的重任，还差半年就要毕业时便离开学校，受聘于长城脚下的扶轮中学担任音乐教师。一个休息日，王洛宾在同学曹试甘那里认识了北平艺术专科学校的女学生杜明远，两人一见钟情，但随着战争的阴影越来越浓，杜明远回到了家乡开封。

“卢沟桥事变”爆发后，扶轮中学要开始日式教育，王洛宾不愿为日本人服务，考虑到杜明远那里还安全，就以上坟的名义混出城，辗转天津、青岛，到了开封。

杜明远的父亲很支持女儿和王洛宾到后方去抗日，简单为他们操办了婚事。为路上方便，他让女儿和王洛宾以兄妹相称，给杜明远起名洛姗。十月底，他们到了洪洞县万安镇，参加了丁玲领导的八路军西北战地服务团，王洛宾在歌咏组，洛姗在女子队，所有人都穿上佩戴“八路”臂章的灰军装。那是父亲第一次穿上军装。

1938年春天，八路军西北战地服务团撤到了西安，不久，王洛宾、洛姗和作家萧军一行向新疆出发，打算组织剧团开展大西北的抗日救亡宣传工作。途经六盘山时，他们住在一家车马店里，听到老板娘“五朵梅”给大家演唱的西北民歌“眼泪的花儿飘满了”之后，原本一心向往去法国留学的王洛宾放弃了出国留学的打算，从此与西北民歌结下不解之缘。

第一次穿囚装

“王洛宾来了，青海的学校才有了歌声。”这是在青海民间流传的一句话。

自从放弃法国留学的计划后，王洛宾和洛姗经兰州八路军办事处党代表谢觉哉介绍，加入了西北抗战剧团，在甘肃、青海的许多地方进行抗日救亡宣传演出。在那期间，王洛宾收集改编了《康定情歌》《达坂城的姑娘》《半个月亮爬上来》等歌曲。

青海演出时，王洛宾得到青海省主席马步芳的赏识。1939年1月，王洛宾和洛姗到了西宁，他在回民中学任音乐老师，洛姗在女师当美术老师。

因为西宁的居民以回民居多，伊斯兰教规禁止歌舞，王洛宾写了一首抗日歌曲《穆斯林青年进行曲》，并唱给马步芳听。马步芳本是教徒，听完大受感动，便让王洛宾先教会学生唱，然后请教长大阿訇到学校审查。教长把这首雄壮的歌听了两遍，沉吟着说：“这歌念的和《古兰经》里的教义一样。你们念吧。”从那以后，青海的学校才有了“念歌课”，也就是音乐课。

马步芳委任王洛宾当青海干部训练团音乐教官，让他教地方官员学唱歌。在王洛宾的组织下，青海成立了抗战剧团到各县演出，鼓舞军队的士气和各族群众抗日的热情。利用演出的机会，他搜集了大量的回族民歌素材，整理改编了二十多首歌曲。

那年夏天，电影导演郑君里到青海拍摄一部反映各族人民生活的电影《祖国万岁》，王洛宾参加摄制组，创作了《在那遥远的地方》，在西宁演出后不胫而走，很快在各地传唱。正因为抗战宣传做得好，青海子弟参加抗战的热情很高。

那段时间王洛宾总在外奔波，而留在城里的洛姗在当地没朋友，不习惯空虚贫乏的生活，没有电灯，没有娱乐活动，身体有高原反应，就执意要回兰州。他们去了兰州，但王洛宾又独自返回西宁。当时王洛宾改编的《青春舞曲》，就是他内心失落的真实写照，他们浪漫的爱情遇到了波折。1941年3月，两人在兰州的报纸上刊登了离婚启事。

就在准备回青海的那天，王洛宾被兰州军统特务抓住，罪名是“共党嫌疑分子”。在兰州关押几天后，他被一辆马拉的木笼囚车带到大沙坪国民党甘肃省党部统调处沙沟秘密监狱。那是父亲第一次穿上囚装。

王洛宾被关在六号牢笼，每当放风的时候，就给难友们唱歌，跳新疆舞。他用牙膏皮做笔，用“归降书”当纸，在监狱里写了三十多首歌曲，其中还有一首摇篮曲。由于王洛宾神秘失踪，马步芳打听到他被军统特务绑架，就设法营救。1944年5月，被关押了三年的王洛宾走出监狱，到西宁的昆仑中学教书，朋友们见他孤身一人，就给他张罗做媒。他并不热心，只说：“只要别人愿意，我就同意。按旧式，结婚前不见面。”

在掀起红盖头的那一刻，王洛宾才见到新娘——我的母亲黄玉兰。

母亲是一位助产士，家有四姐妹，依“梅兰菊竹”次序取名，母亲排行老二。婚后，父亲发现我母亲十分贤惠，两人深深相爱。

第二次穿军装

1945年，为庆祝抗战胜利，马步芳举办了一场轰轰烈烈的社火比赛，总指挥就是王洛宾。他们还一起改编了《四季调——花儿与少年》。马步芳的儿子、八十二师师长马继援与王洛宾成为很好的朋友，请他当家庭音乐教师，还安排他进入军队供职。那是父亲第二次穿上军装。

1947年底，王洛宾请假回北平探亲，马步芳便让他为傅作义带去六十岁的寿礼。办完公事，王洛宾去找北师大的同学。抗战时他曾把在兰州、青海写的歌寄给他们，当时正在北平传唱。由于那年正好是母校四十五周年校庆，王洛宾便与音乐系师生举办了一场“老校友王洛宾新疆民歌音乐会”。可是因为参加了北平城里的闹学潮运动，他被国民党方面勒令离开。

1949年，马步芳把王洛宾调往兰州，任命他为长官公署政工处的上校文化高参。七月的一天，马步芳对王洛宾说：

“兰州要打仗了，你回青海吧。你是文化人，这里不需要你。”

王洛宾办了手续调回青海，两人从此再也没有见过面。

第三次穿军装

王洛宾知道国民党大势已去，就与妻子商量回北平，做音乐教师。9月9日，西宁解放，他作为起义人员在军管会登记后，准备举家迁回北平。

解放军一兵团政治部宣传部副部长马寒冰在旧政府人员名单上找到王洛宾的名字，按照地址找到家里。他们谈得很热烈，王洛宾说他用新疆少数民族音乐素材创作了很多歌曲，却没去过新疆。马寒冰就邀请他同赴新疆，并向王震司令员做了报告。王震接见了王洛宾，表示“你参加我们的队伍，我们很欢迎”。就这样，父亲第三次穿上了军装。

9月20日，王洛宾离开西宁，对家人们说：“我到新疆把一切安排好就回来接你们。”他和大部队翻过祁连山，在张掖，马寒冰拿来王震写的一首诗，问王洛宾能否谱上曲教部队唱。在马灯下，他把四句诗“白雪罩祁连，乌云盖山巅。草原秋风狂，凯歌进新疆”谱成了一首完整的大合唱，这首歌随解放军进军新疆的步伐，唱遍了天山南北。

在酒泉，王洛宾接到一兵团的任命书，成为中国人民解放军第一野战军第一兵团政治部文艺科副科长。任命书是司令员王震、政委徐立清签发的，他正式成为解放军的干部。

在1949年12月20日中国人民解放军新疆军区发于迪化（现乌鲁木齐）的第一号人事通令上，王洛宾被任命为新疆军区文艺科科长。他的名字排在第四十七条。

第四次穿军装

1950年初春，王洛宾收到妻子的信，说西宁的家被查抄了，因为他曾经在马步芳组织的“青海抗战剧团”担任过负责人。家里生活顿时陷入困境。五月份，他请假回到西宁，把一家大小带回兰州，并给新疆军区寄了一封辞职信，决定举家迁到北京。

岳父拿出一笔钱，让他先回北京安顿好以后接全家过去，王洛宾从一个日本侨民手里买下北京西城区机织卫胡同24号的四合院，在北京八中找了一份音乐教师的工作。

1951年3月15日，母亲在兰州生我时大出血，一病不起。王洛宾写信让岳父带全家到北京。我母亲的身体一天比一天弱，整天卧床不起。

当时北京有个音乐工作者采风团到新疆去，新疆军区接待，无意中他们说起王洛宾干工作很热火，负责接待的首长顿时变了脸色。一位领导拍着桌了下令：把王洛宾抓回来。

十月底，在当地派出所的带领下，新疆军区的保卫干部从课堂上把王洛宾押上返回新疆的火车。

王洛宾当时的念头是无论如何要和妻子孩子告个别。火车开动时，他不顾一切地从车窗跳下来。当他跑进家里时，满身满脸是灰，看见妻子躺在床上，脸色像纸一样苍白。本来他以为写过辞职信就是老百姓了，哪知道事情没那么简单。

王洛宾被带走时，拼命扭过头看着家人。我的母亲病得奄奄一息，一句话都没说出来，就昏了过去。一个多月后，她带着恐惧离开了人世。那年她才二十三岁，三个儿子中老大六岁，老二四岁，我才八个月。由于母亲是外乡人，在北京没有亲戚，而王家的亲戚都不敢来往，她连下葬的地方都没有。只有涿州的一个农民亲戚，听到消息后把母亲的棺木拉了回去，埋葬在涿州上念头村他自家的麦地里。只有外祖父一个人给我母亲送葬。

母亲去世，父亲被抓，外祖父带着我的两个哥哥回兰州，我还太小，怕带回去养不活，就把房产托付给我的大妈和堂嫂，也把我留给她们。抗美援朝结束，我堂兄从志愿军文工团回国后调到陕西工作，就把我大妈和堂嫂接到西安。她们走时把我寄养到四叔家。

王洛宾被押回新疆后，送到新疆军区的一个工程处干苦役。1952年2月，新疆军区军法处以“长期逾假不归”判处他劳役两年。新疆军区政委、独臂将军左齐到乌鲁木齐开会，听说了他的事，就提出把他带到喀什，得到许可。到了喀什，王洛宾被送到南疆军区文工团，就在喀什、和田一带采风。由于他积极改造，努力工作，组织上做出为他恢复军籍的决定。1954年，王洛宾又穿上了军装。那是父亲第四次穿军装。

第二次穿囚装

直到快七岁，我都没有再见过父亲。我跟着四叔家的三个儿子，把四叔四婶喊爸爸妈妈。听说过我的亲生父亲在新疆，吃过他托人带来的葡萄干，但我不知道他是什么样的。

1957年底，一天下午，叔叔家里来了一个陌生人，穿着军装，戴着眼镜，腰板挺得直直的。四叔告诉我，这就是我的父亲。

三个堂哥都叫他二大爷，我也跟着喊二大爷。他愣了一下，但没有纠正我。回新疆时，他带我一起走。临走前，我们到涿州为母亲扫墓。

在回新疆的卧铺车厢里，同车的是新疆军区文工团的演员，刚从大连演出回来。他们听我一路上把父亲叫二大爷，有人说，再把你爸叫二大爷，就把你扔下火车。我很害怕，才改过口来。

到了乌鲁木齐，我在文工团几乎没有小朋友一起玩，两个哥哥都在八一子弟学校上学，星期六才回家。到了夏天，我被父亲送到政治部托儿所，因为是全托，星期六下午才能回家，星期天下午就回学校。秋季，我上了八一子弟学校一年级，还是住校，学校军事化管理，叠被子四四方方，床单和被子、枕巾都是白色的，脸盆放在床下。发的校服，戴的士兵船形帽，由阿姨管理着。

父亲经常参加演出和下连队体验生活，我们一年见面的日子很有限，但是到了冬天，父亲再忙也会抽空为我们亲手织一双毛线袜子。他说是在坐牢时学会的。

1960年4月的一天，我被班主任叫到办公室，一位军官很严肃地说，以后周末不用回家了，就待在学校。你父亲是历史反革命，做儿子的都要与他划清界限，要积极检举你父亲的罪行。

父亲被抓的消息在学校传开，他又从我的生活中消失了。大哥在前一年被送回北京上中学，二哥和我还在八一子弟学校。

关于他被捕的原因，社会上众说纷纭。直到后来躺在病床上，父亲才道出真相："1959年下半年，文工团的一位女演员和一位领导有了身孕，女演员的男友是我的学生，我就为他打抱不平，结果我被打击报复。"

父亲被带回文工团批斗时，一共列了十五条罪状，有一条是王洛宾说1959年河南的人民公社饿死了人，污蔑祖国，给社会主义抹黑。多年后我问父亲，没有去过河南怎么知道那里饿死人？他说是一位女学生回河南老家探家回来对大家说的，没想到这句话被强加在他身上了。我问父亲为什么不申辩？他说，假如当时把罪名推给那个女学生，那样会毁了她。

在公审大会上，父亲被宣判有期徒刑十五年，剥夺政治权利二十年。那天我在学校操场上玩，看见父亲向我走来，手上戴着手铐，身边跟着两个人。我一下子被吓哭了，父亲平静地说："听老师的话，好好学习，照顾好自己。给你二哥说一声，我见不到他了。"学校本来准备将我和二哥送到孤儿院去。父亲知道后写信给领导求情，还留了一笔大约六千元的存款（被交给了军区保卫部），我们才继续上学。

第一次去探监，是有人到学校来，把我和二哥用三轮摩托车带到监狱。我一看到父亲戴着镣铐，就哭了。他安慰我不要怕，递给我一张纸，上面写着亲戚们的地址。看守一把夺过去撕掉，然后宣布探视结束。每过一段时间，就有摩托车开进学校，接我和二哥去看父亲。父亲会给我们准备一些小礼物，也问我们在学校的情况。

1963年初，放寒假了，我在学校里玩，突然听到有人叫我。我回头，看到父亲。

他穿了一身新军装，但没有领章帽徽。他是因为军区文工团创作的需要，获准假释回团，戴罪服务。

父亲虽然回到了文工团工作，但作品只能以集体创作的名义发表，也不能参加演出。1964年秋天，我小学毕业，二哥初中毕业。校长叫我带了一封信给父亲，信上说我们务必要转学。父亲给校长回信恳求，但校长说是上级决定的。

当时，三个儿子待在家里没有着落，父亲压力很大，一下子老了许多。幸亏有人帮忙，大哥去电力公司当了合同工，二哥考上了交通技校，我进了一所工读学校，半天上课，半天在玻璃厂上班，每月有十八元生活费。我感觉自己长大了好多，其实才十四岁。

1964年下半年，父亲又失去了自由，团里派人专门看管他，规定他每天要早请示晚汇报，除了原来的工作，还要打扫六个男女厕所。因为大哥二哥不常在家，家里就只有我和父亲。他经常一个人在家喝闷酒，还常对我发火。10月，总政治部转文化部《关于停止演唱反革命分子王洛宾歌曲的决定》，军区文工团把所有与王洛宾有关的歌曲都从节目单中拿掉了，保留下的几首作品也被署名“新疆军区文工团集体创作”。父亲就变得更沉默了。

1965年4月12日中午，我放学回家，父亲的神色有几分轻快，他告诉我：“我要走了，不想再回来了。”他把三个存折用针线缝在我的衬衣口袋里，上面有四千八百元，让我交给大哥，说是我们的生活费。他让我推上新买的“永久牌”自行车，从文工团锅炉房侧门把他送到外面的马路上。他像对大人一样和我握了握手说，你好好照顾自己，说完就转身骑上了车。我望着他的背影消失在视线中。

那天晚上，我躲在家里，害怕极了，不敢去食堂吃饭，挨饿熬到天亮。那个看管的人发现父亲不见了，军区政治部保卫干部赶来，把大哥二哥都叫回来，开始审问我们，但什么线索也没有找到。第七天，文工团通知父亲找到了。

父亲的这次出走，导致毕业后本来要当司机的二哥被安排到交通公路局房屋修缮大队，每天和泥巴打交道。我也失去了再上学的机会。

过了半年，有人捎信说，父亲被关在新疆第一监狱，每个月的第一个星期天可以探望。得到消息，我们买了些好吃的东西，跟着带信的人去看望父亲。登记以后，等了两个多小时才见到父亲，他看上去还算精神，穿着黑色囚装，留着长胡子。那是父亲第二次穿囚装。

这次探监时间很短，但我们的心情很好。父亲让我把他的假牙带回去修一修，说是刚进去时被别的犯人打坏了。

“文革”开始后，我去探望了几次，都没见到。监狱禁止探望。

1969年初，外祖父去世，那时号召“上山下乡”，十七岁的我作为第一批就下去了。下乡前我去了一次监狱，但没有见到父亲。

第五次穿军装

我下乡到了玛纳斯县新湖农场二分场五队，距离乌鲁木齐二百多公里。每到春节，别人都回家了，我没有路费，宿舍里就剩下我一个人。虽然每个月有二十八元工资，但这个钱平时拿不到手，要到年底交完公粮，国家粮库把粮款返给农场以后，才发工资。我们平常只能赊账，吃饭打欠条，年底也攒不下钱。

1970 年 6 月底，我收到一封发自乌鲁木齐的电报，“家中有事速回”，没有落款，我的第一个念头是，父亲出事了。

我请了三天假，赶回乌鲁木齐，得知大哥二哥都被抓起来了。那天是星期六，第二天我骑着自行车，先去看望被关押的大哥，又赶着去探望二哥。下午三点钟，我继续骑车二十多公里去看望父亲。到了监狱是五点钟，见到父亲穿着白衬衫，山羊胡子很长，垂到胸前。

我把带去的榨菜炒肉给他，问他要不要烟？他说要，我很吃惊，因为他不抽烟。他说：“我用烟换民歌呀。我已经搜集了很多歌了。”看到他身体还健康，我就放心了。

隔半年或一年，我去看一次父亲。春节肯定要去，我们站在院子里，有个警察站在旁边，先把拿来的东西检查一遍，带出去的东西也要检查。我们只能问一下对方的生存状况，很快，探监时间就结束了。一般就是十分钟。

时间一晃，我在新湖农场生活了五年，和我一起下乡的人都走得差不多了。麦收以后，我争取到一次到乌鲁木齐采购演出用具和找人谱曲的机会，抽空赶到监狱看望父亲。但看守说，父亲已经十五年刑满释放了。

他的正式释放证是1975年5月22日签署的，那时大哥住单身宿舍，二哥刚结婚，有单位没房子，父亲没地方落户口，只好留在新生队，就是劳改犯释放后的就业队。父亲招待我吃了午饭，还给我拿来的节目谱上了曲，一边教我唱，一边讲解。送我离开时，父亲递给我几张纸说：“这些歌你拿去唱吧。”

我当时属于黑五类，已经二十五岁还不敢谈婚论嫁。有一次，父亲问我找对象了没，我就翻翻眼睛看着他，说谁家的姑娘愿意嫁给我啊。父亲说，你唱歌吧，或许心情会好一点。于是，我和父亲见面时，他都给我抄一首歌。

抄的是什么歌呢？就是他当时自己写的一些歌，他不光给大众写歌，谁家孩子满月或过生日，他也会写一首歌，大家都唱得很顺，很优美，他就把那样的歌抄给我，说“你去唱吧”。他抄得很工整，对我来说就像老中医开的一剂良方，能治愈我的郁闷心情。

每次写信，他都要求我积极参加农场的文艺活动，因为担心我精神崩溃。我那时候弹的吉他是十块钱买的。一唱父亲的那些歌，我感觉调子很不错，歌词也挺有意思，既不反动，也不革命，就是歌唱生活，歌唱老百姓嘛。因为大家当时天天都是样板戏，我在农场能够熬到最后，确实跟父亲鼓励我唱歌有关系。

释放后的父亲虽然获得自由了，但还没有政治权利，作品不能发表。他常常把作品寄给我，叮嘱我把作品以我的名义发表，但我怕惹麻烦。

父亲在新生队住了一段时间后，监狱方面就让他必须离开。他带了三大本民歌集和一包音乐研究札记，住到二哥新搬的家里。二嫂生孩子了，父亲就帮着带孩子。父亲的户口落在二哥家，街道办要求他每星期去做一次思想汇报，他不愿连累二哥他们，六十多岁还跑出去找活，看工地，打短工，挣一点算一点，补贴家用。

1978年9月，仍在接受“再教育”的我侥幸拿到一张回城的招工表。这是父亲替我下的功夫，他通过一个老朋友托关系，正好有招工名额，就给了我。我当了九年农民，放过羊，挖过大渠，还种西瓜、土豆、萝卜和其他经济作物，到最后一大排宿舍只剩下我一个人。

离开农场，我到了乌鲁木齐市东面四十五公里处的柳树沟水泥厂矿山车间，具体工作是做机械修理。

等把一切安顿好，抽空回城给父亲报告好消息时，已是12月。父亲听了，喜气洋洋地说，我也有个好消息告诉你。

他从贴身衣袋里掏出一份文件说：“给我平反了。”

两年后，新疆军区政治部为父亲召开平反大会，做出决定：彻底推翻1961年军事法庭对王洛宾同志历史反革命罪的判决，恢复王洛宾同志军籍，担任新疆军区歌舞团艺术顾问，定文艺六级，还是判刑以前的级别。

父亲刮掉留了多年的山羊胡，穿上三点红新军装。

这时他六十八岁，蒙受了十五年不白之冤，终于得到了彻底平反。那是父亲第五次穿军装。

父亲的晚年

父亲的晚年无疑是幸福的。他常对我说，自己已经很知足了。1988年，幸福路三十二号的军区第五干休所建好，父亲搬过去单独住了。那年秋天，台湾娱乐界人士凌峰到新疆拍电视纪录片《八千里路云和月》，邀请王洛宾访问台湾，所到之处都是热烈欢迎。

1990年4月16日午后，台湾女作家三毛第一次走进我父亲的寓所。

三毛为我父亲，两次来到新疆。她和我聊天，还打算把我儿子带到台湾去上学。我称呼她为陈老师，给她和父亲照了很多照片。我和三毛也有合影，但在她的相机里，她第二次来的时候答应回到台湾以后把照片洗好寄给我，可惜我再也没有机会见到她。她给我父亲的最后一封信里还提到我的名字，说代问海成一家好，还说在海成家吃的几顿饭是在新疆吃得最舒服的。

1991年元月5日，我吃早饭时听到一条震惊的广播消息，说三毛自缢身亡。我去父亲的家里，看到他微闭着眼坐在沙发里。他见我进去，就说“三毛死了”。

那天父亲喝醉了。

他为三毛写了一首歌《等待——寄给死者的恋歌》：

你曾在橄榄树下等待再等待，

我却在遥远的地方徘徊再徘徊。

人生本是一场迷藏的梦，
且莫对我责怪。
为把遗憾赎回来，
我也去等待。
每当月圆时，
对着那橄榄树独自膜拜，
你永远不再来。
我永远在等待，
越等待我心中越爱……

三毛离世七个月后，我父亲年近八十岁，皈依佛门，也戒了酒。接下来的几年里，父亲应邀到处讲学，演出他的音乐会。1994年6月，父亲应邀到美国，在纽约联合国总部举办“丝路情歌——王洛宾作品音乐会”，联合国教科文组织秘书长向他颁发了“东西方文化交流特殊贡献奖”，他是获此殊荣的第一位中国人。

11月，父亲在体检时发现胆管处有一个肿瘤。过完春节，他住院接受手术治疗。到1996年1月，他的胆囊腺癌发展到晚期。

父亲在病床上的日子，是我们一家人相处最长的一段时间。他在狱中度过了共计十八年，令人佩服的是，在狱中他仍坚持民歌的改编创作，且歌声中没有任何怨言。父亲在临终前希望我们好好地活下去，不要为他过去那些不愉快的事情纠结。原本纠缠了他多年的版权争论，就在2月初有了结果。国家版权局和中国音乐著作权协会来信告诉他，在没有具体人和代理人提出版权要求时，谁改编，版权就归谁。终于，算是有官方白纸黑字地肯定了我父亲对他的创作歌曲的著作权，他长长地出了一口气。

我们看着父亲一天比一天衰弱，1996年3月14日凌晨，八十三岁的他停止了呼吸。

那一天，乌鲁木齐大雪纷飞，大地一片洁白。

后来，父亲被安葬在北京的金山陵园。我们兄弟和四姨黄玉竹一起到河北涿州上念头村，将母亲的坟迁往北京，与父亲合葬。

以书为证

1986年，父亲落实政策后，七十多岁的他孤身一人生活着，我就申请照顾他，这样我才被调到水泥厂，在市区的厂部继续做维修工。干了三年，我凭借自己的努力调到中石油，一直工作到2002年，我买断工龄后退休。

父亲在世时，有人提醒我，你是王洛宾的儿子，应该继承父亲的文化天赋，传承他的文化。但我那时与那些东西格格不入，我没有学过艺术，音乐理论、作曲、写词，我都没有学过。父亲生前，关于他的文章和书已经有不少了，但他本人并不满意。1990年底，父亲受邀请到新加坡演出，这是他第一次走出国门。从新加坡回来后，他说要闭门谢客，在家里写他的自传。可这个愿望最终没有实现。

1992年，有个记者到新疆采访父亲，我也被列入采访计划中。听完我的讲述，记者对我说："你干吗不写书呢？"受这句话启发，我制订了一个写作计划。从1994年开始，我慢慢积累，逼着自己开始记录父亲的故事。

其实我那时能做的事，就是默默收集父亲的有关资料。比如说，和我父亲在一块的一个老人，他知道我父亲的很多故事。父亲在跟前的时候，就不让人家讲。当父亲不在跟前的时候，他就给我讲，我就耐心地听，凭着脑子记。到晚上，有了闲暇，我就拿个本子，赶快把老人说的那些话，按照时间、地点、人物、节点全部记下来。后来在很长一段时间里，由于忙于生计，我不得不将写作计划停下来。

直到父亲离开我们后，我虽然有话想要说，却没有找到一个好的方式。毕竟，以我受到的有限的教育，想要用文字表达父亲不平凡的一生，是一件困难的事。

因为历史原因，父亲创作和改编的一大批民歌作品，被冠以"新疆民歌"或"青海民歌"在社会上传唱。1997年，我在解放军出版社出版了一本《王洛宾歌曲选》。把以前署名错误的问题纠正过来。这是老人家去世之前没有解决的问题，算是拨乱反正。我想要告诉大家，其实这些好听的民歌是有作者的，它们的作者就是我的父亲王洛宾。

当时社会上有人说：王洛宾是一位"颇有争议"的人

物。我觉得将“颇有争议”这个词强加到一生屡遭磨难的王洛宾身上，显然有些“大不敬”。这种情况让我意识到，自己有责任站出来揭开尘封的历史，为父亲说些公道话。不管怎样，对我来说，父亲的故事是个不得不说的故事，受教育程度不能成为我不说的理由，作为王洛宾的儿子，维护他名誉和形象不受侵害的最好办法，就是将我所知道的真实情况，白纸黑字写在书上。这是我的责任。

后来的几年中，我先后到过北京、上海、南京、开封、许昌、西安、成都、兰州、西宁等地，走访曾经与父亲一起工作过的老同志和一些历史事件的知情人，了解和掌握了一大批珍贵的资料和物证，积累了大量翔实的素材。

2001年冬天，儿子教我用电脑打字。本来我在上小学的时候学习不太好，但是拼音学得很好，我用拼音打字比较快，打字打得头晕眼花，排的版式很难看。我把打印出来的内容用绳子缝好，很厚的一沓，有三十二万字。我拿给出版社的编辑，编辑看了一个多月，拿红笔在上面画了很多圈。我用一个多月认真地改了一遍，再请编辑看。编辑说还是不行，原来的篇幅已经删改到了二十六万字，又给我打回来。

我继续删改到大概二十三万字，在2002年冬天交了最终修改后的稿子。2003年8月，在父亲逝世七周年的时候出版了，书名叫《我的父亲王洛宾》，上架第一天销了三百本。我签名就签我的名字三个字，感觉手腕子都签得疼了。熬过了8月、9月，我把五千册书卖完啦。以前我很担心，不敢出书，害怕赔钱，我出的《王洛宾歌曲选》就赔钱了。

我是自费出书，自产自销。第一批书卖完，我才真正从亏损扭转过来。以前我一直在亏损，为父亲做这些事情，我把自己的钱都花完了，攒给孩子上大学的钱，我都敢花。这时候我才开始盈利，赶快拿钱继续出书，继续投入，同时还要出碟片，还要出一些纪念品。邮资封、明信片，都要投入。第一版书卖掉以后，第二版印了八千册。接着很多音像出版社也来找我出版王洛宾的作品。我都在积极地推动。

2007年，我开始组稿准备写关于父亲的第二本书《往事如歌》，里面写了歌子、车子、儿子，还有案子，在2010年出版。这两本书作为姊妹篇，另外我和别人合著了一本《歌者王洛宾》，纪念王洛宾诞辰一百周年。

写了三本关于父亲的书，我成了新疆作协会员。实际上我写作的动力，就是想把真实的、有血有肉的王洛宾介绍给大家，把他一生的磨难、不同阶段发生的故事、真实的事件介绍给大家。这也叫还原王洛宾，以事实为证，以书为证。

中国音乐著作权第一案

父亲在遗嘱中将自己的所有遗产留给了三个儿子，并嘱咐我们，在他的著作权、名誉权、姓名权、肖像权、荣誉权受到不法侵害时，均由三个儿子依法进行处理，并加以保护。

我大哥早就移居澳洲，二哥不在了以后，这些事情只有我能做。我挑在身上的两个担子，一个是弘扬，比如写书，出版光碟，另一个就是维权。维权如果不搞的话，弘扬没办法顺利进行。就跟作战一样，前面打仗，如果后院着火，那怎么打呢？所以我先要理清楚著作权法所规定的内容，王洛宾应该享有什么著作权。

我们国家是在1991年颁布了《著作权法实施条例》，里面规定，民歌的版权在没有当事人和其他代理人要求的情况下，谁收集、整理、改编、译配，著作权就归谁。王洛宾留下那么多歌曲，准确地讲，都是他重新创作的，包括改编的民歌，歌词完全是他凭着自己的想象创作的。虽然这样，但王洛宾改编歌曲的署名权多次受到质疑，很多人认为民歌是没有版权的，王洛宾不能改编一下就署名。

对于那些舆论，父亲只是说："人民喜欢我的歌就是我的版权。"他生前唯一一次提起诉讼是在1994年，滚石唱片发行了一张《情歌纪念日——王洛宾罗大佑世纪大合作》的专辑，当时影响力非常大，父亲才决定起诉代理销售这张专辑的某音像出版社。

事情发生后，被告试图将所有版税共计十万元左右，全部转给我父亲以求和解，但他表示："我要一个道歉，并停止你们的侵权行动，赔偿损失。"最终，父亲打赢了官司，被告公开致歉、销毁所有磁带，并赔偿四万元损失。这件事给我印象很深，父亲要的不是钱，而是一个交代。

父亲去世六年后的2002年，我接到一张传票，有人说我父亲1969年在狱中改编的维吾尔族民歌《高高的白杨》是他们的歌，要求我赔偿二十三万元，并承担八千元诉讼费。

《高高的白杨》是父亲1969年在新疆第一监狱服刑时编写的一首凄美哀怨的情歌。当时，监狱里关进来一位名叫吾甫尔江的维吾尔族青年，是在新婚之时遭人诬陷被判刑入狱的，不久新婚的妻子也因悲伤过度离开了人世。青年闻讯后悲痛万分，为纪念自己的亡妻，他发誓从此不再理发剃须。不想此举违反监规，结果在狱中屡遭坏人毒打，那青年并不反抗，他反而说：你们狠劲打吧，只有这样我才对得起死去的妻子。

这个真挚感人的爱情故事深深感动了父亲，他在牢房中眺望着铁窗外那一排排挺拔的白杨树，也想起了因为受到自己牵连而过早离开人世的妻子黄玉兰，于是，三段凄美的歌词很快就在他心中产生。他要为那位维吾尔族青年的不幸作歌，也要为自己的不幸作歌。他在收集到的成百首民歌中，精心挑选出一首流传已久的伊犁民歌来为这三段凄美的歌词配曲，使之成为一首交织着悲愤、挚爱、感怀的优美歌曲。

歌曲写好之后，当时的监狱里是不能传唱的，父亲只好在心里默默地哼唱。直到1975年，父亲终于刑满释放，他在狱中编写的民歌《高高的白杨》才有机会在社会上传唱。

1982年至2001年，署名王洛宾改编的民歌《高高的白杨》被国内数十家出版社出版发行，包括我在2001年授权由新疆维吾尔自治区人民政府对外宣传办公室、天津音像公司联合出版的一套《世纪之声——王洛宾经典作品专集》CD唱片。

因为我的“授权”，2002年7月，法院给我打来电话，通知我去拿开庭传票，说是有人告我侵犯了别人的音乐著作权。于是有了这轰动全国的中国音乐著作权第一案。

当时想到父亲的《高高的白杨》可能被别人夺走，我心里就像刀绞一样难受，于是我聘请律师应诉。因为没经历过这些，也没有证据，经过一年的审理，我败诉了。

那段时间，我一直生活在败诉的阴影中。有时连在睡梦中也会想起《高高的白杨》。为应对这场官司，我花掉了两万多元。关于是否上诉，我和律师发生过一场争执。

律师说：“王海成，现在老人已经不在了，难道你作为儿子能眼睁睁地看着父亲的音乐作品被别人夺走？你要好好想一想，你父亲这一辈子容易吗？我们不能打退堂鼓！在这关键时刻，千斤重担你不挑谁挑？谁让你是王洛宾的儿子呢！”

律师说得没错，谁让我是王洛宾的儿子呢！

我妻子也说：“钱花完了，我们还可以挣。可是爸爸的这首《高高的白杨》要是在你手里变成了别人的作品，让他老人家到了阴间还背黑锅，那你当儿子的将来会后悔一辈子的！”

于是，我们一边向法院递交反诉状，一边去伊犁取证，请求法庭指定国家有鉴定资质的机构对涉案歌曲重新鉴定，还对证据办理公证。

2006年5月8日，《高高的白杨》著作权之争终于有了结果。长达二十页的终审判决书中，详细地记录了这场著作权官司的始末，其中写道：王海成享有对其所继承的《高高的白杨》著作权中的财产权利。

这场历时四年，曾经轰动新疆及全国音乐界、法律界的著作权官司，画上了一个句号。从法庭出来，站在法院门前高高的台阶上，我面朝父亲长眠的方向（北京香山）大喊："父亲，咱们的官司打赢了。你的儿子尽力了，《高高的白杨》还是您的。"

从那时开始，我决定不再被动挨打。2006年10月，我将一家出版公司告到乌鲁木齐中院，这是我作为原告的第一场官司。那家公司出的光碟里面收录了王洛宾的作品《亚克西》但未署名。我找到他们要求更正，但人家说"这本来就不是王洛宾的歌，你去告啊"，我只好将他告上法庭。开庭时法官对我说："你会不会唱你父亲的歌？""会！""那你唱！现在就唱！"那首歌的旋律和歌词我倒背如流，立即大声唱起来。刚唱完，法官拿法槌咣一敲桌子，我被吓一跳，以为犯错误了。结果法官当庭宣判我胜诉，被告赔了一万元并登报道歉。

音乐署名问题，在王洛宾的作品中是个重灾区。自2006

年至今，我打的版权官司保持着不败的纪录。因为我的生日是3月15日，有人对我开玩笑说："你知道自己为什么总要为维权打官司吗？因为老兄诞生在'三一五'啊！"

传歌人

"愿透过歌曲给人们带来美的享受。"这句话是父亲在临终遗言中写下的，浓缩了他一生对音乐艺术的执著追求，以及他为艺为人的态度。

我父亲有好多尊称，但他最喜欢的称号是"传歌人"，那是他访问新加坡时，一个观众朋友送给他的。他一辈子受尽磨难，并不想做什么"王"什么"家"，只想做一个真正的"人"，一个把中国西部民歌传遍全中国继而传播到世界上的人，所以，他在晚年制订过一个五百年艺术生命计划。有人问他：人生不过百年，你怎么会订五百年计划？他解释：我要写出最好的歌，让大家传唱五百年。

王洛宾就是一个传歌人。传歌，是他的责任，也是他的梦想。

父亲去世后，完成他的遗愿，成为我的事业。我希望能把父亲的这一美好追求延续下去。我的后半生，完全被打上王洛宾的烙印。这些年，为扛起父亲传歌的大旗，我尽自己的所有和所能，在各地举办文艺演出，建设"永远的王洛宾”官方网站，出书，协助筹建王洛宾艺术馆和文化园，推动一些影视作品的制作。

我和新疆的达坂城旅游局、吐鲁番旅游局分别签约，2000年在吐鲁番的葡萄沟建成了王洛宾音乐艺术馆，2003年在达坂城建立了王洛宾艺术展览馆。后来，位于青海省海北州金银滩草原的王洛宾音乐艺术馆和宁夏六盘山的王洛宾文化园也相继建成。西宁的“王洛宾文化广场”也矗立起了王洛宾的塑像——青海人民用自己最好的方式纪念他。2018年3月，新疆塔城市的王洛宾音乐广场和王洛宾音乐艺术馆开始接待第一批游客。

这些关于王洛宾的艺术场馆，都是由我亲自出面筹建，包括资料提供、业务指导和技术管理，至今已经接待上百万游客，为来自世界各地的人们翔实地介绍王洛宾的传奇人生和艺术成就。其中我为塔城市的王洛宾音乐艺术馆提供了很多珍品，最重头的展品是王洛宾于1949年在进军新疆途中和王震司令员合作的歌曲《凯歌进新疆》的手稿。我出版的关于王洛宾的书和光碟，主要销路就是这些场馆，作为旅游纪念品进行销售。

从2003年开始，很多城市陆续举办以王洛宾为主题的音乐会，尤其在每年的3月14日，全国各地都有人举办纪念活动，年复一年，说明王洛宾的歌曲老百姓爱听，喜闻乐见。

中国人讲究子承父业。曾经有人问我：有一个这么好的音乐家父亲，为什么你没有走上音乐这条道路？在小时候，父亲希望你继承他的事业或者爱好吗?

实际上，从记事开始，我和父亲在一起的时间，满打满算不超过十年。而且，父亲从来没有勉强我们兄弟一定要走音乐的道路，他只要求我们有个健康的身体，凭自己的本事吃饭，做一个对社会和人民有用的人就行了。以前我是音乐殿堂的门外汉，慢慢我发现自己还是遗传了些父亲的音乐细胞，自学弹吉他，也学会作词谱曲。现在，我在学习钢琴。原来，父亲为之奋斗一生的音乐竟有这么大的魅力。

父亲的歌曲里，最打动我的是《你的热泪把我的手背烫伤》。这首歌是为新疆维吾尔族舞蹈家康巴尔汗写的，上世纪四十年代，两人相识、相知，康巴尔汗的女儿还跟着我父亲学声乐。“文革”期间，他们先后被关了起来。1975年父亲出狱后，我陪着他在乌鲁木齐团结路一条小巷子偶遇康巴尔汗，两位老人笑着拥抱，老泪纵横。晚上一起吃饭时，父亲说：“为了我们还活着干杯！”当晚，父亲就创作出了忧伤而激昂的《你的热泪把我的手背烫伤》。

“假如全世界的人民都参加合唱团，那么在这个世界上就不会再有战争了。”这是父亲遗言中的一句话。我对父亲的认知就是，“闻其歌曲之美，更知其人之美”。

王洛宾这个名字曾经给我带来苦难，使我的童年、少年、青年时代都浸满了苦涩、艰难。同样是这个名字，带给我荣耀，使我常常被笼罩在他的耀眼光辉之下。

晁盖三打祝家庄

吴 钢

“文革”后最早在舞台上复出的传统戏曲。

中国传统戏曲自诞生以来，历朝历代都受到老百姓的欢迎，绵延数百年久演不衰，历史上唯一一次历时最久的对传统戏曲的全面禁锢，就是“文化大革命”。那十年当中，全国人民只有八个革命现代样板戏可以看（后来又增加了《龙江颂》《杜鹃山》等），翻来覆去，从舞台到电影，到钢琴伴奏、交响乐伴奏……其他一律是大毒草。

“文革”期间北京唯一的群众性娱乐活动，就是每年五一、十一的大型游园活动。这项游园活动的起因，是由于1971年发生了“林彪事件”，领导人每年五一、十一在天安门上接受红卫兵游行欢呼的活动无法继续，因此改为群众到各大公园游园来庆祝两大节日。因为是节庆放假，又免收门票，北京市民扶老携幼，踊跃参加游园活动。公园里也搭起戏台，表演小型的革命歌舞节目。商店还在公园里设立销售大棚，卖儿童玩具。在那个物资匮乏的年代，新颖的塑料玩具最受小朋友的欢迎。

北京最大的游园活动是在天坛公园，这是市区内面积最大的公园，东西南北四个门都可以进入，交通方便。节日游园也是那个时代唯一的群众性大型社交活动，公园里人山人海，摩肩擦踵，每一个演出台和销售点都被围得水泄不通。

1976年粉碎“四人帮”，人心大快，文艺活动开始复苏。正如一个被压制了十年的弹簧，一旦压力解除，立即强力反弹，马上就有外国电影在小范围播放。放电影比较简单，只要把拷贝拿出来，找个礼堂放映就可以了，有的还需要翻译手里拿着话筒现场把对话翻译成中文。那时候还不能公开放映，叫作“内部观摩”，有门路的要是能搞到这种内部的票子，会被很多人羡慕。

舞台演出，则是从讨伐“四人帮”的节日开始，常香玉站在舞台上用激昂磅礴的豫剧曲调清唱“大快人心事，粉碎四人帮”，唱出了全国人民的心声。紧接着就是相声演出，相声只有两个人表演，编排简单，两个人一攒就行了，很快就有嘲讽和批判“四人帮”的相声段子出来了，观众在剧场里尽情欢笑。这种普通百姓发自内心的笑声，已经消失十年了。

接下来，才是我们的传统戏曲的演出，因为戏曲演出是团队合作，有服装、道具、乐队、化妆、唱念、武打等更加复杂的问题。

1976 年，北京天坛公园游园活动中的玩具销售大棚。
© 吴钢摄影

1977 年，北京中山公园音乐堂里的一场相声演出。当年音乐堂还是半露天的剧场，周围是柱子，没有围墙。现在早已围起围墙，变成室内剧院了。
© 吴钢摄影

但是，传统戏复出的脚步也非常快。

我曾经看到过京剧大武生叶金援在2016年第八期《中国京剧》杂志上发表的一篇文章，谈到1976年他最早演出了传统京剧《三打祝家庄》，扮演石秀。而这几年我在家里整理老照片，看到自己早年拍摄的《三打祝家庄》剧照，仔细看过底片，正是叶金援饰演的石秀。

我从中学起，就师从舞台摄影大家张祖道学习摄影，自己拍照、冲洗胶卷、放大照片。拍摄这台《三打祝家庄》时，我用的还是国产保定胶卷，装在一台国产海鸥DF单镜头反光相机里拍摄的。当年进口照相机在市面上根本没有，这种国产的单反相机只能在北京建国门外的友谊商店里用四百多元外汇券才能买到，而当时普通人的月薪只有三四十块。为支持我学习摄影，父亲吴祖光从他的华侨朋友林涵表手里把这台相机买了过来。那时国内还没有“单反”这个称呼，人们把这类极少见到的相机称为“金字塔”形相机。这台国产相机按下快门时由于反光板减震差，在剧场里拍摄声响很大，但是镜头质量很好，它是我走向专业摄影之路的第一台单反相机。

这卷拍摄了《三打祝家庄》的国产保定胶卷，虽然年代久远卷曲严重，但上面的影像仍清晰可见，四十多年前的情形又出现在眼前。

记得那是在北京的冬天，天寒地冻，我背着相机，戴着棉手套，从和平里骑一个多小时自行车，去虎坊桥的工人俱乐部看戏，花六角钱买的前排最好的戏票。

找到这卷老底片后，我把照片发给金援兄一看，正是他当年的演出剧照。因为金援也喜欢摄影，他还记得当年我用海鸥相机给他们拍照的事情。金援把其他演员的名字都帮我一一确认，并且回忆起当年排戏时的情景。

在“石秀探庄”一折中，有叶金援挑着木柴担子“走边”的一场戏。“走边”是戏曲舞台上表现有武功的人物轻装夜行或潜行疾走的表演程式，这类角色行动隐秘，习惯于沿着墙边、道边偷偷摸摸地行走，所以称之为“走边”。在《三打祝家庄》中，梁山好汉石秀化装成樵夫，暗藏兵器潜入祝家庄侦察路径的这场戏，运用“走边”的程式动作，最合适不过了。

十年浩劫，叶金援把在戏曲学校学过的传统戏表演都荒废了，因此排演这出戏时，他就想到了京剧武生前辈王金璐先生，想请他给自己说戏。叶金援出身梨园世家，祖父叶春善是京剧史上最著名的京剧科班富连成的掌门人，父亲叶盛长是著名的京剧老生，叶家与王金璐先生交往密切。

王金璐先生早年间从北京调到陕西省京剧团，因为腰部受伤，多年前已回到北京休养。“文革”期间没有收入来源，王金璐和夫人李墨璎两位艰难度日，在家里糊纸盒挣一点钱补贴家用。

王金璐答应了叶金援学戏的要求，忍着伤病，把传统戏的武生动作要领讲解并示范给叶金援，还结合昆曲《探庄》

的身段动作，根据自己多年的舞台实践，毫无保留地传授给叶金援，才有了金援在这场戏中的精彩表演。

2018年，京剧大家叶少兰、谭孝曾、杨赤从北京到法国巴黎中国文化中心开座谈会。我把自己当年拍摄的《三打祝家庄》照片拿给孝曾兄看，他确认顾大嫂正是他夫人阎桂祥扮演的，同时也很惊异，当年的照片如何能够保存至今。

经叶金援确认，《三打祝家庄》正是“文革”后恢复排演的第一出传统戏。当年剧团还是“样板团”的编制，由军队派下来的军代表担任剧团领导，实施军事化管理。叶金援所在的北京样板团的主要领导，是军代表冯兵一、邢新民两位，下面设立了几个剧组，叶金援等人是在《杜鹃山》剧组，由军代表曹德伦和陈永源具体领导。粉碎“四人帮”后，军代表还没有撤出，在这个过渡时期，《杜鹃山》当然不能演出了，剧团不能总是闲着，经过军代表反复商量，决定演出反映农民斗争的历史题材传统戏《三打祝家庄》，剧院又安排由《杜鹃山》剧组来排练此剧。

“文革”开始的时候“破四旧”，把所有的传统戏行头等，都作为“四旧”给砸烂烧毁了，残余下来的都封存起来。如今为这次演出，军代表特别批准，把“破四旧”时封在戏箱里的传统戏服装和道具起出来。当年北京的剧装厂还没有恢复传统戏服装的制作，只会做样板戏服装，因此我们看到台上演员身上穿的还都是“文革”前北京京剧团的老戏装，手工绣制，质量上乘。

这场“文革”后的第一出传统戏，是在北京工人俱乐部演出的。当年“样板团”的演员阵容很强，集中了“文革”前各个戏曲院团中的优秀演员。《三打祝家庄》演出好似一场地震，震惊了全国亿万人民，失踪十年的传统京剧又大张旗鼓地出现在舞台上，观众有恍如隔世的感觉。

1976年是什么年份？周恩来、朱德、毛泽东相继去世，唐山大地震，粉碎“四人帮”……这个时候有京剧老戏恢复演出，实在是文艺界的大事。难怪看到我的照片，叶金援和谭孝曾都连说：“太珍贵了，太珍贵了！”

“文革”之后，为什么最早复出的传统戏是《三打祝家庄》呢？主要是因为此剧有强硬的政治根基。

抗战时期，毛泽东主席亲自给隶属于中央党校领导的延安平剧研究院（当年称京剧为平剧）下达了创作演出《三打祝家庄》的指示，由党校副校长彭真亲自领导创作和排演，编剧是任桂林、魏晨旭、李纶。彭真传达了毛泽东对剧本创作的口头指示：编写《三打祝家庄》剧本，第一要写好梁山主力军，第二要写好梁山地下军，第三要写好祝家庄的群众力量。1945年，《三打祝家庄》排出后，在延安连演两个多月，引起轰动。毛泽东看戏后亲自给主创的编剧任桂林写信，对《三打祝家庄》的演出给予了高度评价：“此剧创造成功，巩固了平剧革命的道路。”

毛泽东在《矛盾论》一文中写道：“《水浒传》上宋江三打祝家庄，两次都因情况不明，方法不对，打了败仗。后来改变方法，从调查情形入手，于是熟悉了盘陀路，拆散了李家庄、扈家庄和祝家庄的联盟，并且布置了藏在敌人营盘里的伏兵，用了和外国故事中所说木马计相像的方法，第三次就打了胜仗。”

由此可知，在“四人帮”刚刚被粉碎，“文革”流毒尚在，被称为歌颂帝王将相、才子佳人的传统戏被扫除十年之后，率先演出“根正苗红”的传统京剧《三打祝家庄》最为保险，能够令“文革”派、“极左”派、“凡是”派噤声。

不过，这次演出中最奇怪的地方，就是自始至终没有宋江上场，而是改为由晁盖带领梁山好汉攻打祝家庄。这明显不符合史实，既不符合《水浒传》第四十九回中“宋公明三打祝家庄”的人物情节，也不符合毛主席著作上所写“《水浒传》上宋江三打祝家庄”。

为什么把舞台上的宋江硬是改成晁盖了？主要原因是在此剧演出一年之前，曾经在全国掀起了一场“自上而下”的大规模群众运动，批判宋江的“投降主义”。这场大批判运动轰轰烈烈，遍及工厂、农村、机关、学校、军队，宋江的罪名就有“排斥晁盖，架空晁盖”等。当年这出戏排演时，“两个凡是”的说法还在，军代表也拿不准领导上是如何评价宋江的，为政治上保险，只能牺牲宋江，于是就在舞台上把主角宋江彻底去掉，改为被宋江“排斥”的晁盖，“三打祝家庄”就变成晁盖带兵征剿了。我们看到照片上晁盖是勾着脸、扎着靠站在台中间的，由花脸演员马永安饰演。周围是梁山泊众位好汉，后面大纛旗上高悬着“晁”字。

排戏之初，既要忠实于延安时期《三打祝家庄》的原貌，又要把主角宋江改换成晁盖，让军代表煞费苦心。他们请来延安时期亲自参与此剧创作的原创编剧任桂林、李纶、魏晨旭，由三人执笔，对剧本做了修订，把宋江的戏“摘”出去，添加了以晁盖为主的戏和唱段对白。

剧本完成后，更艰巨的工作还在排演场上。现有“样板团”的导演和舞台工作人员，对传统戏的舞台调度、灯光布景、人物安排、程式化运作等等都不了解，演员们演了十年现代戏，习惯于“公式化”坚定有力的大幅度革命动作，而对于传统戏的程式化表演，很多演员没有学过，甚至没有看到过。军代表便请来了几位被压制多年的老艺术家来帮忙排戏，其中一位重要人物，就是复排导演王一达先生。王一达是老资格的革命文艺工作者，1938年就进入延安抗日军政大学，又在延安鲁迅艺术学院戏剧系学习，后来延安平剧研究院成立，又任导演团主任。延安排演《三打祝家庄》时，王一达就担任执行导演，并且在剧中饰演乐和，他既有导演经验，又有表演经历。

另一位是阿甲先生，作为复排此戏的艺术顾问。阿甲也是1938年就考入延安鲁迅艺术学院，后来在延安平剧研究院任研究室主任。延安排演《三打祝家庄》时，阿甲饰演钟离老人，他对戏中每一个人物的表演都很熟悉。阿甲比较出名的一件事，是当年在延安演出京剧《打渔杀家》时，他饰

《三打祝家庄》的主创编剧任桂林。摄于 1979 年。

阿甲先生。摄于 1980 年。

演萧恩，江青饰演萧恩的女儿，两人曾同台演戏。“文革”中，阿甲受到江青的残酷迫害，被打成反革命分子。后来在北京审判“四人帮”时，阿甲曾出庭作证。

1976年的《三打祝家庄》剧组之所以能够用最短的时间顺利排演出全剧，一个重要原因就是军代表邀请到了延安演出时的三位编剧，又邀请到当年参与过该戏的导演和演员来帮助排戏。从剧组创作编导人员的组成就可以看出，军代表煞费苦心地安排这几位尚未“平反”的艺术家来主持工作，就是为了保证这出延安时期传统戏的正统性和延续性，以求最大的政治保险系数。

大概是军代表与主创人员也觉得用晁盖取代宋江“三打祝家庄”过于荒谬，因此在演出的说明书上特别做了解释：“毛主席在评论《水浒》时指出：‘《水浒》只反贪官，不反皇帝，屏晁盖于一百零八人之外。宋江投降，搞修正主义……让人招安了。’”

在这次演出中，饰演晁盖的花脸演员马永安是“文革”中江青搞样板戏时期进入《海港》剧组的，他与花脸名家裘盛戎一起，分别饰演高志扬。马永安演A组，裘盛戎演B组，演出前不公布是A组还是B组的演员，当年的观众两场戏票都买，目的就是看裘盛戎。后来样板戏《杜鹃山》开始创排，马永安又被调到《杜鹃山》剧组，担任主演雷刚，该剧也被拍成了电影，马永安名动一时，成为那个时期的著名人物。不过这次演出，也真难为马永安了，因为之前延安演出的老版本是宋江领兵攻打祝家庄，宋江由老生扮演，这次硬改成花脸扮演的晁盖，唱念表演都不一样，完全没有之前的演出版本可以参照。多亏导演、乐队和老先生们的帮助，重新设计唱腔，编排动作，在舞台上组织起了全新的、以晁盖为首的梁山军队，攻打祝家庄。

这出京剧舞台上绝无仅有、空前绝后、最不可思议的“晁盖三打祝家庄”的荒谬一幕被我拍摄下来，底片留存至今，已经有近半个世纪了。

那么，宋江是什么时候才回到舞台上，带领梁山好汉“再打”祝家庄的呢？就我拍摄过的照片来回忆，是在拨乱反正之后，中国京剧院（现国家京剧院前身）演出的《三打祝家庄》，把这个明显的谬误给改正过来，由著名老生李和曾饰演宋江，恢复历史本来面貌，宋公明终于可以重新率兵回到“三打祝家庄”的舞台上了。

中国京剧院的《三打祝家庄》，集中了院内最高水平的演员，几位主演都是传奇人物。

饰演宋江的老生李和曾，继承了高（庆奎）派的演唱风格，声音高厚宽亮。他饰演的宋江在二次攻打祝家庄后的“深夜思谋”一场戏中，用高厚宽亮、激昂铿锵的高派唱腔表现宋江面对战场失利时的复杂心情，声情并茂，成为此剧的精彩唱段而流传下来。李和曾曾在西柏坡为进京前的中央领导演出，受到领导人的高度赞扬。毛泽东对李和曾的“高派”唱腔和满宫满调的高昂唱法情有独钟，多次观看过他的演唱，晚年在病床上，还观看过李和曾《逍遥津》《李陵碑》两出戏的影片。

饰演石秀的张云溪，是著名的短打武生，演出中石秀武打纯熟、枪棒精绝，特别是“石秀探庄”一场戏中，挑柴担唱昆曲，边唱边舞，很有特色。张云溪的女婿，就是老一代乒乓球运动员李富荣。

饰演乐和的张春华，是著名的武丑演员，他饰演的乐和是“俊扮”，不勾丑角的脸谱，在表演、舞蹈、武打上也有创新。张春华最为传奇之事，就是1945年乘飞机在上海机场降落时发生空难，他从断裂的机舱中被甩出来，翻滚跌扑着落地，居然绝境生还。

饰演顾大嫂的高玉倩，是花旦的扮相和装扮，运用大小嗓结合发音、白话道白的方法，塑造出机智、幽默、勇敢的“母老虎”顾大嫂形象。高玉倩曾经在样板戏《红灯记》中扮演李奶奶，是全国家喻户晓的著名演员。

中国京剧院这次演出，恢复了延安时期《三打祝家庄》的原貌，又有众位京剧大家的艺术创造和精彩表演，演出后获得专家和观众的好评，如今已然成为经典，之后的京剧演出大都以此为范本。

而1976年北京工人俱乐部上演的这出《三打祝家庄》，不但打破了祝家庄，也打破了对传统戏整整十年的禁锢，全国各地的传统戏曲这才逐步恢复了演出。

1976 年演出的《三打祝家庄》中，叶金援饰演石秀，张学海饰演钟离老人。
© 吴钢摄影

这次演出，最不可思议的是率领梁山人马攻打祝家庄的不是宋江，而是晁盖。剧中晁盖由马永安饰演（前排中），叶金援饰演石秀（右一）。
© 吴钢摄影

马德华（左一，后在电视连续剧《西游记》中饰演猪八戒）饰演老五，李宝春（左二，李少春先生之子，曾在《杜鹃山》中饰演李石坚）饰演乐和，马增寿（右二，曾在《杜鹃山》中饰演毒蛇胆）饰演祝小三，朱锦华（右一，曾在《智取威虎山》中饰演栾平）饰演二混子。

© 吴钢摄影

白士林在《三打祝家庄》中饰演孙立（左一），阎桂祥饰演顾大嫂（右一），杨淑蕊饰演孙夫人（右三）。

© 吴钢摄影

谭孝曾的夫人阎桂祥饰演顾大嫂（左），张美恭饰演李妈。
© 吴钢摄影

到后来中国京剧院演出《三打祝家庄》时，便由晁盖改回了宋江。剧中宋江由李和曾饰演，高牧坤饰演林冲（右）。
摄于 1981 年。© 吴钢摄影

高玉倩饰演顾大嫂，张元智饰演孙立。
摄于 1981 年。© 吴钢摄影

张云溪饰演石秀。
摄于 1981 年。© 吴钢摄影

名丑张春华饰演乐和。
摄于 1981 年。© 吴钢摄影

1161：采石之战

张锐强

正因为是个平凡英雄，谈不上雄才大略，才格外值得说说。

金国第四任皇帝完颜亮恐怕无论如何也想象不到，他对汉文化的迷恋向往，会葬送自己的政权与性命，与此同时却又在文化意义上成就了两个人。这两人一明一暗，明的叫虞允文，四川仁寿人；暗的叫辛弃疾，山东济南人。

那是公元1161年。在金国，是正隆六年；在宋国，则是绍兴三十一年。在必须使用正隆作为年号的山东，济南农夫耿京与李铁枪等六人揭竿而起，很快便聚集起大量人马，先后攻占泰安、莱芜和郓州（今山东东平）。此时一个操济南口音的小伙子，也率领两千多人，南下郓州前来投奔。此人身材魁梧，脸膛黝黑，满身勇武，竟还深通文墨。老乡见老乡，更何况耿京身边正好缺个文人，他立即决定，将其留在身边，作为掌书记。

小伙子就是辛弃疾，这年二十二岁。

辛弃疾籍贯济南府历城县，生在金国也长在金国，其祖父辛赞还曾任金国的高官开封知府，他本人也参加过两次金国的进士科考。第二次科考已经考中的说法虽严重存疑，但无论如何，只要按部就班地继续考下去，以其文才，高中只是时间问题。二十二岁正是好年华，他为何突然改弦更张，心向宋国？

家庭教育是内因，穷征暴敛是外因。那时金国已立国四十余年，照说应当步入正轨，治理日渐成熟，怎么会突然穷征暴敛，导致民变？

因为皇帝完颜亮对汉文化实在迷恋向往，决定撕毁绍兴和议，南下侵宋。

金兵南侵并不新鲜，但这次南侵跟以往还真是不同。先前的南侵只是占便宜，即便将宋高宗追到海上的建炎三年（1129年），战略目标也只是灭掉赵氏，但并不打算直接统治黄河以南的大片版图。如果成功，他们还会再扶持一个傀儡政权，代替已经下台的张邦昌，因为金国统治者不习惯南方的炎热，也因为他们只对宋国的各种财宝器物有兴趣，尚无法接受理解其内涵丰富的文化。世易时移，这次完颜亮决意要争夺正统地位。也就是说，他的战略目标是一口吞掉宋国。他要直接统治，绝不假手他人。

好端端的，为何会产生这样的巨变？这就要说到完颜亮此人：明明当了十二年皇帝，却没有谥号，以至于我们今天还只能直呼其名。因他是篡位而来，最终帝位又被别人篡夺。

时间是1149年的九月，地点在京郊良乡。一队人马迎着晴朗的秋日缓缓南下，领头的那位官员身材高大，体格健壮，相貌英俊。他就是完颜亮。正是秋高气爽的时节，他却心事重重，对路边景色视而不见。平章政事、右丞相、都元帅的官职刚刚被免，要到开封领行台尚书事，不过完颜亮的满腹心事跟贬谪关系不大，更主要是因为刚刚结束的那桩密谋。

就在前两天，他在中京（今内蒙古宁城县）跟留守萧裕已达成共识：必须迅速除掉当朝皇帝、金熙宗完颜亶。这家伙越来越糊涂，动不动便借酒杀人，无论官职大小。篡位当然是件大事，会压得人心情沉重，偏偏此时，有使者骑着快马从上京（今哈尔滨阿城区）疾驰而来，带来了最新诏命：立即掉头，返回上京。

看起来是件好事，但完颜亮却感觉后背阵阵汗出。还好，等待他的并非屠刀，而是先前的官位。他奉命继续平章政事。

三个月后，完颜亮到底还是做掉了完颜亶。

当时辛弃疾只有十岁，已经四十岁的虞允文也还没有通过进士科考，但已当过地方官，具体职务和任所不明。没有考取进士还能任官，因为其父是官员，所谓荫庇。史书记载，母亲去世后，虞允文格外悲痛，考虑到父亲有病无人照顾，因而没再寻求出仕，直到七年后送走父亲。

一

篡位成功后的完颜亮变得格外疑神疑鬼。杀掉完颜亶，并未让他找回安全感，甚至走路都要猛然回头，看看身后。没别的办法，只好继续杀人。

宋金是冤家对头，但也有点难兄难弟的意思。金太宗与金太祖完颜阿骨打的关系，跟宋太宗与宋太祖一样，也是亲兄弟。宋太宗在烛影斧声中得了哥哥的帝位，宋太祖的世系因此不显。但靖康之变中，宋太宗的子孙几乎全被掳掠到北方，虽有赵构这根侥幸的独苗，却又在惊吓中丧失生育能力，因而坊间有传言，金太宗长得很像宋太祖。什么意思？宋太祖转世成为金太宗，要向弟弟寻仇。

这传言当然无法坐实，但如果继续推导，那么宋太宗对金太宗的报应，附会在完颜亮身上就格外合适：他即位次年便大开杀戒，宗室大臣动不动就被灭门，金太宗的子孙被杀七十多人，几乎绝后。此举震慑力极强，甚至完颜亮篡位时的核心盟友萧裕都无法心安，再度谋篡，结果也被杀掉。不仅嗜杀，完颜亮还格外好色，无论看上谁的老婆女儿，哪怕是宗族亲戚，也都要搞到手。

然而，嗜杀好色与大方风雅，竟然在完颜亮身上完美结合，成为他的一体两面。

完颜亮自幼聪明好学，曾拜汉儒为师，广泛结交有文化的辽人，谈诗论文，品茗弈棋。长时间的浸淫熏染，使他儒服雅歌，风度翩翩。他很像隋炀帝，“一吟一咏，冠绝当时”，词句工整有味，且气魄宏大，据说为藩王时给人题写扇面，便有“大柄若在手，清风满天下”之句。

如果说这两句诗可信度较高的话，那么下面这首估计就不那么可靠。说的是某日他进入妻子的房间，看见瓶中怒放的木樨花溢彩流金，便索笔题诗曰：

绿叶枝头金缕装，秋深自有别般香。

一朝扬汝名天下，也学君王著赭黄。

在金熙宗时代，完颜亮只能夹着尾巴，写这样露骨的诗，那还不是找死？但无论如何，他的文学青年心性已定。

文学青年喜欢什么？除了美人，就是远方。

引起文学青年对远方向往的，自然是诗。确切地说，是柳永的词《望海潮》：

东南形胜，三吴都会，钱塘自古繁华。烟柳画桥，风帘翠幕，参差十万人家。云树绕堤沙，怒涛卷霜雪，天堑无涯。市列珠玑，户盈罗绮，竞豪奢。

重湖叠巘清嘉，有三秋桂子，十里荷花。羌管弄晴，菱歌泛夜，嬉嬉钓叟莲娃。千骑拥高牙，乘醉听箫鼓，吟赏烟霞。异日图将好景，归去凤池夸。

读到这首词时，完颜亮顿时两眼放光：三秋桂子、十里荷花，如此盛景，朕岂能错过！

完颜亮决意去西湖畔观赏荷桂时，金国早已迁都，从上京迁到中都。中都不是先前的中京，而是宋国的幽州燕山府，即今天的北京。完颜亮迁都至此，将其改名为中都大兴府，原来的东京辽阳府、西京大同府不变，上京名号去掉，以原来的中京大定府为北京，宋国的都城东京汴梁则被设为南京。

迁都的引子便很有文学色彩。完颜亮令人在上京种了二百株荷花，结果全部死掉。酒酣耳热后，他明知故问个中原因，内侍梁汉臣一唱一和，说此地太冷，荷花种不活；燕山府暖和，那里才可以。完颜亮立即点头：好吧，那咱们就去燕山府种荷花。

醉话也是圣旨，那就迁都。

这是1153年的事情。完颜亮还同时出台了很多政策，如去掉酷刑，恢复殿试，以词赋、法律取士，规定县试三人取一、府试四人取一。有这么多大动作，自然要更改年号，完颜亮选择的是“贞元”。古人以元亨利贞象征四季，本来用“贞元”表达改变天道人事的决心格外适合，只是三百年前唐德宗已经注册，且连续使用二十一年之久。年号是帝王的标志，而人人都希望自己的标志独一无二，北宋开国后，宋太祖发现自己用的建隆、乾德这两个都是炒冷饭，非常生气，提笔便给宰相赵普画了个大花脸，发出宰相一定要用读书人的浩叹。建隆、乾德还都是地方割据政权使用的，贞元则不同，饱读诗书的完颜亮对此应当清楚。一意孤行也罢，意志坚定也罢，反正他就是还要再用。

完颜亮在中都大动作不断，而他向往无比的杭州，此刻正在重修镇压江潮的六和塔。次年即1154年，虞允文在四川终于通过进士科考。宋代进士科考政策倾向寒门，世家子弟要举行“别试”，与此同时还大幅扩招。然而利弊相因，此举固然有利打破阶层固化，但也助长了三冗中的“冗官”。南宋初期战乱频仍，交通不便，行在接待能力也有限，朝廷便下令各路分别举行科考，称为“类省试”。局势平定后，类省试纷纷撤销，唯独四川连同陕西一直保留。因为从四川去一趟杭州确实不易。虞允文通过的就是这种考试。

按照道理，下放到省里举办的科考，权威性自然不如中央政府。他们按照十四比一（后来改为十六人取一）的录取比例通过后，即便不去参加殿试，至少也能获得第五甲、赐同进士出身。第一名起初是特赐进士及第，后来秦桧当政时降为赐进士出身。秦桧这样做，据说是因为绍兴十七年榜首何耕是张浚的同乡，且殿试时“以策忤秦桧”，但对四川类省试过于优待，也是事实。而由于是铁铸的奸臣，因而史书记载为“秦桧当国，蜀士多屏弃”。反正虞允文只能当通判以及黎州（今四川汉源）、渠州（今四川渠县）知州。虽然也是州长，但地方偏远，按照当时的观念，就是不受重视的二等官员。

文学青年完颜亮正诗意地向往远方时，书法家赵构还真的只苟且于眼前。尽管秦桧已死，他上朝时再也不必在靴子里藏匕首，但还是特意下诏禁止议论边事。强调“偃兵息民、讲信修睦”是他本人之意，秦桧只是附和赞同，不能因为秦桧的生死而影响国策，只要和平或曰苟且得以继续，别的方面自然都可以调整。比方秦桧不重视四川士子，那么他不妨予以修正，于是虞允文便接受了召见，最终被留任为京官，从秘书丞开始，逐渐升为礼部郎官。

这就使得虞允文跟完颜亮的命运，有了交集的可能。

二

南方得过且过，北方摩拳擦掌。完颜亮的嗜杀好色只是果，因则是长期的威胁压抑，缺乏安全感，否则说不出这样的话：“吾有三志，国家大事，皆我所出，一也；帅师伐远，执其君长而问罪于前，二也；无论亲疏，尽得天下绝色而妻之，三也。”

三大目标可不是酒话，吹吹牛就能放下。迁都只是第一步，如此重大决策，自然不可能是种荷花那么简单。随着版图急速扩张，上京已经显得偏远，对西部比如陕西的辐射能力可以想象，且上京还带着完颜亶强烈的个人气息，他就是在那里将部落酋长制完全转化为君主制的，只有脱离上京，才能彻底摆脱他的阴影。然而仅仅迁到中都还不够，完颜亮的目标毕竟是整个中国。

五胡十六国时代，少数民族政权便对汉文化和正统地位兴趣浓厚，最有代表性的当然是前秦的苻坚。尽管这种争夺给了他致命打击，但后来者依旧乐此不疲。而进入辽金时代，表现出这种兴趣的，完颜亮还是第一人，因而迁都中都后，他立即改革官制，取消中书省和门下省，尚书省直接对皇帝负责，同时废除都元帅府，设立枢密院，以免将帅尾大不掉，行台尚书省也一同罢废。没有门下省和中书省的制衡，尚书省一枝独大怎么办？恢复辽代的登闻检院制度，民间若有疾苦冤屈，可以向登闻检院投书揭发。这套体制改革下来，君主集权已基本成型。女真部落带有一定原始民主色彩的决策机制，至此完全更改。

枢密院和登闻检院都是再正宗不过的汉制，但完颜亮心态开放，并不忌讳。与此同时，他还仿效宋国的货币制度，发行纸币“交钞”，铸造铜币“正隆元宝”。这是金国建立三十余年来首次发行主权货币，在此之前，他们一直使用宋辽铸造的钱币。

货币并非只是主权象征，也是战争的一部分。做完这一切，完颜亮一定长长出了一口气。自从抵达中都，他便没有了完颜亶的鬼魂如影随形的感觉，行动越来越舒展，对南方的渴念也就越发强烈。在他眼里，香山红叶的吸引力哪能跟西湖荷花、白堤垂柳相提并论，不过他向来“深沉有大略”，能沉得住气，并未大肆表白，只是继续推进女真人的南迁，将大量的猛安谋克从东北一隅迁往内地。

如何安置呢？括地。官方政策是收取原先被侵害的官地，以及闲散的牧地，但真正执行的结果，就是按下葫芦浮起瓢的民变。

即将南侵的最明显动作，发生于正隆三年（1158年）的十一月。完颜亮借口汴京大内失火，命左丞相张浩、参知政事敬嗣晖前往营建修复，由梁汉臣[①]监视工役。工役气魄宏大，原来的宫室全部拆除重建，运一木之费达两千万，牵一车要五百人。宫殿遍饰黄金，间以五采，一殿之费以亿万计。即便如此，修成之后只要梁汉臣说某处不合法式，就得拆掉返工。经过此次整修，汴京焕然一新，只等拎包入住。

接到汴京工程进展的报告，完颜亮次年元月便下令统计各个猛安谋克中的军事力量，二月又命令在通州大造战船兵器。按照二十岁到五十岁的男子全部纳入军籍、修长者为正军、矮弱者为副军的政策，得到正军、副军各十二万，战马五十多万匹。

这些工作规模大、耗时长、牵扯面广，肯定会引起广泛关注。如何保密？可是个问题。

绍兴二十九年（1159年）元月，宋廷突然接到金国所发内容颇为奇怪的外交照会：他们居然要关闭几乎所有的榷场，即通商口岸。

根据斯波义信的研究，宋在对辽贸易中每年有几十万贯匹的顺差。宋金贸易额虽难以查考，但加藤繁却认为，在生丝以及丝织品中，金处于顺差地位，他们主要以此从宋获取

① 《续资治通鉴》记为梁珫，应当是梁珫，字汉臣。

茶叶。宋最希望得到战马，但受到诸多限制，因而宋军主要装备蜀地过来的小马。至于丝织品，对于宋而言，其实无关紧要。

总体而言，榷场的设置对金更有利。毕竟宋是商业社会，金还是纯粹的农牧业社会，经济与物品的繁荣程度不在一个数量级。金不但需要宋的部分奢侈品，更需要他们的货币，因为金没有自己的铜钱，而宋的货币是当时全球的硬通货，信用程度最高。宋金边界不仅有合法贸易吸收铜钱，甚至还有直接的铜钱走私。虽然现在说起来很好听，但当时的朝廷却很是为难：铜钱大量外流，导致“钱荒”，已严重影响经济。铜产量毕竟有限，因而朝廷曾有禁令，严格限制船只“出北界”“往山东”，规定对违禁的船只，“铜钱入海五里，尽没其资”。

宋国有钱荒，金国也有钱荒。吸收的宋国铜钱再多，市面也很少流通，因为无论官府还是百姓，都将其视为财富，舍不得拿出来。无奈之下，宋国在两淮地区用铁钱代替铜钱，后来又发行纸币“淮交”，在荆湖路发行纸币“直便会子”（所谓“淮会”）。完颜亮为什么要发行交钞？目的也是制止铜钱外流。

榷场更是吸收宋国铜钱的重要战场。按照道理，榷场应该往来自便，双方的商人都可自由出入，但金国却一直限制自己的商人尤其是大商人，不准离开己方榷场到对方的榷场交易，而是迫使宋国的商人过来。这样既可以收税，还能吸收铜钱[1]。但此时此刻，他们却以其中“多有夹带违禁物货、图利交易，及不良之人私自往来”为由，决定废除密州（今山东诸城）、寿州（今安徽凤台）、颍州（今安徽阜阳）、唐州（今河南唐河）、蔡州（今河南汝南）、邓州（今河南邓州）、秦州（今甘肃天水）、巩州（今甘肃陇西）、洮州（今甘肃临潭）、凤翔府等地的榷场。这份名单实在太长，几乎是当时金国合法口岸的全部；仅仅保留一处，即设在泗州（今江苏盱眙北洪泽湖中）的中心榷场，但每五日开一次场，还不如民间的乡村大集。

榷场是双方各自在自己境内设置的，上述名单都是金国的榷场，他们单方面关闭，却并没有要求宋国采取对等措施。当年元月，完颜亮还下令修改私相越境法，规定凡私自越境者，一律杀头。金国的榷场关闭，宋人进不去也就看不见；严控出境，金国的消息则流不出，但这实在太刻意，因而很多官员判断金国要背盟，赶紧向皇帝示警。

人们往往相信自己愿意相信的东西，对于不愿意相信的，哪怕是铁的事实，也会本能地排斥。宋高宗赵构就是。面对案头堆积如山的报告，他心里虽不断打鼓，却还是不愿相信，最终决定派使者过去实地看看情况。这个使者名叫王纶，当时头顶同知枢密院事的官帽。

作为盟友，宋金自然保持着正常的外交活动。固定的互

①《宋金贸易中争夺铜币的斗争》，乔幼梅著，《历史研究》，1982（4）。

派使者每年两次，一次是新年的贺正旦使，一次是皇帝寿辰的贺生辰使。除此之外，皇帝驾崩即位也要派出使者，有专门事项则随时可以。使者抵达对方国界，便由专门的接伴使接待，一直送到都城，交给馆伴使。接伴使和馆伴使全程陪同，一来保证安全，二来也是监视。

六月，王纶以奉表称谢使的名义出使金国。他抵达中都后，受到的接待很是热情。那是一种刻意的甚至张扬的热情，毕竟完颜亮还没有做好全部的准备工作，最紧要的征兵也差最后一步。这种热情自然而然地遮蔽了王纶的视野，他回来后如实报告金国“恭顺和好”。宰相汤思退向来主和，闻听立即向高宗致贺。

而王纶一离开，完颜亮便下令签发中都、南京两路以外的十五路汉军，每路汉军一万，共得兵二十七万，仿唐制分为二十七军，百户为谋克，千户为猛安，万户为统军。又征调水手三万人，用于操纵战船。

这样的事儿，完颜亮肯定要亲自上阵。他特意挑选强健能射的五千金兵，分为五队亲自检阅训练，号为“硬军”或“细军”。高大的阅兵台上，猎猎战旗迎风飘摆，数千人马阵形严整，完颜亮壮志凌云：“取江南，有此五千人足矣！”

此情此景，让一个人心忧如焚。此人本为宋国叛臣，投金后当了高官，而今却为桑梓之地心忧不已。他是谁？福建邵武人施宜生。

施宜生起初因赃去官，沦落到盐贩子范汝为的军中。范汝为作为乱世盗贼被韩世忠剿灭后，施宜生无路可去，只能北逃。一时的逃跑导致半生的怀念，这首《感春》应是施宜生心念故园情绪的集中体现：

感事伤怀谁得知，故园闲日自晖晖。

江南地暖先花发，塞北天寒迟雁归。

梦里江河依旧是，眼前阡陌似疑非。

无愁只有双蝴蝶，解趁残红作阵飞。

侍读学士施宜生作为贺正旦使抵达杭州后，馆伴使是他的“庠序旧识”、吏部尚书张焘。虽是当年的老同学，有很多心里话，但毕竟身边耳目众多，施宜生也不敢袒露。张焘似乎捕捉到了他的心理波动，遂以“狐死必首丘”撩拨其桑梓之情。但施宜生丝毫不敢表露，直到那天，到浙江亭观潮。

使者抵达后，先住在郊外的班荆馆。这是接伴使的终点，馆伴使会陪同他们到都亭驿即国宾馆下榻。标准流程是国宾馆内住八天，然后就出北门，次日在赤岸设宴践行，交给送伴使。当时的国宾馆在候潮门里，出来即可观潮。那天张焘陪他们观潮，趁金国的翻译不在，施宜生眼睛盯着潮水，自言自语道：“今日北风甚劲！”说完转身向侍从要笔：“笔来，笔来！”看似他要写什么，其实是提醒张焘“比来、比来”，就是近来、很快就要来。耳目时刻在侧，只好这样。

搜尽奇峰打草稿。西湖山水美不胜收，必然会有画工写生。那段时间，有个画工显得格外认真，登高望远，踏山觅水，寻找杭州的特色，一一记下。他也是完颜亮派出来的，最后复命上交的作品，令完颜亮两眼放光。完颜亮凑近看看，再抽身品味一二，感觉美不胜收，却又不无遗憾：景色如此壮美，却没有朕的光辉形象，这怎么可以？把朕画进去！

等看到巨幅画屏上伟岸的自己，完颜亮心绪难平，又挥笔在旁边题诗一首：

万里车书尽混同，江南岂有别疆封？

提兵百万西湖上，立马吴山第一峰！

三

采石大战的主角虞允文其实登场时间很晚，作为使者而最先发出战争预警的，也不是他，而是后来实际上临阵脱逃的叶义问。

施宜生最终被完颜亮烹死。他以生命为代价的示警，赵构当然不能只作耳旁风。绍兴三十年（1160年），二月，宋国又派同知枢密院事叶义问前往金国，名目是报谢使，感谢金国刚刚派人前来吊祭皇后。三个月后，叶义问归来，证实了施宜生传递的情报。高宗虽不愿相信，还是不得不部署应对，将专悍贪横的镇江都统制刘宝罢去，以宿将刘锜为威武军节度使充镇江都统制，就是缔造了顺昌大捷的那位名将；

以忠州防御使、淮南西路马步军副总管兼知黄州李宝为两淮西路副总管，驻扎平江府（今江苏苏州），提督海船，加强海道防御；同时传令沿边将领明确防区，加修壁垒，积储粮草，设置民团，寓兵于民。

仗没打起来，使者还得继续派，这就轮到了虞允文。

当年十月，虞允文以起居舍人借职工部尚书，前往金国。重臣出使，显得重视，而起居舍人品级太低，所以要给个临时官帽，所谓“借职”。

虞允文的名义是贺正使。朝贺新年，自然得提前出发，这样才能赶上正旦即元旦。之所以派他出使，很大程度上是因为他此前已经发出战争警示。虞允文坚信金人必定败盟南侵。

热战虽未爆发，冷战却不可停止，赵构同时批准户部发行以铜钱为本位的纸币“会子”。会子流通于两淮和行在，读史者历来称赞此举方便了商贸流通，却不知其背后还有防止铜钱外流的意义。自然，减少铜钱外流、抑制钱荒，也有利于商贸流通。

从杭州前往北京，自然要取道运河。虽然使者的活动范围受到严格控制，但运河上来来往往的运粮船只还是无法掩盖。金国在通州造船的动静尤其巨大：聘请福建人作为技术指导，在离海两百八十里处造船，临时开河相通，役夫累死于道。看到这些，虞允文虽有预感，还是暗自吃惊。当然，他丝毫没有表露。

对方的馆伴使从接伴使手中接过责任，便安排宴会欢迎。席间少不了觥筹交错，也少不了宾射。六艺之中便有射艺，本为君子之道，《周礼》中更是以宾射之礼，“亲故旧朋友”。大家先喝喝酒，然后射箭，增进友谊。六艺虽为古道，但宋人的箭术怎能跟金人比肩，尤其还是虞允文这样的文臣？大家的眼睛都看着虞允文。他微微一笑，起身接过弓箭，原本就伟岸的身材顿时显得更加高大。只见他双腿分立站稳，开弓搭箭，仔细瞄准，然后释放，随即一箭中的。

金国官员越惊异，虞允文就越满不在乎：这没什么，我这水平，在同僚中并不突出。

这个刚刚借职工部尚书的起居舍人，要绵里藏针地显示实力，警告敌人。

宋金关系对双方而言都是最重要的外交关系，虞允文要朝见，完颜亮要接见，虞允文绵里藏针的表现，完颜亮早已得到过详细汇报。此刻一个资貌雄伟，一个体魄健壮，你惊异于我的神采风度，谈吐风雅有致；我惊异于你的不卑不亢。

一个心怀鬼胎半遮半掩，一个心知肚明屡屡试探，完颜亮虽有表演天赋，耐心终究有限，等虞允文辞别南归时，便明确告诉这个身高六尺四寸、显得格外有精气神的宋国文官，自己将看花洛阳。

虞允文闻听大惊：陛下是要迁都南京吗？

完颜亮莫测高深地笑笑：巡幸看花，卿勿多疑。

虞允文：此等大事，难免引起外间猜疑。我国将不得不部署应对，以保障陛下南方之安全。

完颜亮笑着摇头摆手：帝王巡幸，自古有之。朕对南京周围的景致一直很是向往，大内已营缮完毕，二月前后朕将前往河南。淮右有很多闲地，朕亦将前往田猎，预计带兵不过万人。卿回去晓谕有司，不必惊惶①。

“独立东风看牡丹”，诗是好诗，事却坏事，这消息令赵构格外沮丧。但他还是不肯死心，两个月后的绍兴三十一年（1161年）四月，又打算派同知枢密院事周麟之以奉表起居称贺使的名义前往金国，名义是贺金迁都，实际则要金国澄清一个事实：你们究竟迁不迁都于汴？校猎淮右，是不是要屯兵于宿（今安徽宿州）、亳（今安徽亳州）？外交讲究对等。如果你们屯兵宿亳，我们肯定也要采取相应措施。

根据绍兴和议的精神，双方都不在边境地区布置重兵，高宗很担心出兵两淮会成为口实，因而想把这个话说开。但周麟之先主动请缨，后推三阻四，最终未能成行。

周麟之的口才很好，上回出使应对得当，受到的赏赐格外丰厚。他以不合常例为由辞谢，完颜亮说一时赏赉出自朕意，哪有什么常例不常例，叫你拿着你就拿着。回到杭州，他上缴赐物，高宗又全部赏给了他。因此周麟之起初视为美差，但是获得首肯不久，各地探马相继来报，说完颜亮已经

①《续资治通鉴·宋纪卷一三四》记为1161年正月，完颜亮令参知政事李通这样告诉宋贺正使徐度。然其上一卷记载贺正使为虞允文。对照《宋史》，当以虞允文为是。

大举兴兵，即将南下，周麟之立即改口，反复对赵构说再派使者毫无必要。

高宗大怒，立即将他贬出朝堂。

这边使者还没出发，那边使者已经抵达。一个月后，完颜亮手下的签书枢密院事[①]高景山作为贺宋生日使抵达杭州，副使是右司员外郎王全。

史载完颜亮“深沉有大略”，怎么个深沉法？在高官和下人跟前，完全是两张脸，他“御下严厉，虽亲王大臣，不假颜色”，一点儿面子都不给，但对敢喊他小名的故旧下人则顺手赐予官职，身边总带着珠宝，预备赏赐这样的人。高景山和王全出发之前，完颜亮对他们的交代就很是奇怪。按照道理，主要诉求应当由正使在陛见递交国书时提出，但他却特意安排王全：“汝见宋主，即面数其罪，索其大臣及淮、汉之地。如不从，即厉声诋责之，彼必不敢害汝。”然后又嘱咐高景山，回来后详细禀报王全的话。虽然正使副使本身便有相互监督的职责，但这样的安排，依旧不免刻意。

宋高宗在紫宸殿接见。高景山递交国书后说口才不好，希望由副使代为奏报，得到同意后立即招呼王全，而王全急着马上就要进去。这哪儿能行？侍卫要听圣旨，可不是高景山的呼唤。高宗见状赶紧传旨宣召王全，结果王全开口就是一记闷棍：你们在边境地区买马置鞍、组建骑兵，并隐匿金

① 《三朝北盟会编》记载其职务为殿前都点检。

国逃人，什么意思？淮河不适合作为两国边界。因为偷渡者太多，难以禁绝；汉水以东、长江以北，虽有界限，但南北逃民相互煽诱，惹是生非，因此国界还要重新划分。八月十五日之前，要从左仆射汤思退、右仆射陈康伯、知枢密院事王纶中选择一人，到南京听大金皇帝当面宣谕。宿将杨存中“最是旧人、谙练事务、江以北山川地理，备曾经历，可以言事，亦当遣来”。

高景山此番前来，完全是探路先锋的做派，毫不掩饰地派人测量沿途水闸的宽狭。运河上的船闸极多，如果不掌握数据，船只难免会被卡住。尽管都知道他们来者不善，这样赤裸裸的程度还是超乎想象。紫宸殿中的气氛顿时冻僵。王全说完，全场死寂。

王全见状又加了一句：赵桓今已死矣。

那年宋高宗已经五十五岁，王全最后一句话恰恰给了他脱身的机会。他立即起身离去：听到前任皇帝、哥哥的死讯，他啥都不能再做，只能哭丧。

但王全哪里懂得。赶紧吆喝道：我是来处理两国事务的呀。言外之意，你们怎么能把我晾在一边？

这到底是紫宸殿，带御器械李横制止道：不得无礼！有事朝廷理会！

最终传旨下来：本来要赐使者茶酒，因听到渊圣皇帝讣音，朕躬不安，茶酒宜免。使者未尽事宜，可书面呈奏。

事已至此，大家都已明白战争不可避免。朝廷不得不做战争动员，宰执召三衙长官赵密、成闵、李捧以及太傅杨存中到中书都堂商议军机，虞允文等一干侍从官一同参加。此时完颜亮早已抵达汝州，汝州有温泉，叫温汤，他就住在那里。宰执担心他会取道荆襄顺流南下，因而决定将成闵麾下侍卫马军司的部队全部派到上游布防。

虞允文一听就急了："不必发兵如此之多，敌必不从上流而下。恐发禁卫则兵益少，朝廷内虚，异时无兵可为两淮之用！"

然而高景山尚未辞行，成闵已奉高宗面谕，率军三万前往鄂州（今湖北武汉武昌），当地则迅速造寨屋三万间准备安置。宋代实行募兵制，将军士兵全部拖家带口，三万兵就得有三万间房安置。

虽是一介文人，但虞允文的判断很准确：两淮才是主要方向。最终成闵所部又匆匆东下，而且还带着原来驻扎鄂州的军马。有人建议令他直捣汴洛、围魏救赵，但这种开拓进取型的策略，在消极防守的国策之下，定然不被采纳。成闵自然是急于东归的，人人都想离朝廷近一点，因而他没命地催促部队，结果途中遭遇雨雪天气，粮草不济，士卒折损不少。

也不能只怪朝廷杯弓蛇影，民间的骚动更为剧烈。高景山回去时，刚刚抵达盱眙军（今江苏省盱眙县），完颜亮的使者便腰悬金牌赶来，让随行的送伴使、右司员外郎吕广不必再送，就此回去传达通知：他本打算八月迁都南京，而今既已修缮完毕，六月即将迁都。

盱眙军紧靠宋金边界，对面的泗州即已是金国领土。当泗州方面通报将有金牌使者前来，盱眙军中的百姓大为惊恐。这事儿实在罕见，绍兴十一年（1141年）的金牌使者后面可是跟着大军的。不能犹豫，立即逃亡，一顿饭的工夫过去，使者宣谕完毕，虽然真相大白，但逃亡并未中止。因淮南转运副使杨抗已传令坚壁清野，两相叠加，淮南的官吏老幼顿时逃亡一空。民间如此惊恐，更是对政府不动声色的巨大嘲讽。

完颜亮为什么要半道遣回送伴使？不想让他们看到虚实。但你能遣回送伴使，我就不能派出正式的使者？周麟之没胆量，那就派个有胆量的。谁？户部侍郎刘岑。

刘岑确实很有胆量，高宗跟他商议时，他竟这样发狠：臣受国家厚恩，且已年老，不惜一死报国。如果到时候和议不成，臣愿血溅完颜之衣！很显然，刘岑也不想或者不敢去，只不过他采取了跟周麟之截然相反的表达方式。他知道皇上不可能把这样的人派出去。果然，最终派了枢密院都承旨徐仿[①]。

然而赵构没有想到，对方居然再度挡驾，地点还是盱眙军。

徐仿刚刚抵达盱眙军，泗州方面就传来消息：翰林侍讲学士韩汝嘉将携带金牌前来宣谕。徐仿随即派人预约，在

①《三朝北盟会编》记载为徐嘉。

淮水中流会见。等韩汝嘉径直登舟渡过淮河，他又打算在岸口的亭子相见；然而韩汝嘉不管不顾，率领八个随从直接进了馆驿。此前已有两度使者风波，此刻又被晾，徐仿越想越怕，只能身着正式的朝服，跟着进了驿馆。

一进去，韩汝嘉便吩咐关门，令徐仿和副使张抡跪下听旨。说来说去，只有一个意思：蒙古犯边，完颜亮将于十一月北上征讨，不过一两年后还要回来。你们派使者问候起居，很好，但不是我们上次要的大臣，所以这次不必相见。九月之前，派他们前来听候面谕。

徐仿战栗不已，啥话都不敢说。副使张抡仗着胆子问道：蒙古小邦，何劳皇帝亲征？韩汝嘉哑口无言。张抡又道：口说无凭，请贵使写道文字，我好回去复命。

韩汝嘉虽以倨傲姿态出尽大国强者的风头，但回去之后还是少不了当头一刀。完颜亮为什么要杀掉金牌使者韩汝嘉？韩曾多次出使，这次阻止徐仿北上虽然不辱使命，但回来后却坚决反战，认定双方国力不对等，妄战必败。

要亲征蒙古，自然就不能南下，但即便聋子也能听出这是谎言。只是此后居然真的有漫长的等待，为什么？完颜亮的后方不稳。

女真人南迁已引起民怨沸腾，大规模征集兵马粮草，更进一步加剧了矛盾。搜刮多么厉害？赶制弓箭数量太大，箭翎羽毛、弓弦兽筋奇缺，“箭翎一尺至千钱”，只好宰杀耕牛以供筋革；突然集中五十六万匹战马，草料不够，便“就牧田中”，吃掉青苗；拆毁百姓房屋，以木料造船；“煮死人膏以为油”，作为防水油料；至于军费，不好意思，“先借民间五年税钱”。

搜刮这么多，军队的后勤保障一定很好吧？这又是你的想当然。军士出征之前，衣甲、鞍马、弓箭、刀枪、粮草，都要自备一份。官府搜刮所得，只用于战时消耗。就这还是改进过的，灭北宋时，官方完全不提供后勤支持，一切都要因粮于敌，也就是打劫。至于军饷，你抢多少是多少。

于是契丹人率先在北方揭竿而起，声势浩大，完颜亮多次派兵征剿，均未得手。而在宋金交界处，除耿京与辛弃疾外，更是烽火连天：

当年八月，南京路单州（今山东单县）百姓在杜奎领导下起兵攻占州城。

宋淮阳军宿迁（今江苏宿迁西北）人魏胜率义士三百渡淮，攻占涟水军（今江苏涟水），击败前来围攻的金知海州事高文富，乘胜追至海州（今江苏东海东北）城下。

九月，大名府（今河北大名东）百姓王九率众占领府城，自称河北等路安抚制置使，遍告州县勤王，众至数万，定为十三军。

太行山百姓在陈俊领导下大规模起事。

华州蒲城农民追随杨万、李孝章等人，围攻蒲城达四个月之久。

兰州汉军千户王宏得知宋军已攻占秦州（今甘肃天

水），遂与其徒鲁孝忠杀掉金兰州刺史温敦乌野，率骑兵五百、步兵二百，重新归宋。

……

完颜亮自然是看不见这些星火燎原的叛乱的，或者说，他完全视而不见。在他眼里，这些不应当影响他宏伟计划的推进，而大军集结的场面也足够振奋人心，让他进入诞妄状态：毡帐连天蔽日，军士旗甲鲜明，粮草堆积如山，战船帆樯林立，鼓角响遏行云。而他自觉对宋国的战术欺骗也足够高明：从暂时巡幸到确定迁都，从八月迁都到六月迁都，再从六月迁都到北征蒙古。等九月前后，宋国的宰执枢密政府首脑过来，我一并扣下，然后发动大兵……惊天伟业，在此一举！

完颜亮的嫡母、皇太后徒单氏依然对南征嘀嘀咕咕。徒单氏是嫡母而非生母，即完颜亮是王妃生的，而徒单氏则有王后身份。无论生母嫡母，母子名分还是铁板钉钉，崇敬景仰汉文化的完颜亮自然知道分量，此前对她一直恭恭敬敬。徒单氏态度一贯，完颜亮也是清楚的。她不仅反对南征，当初还反对迁都。绝大多数人都想安安稳稳地过日子，不想打破和局，她多次明里暗里表达过意见，完颜亮虽不高兴，但也只能忍受。但徒单氏千不该万不该，在马上就要旌麾南指的关键时刻，向奉命征剿契丹而前去辞行的枢密使布萨师恭妄议朝政，表达反对。

在完颜亮的厉声命令下，众侍卫成群结队正大光明地进入太后宫中，却是不折不扣的暗杀。他们口称有诏，让太后跪受；正在摴蒱（掷骰子）的太后刚一跪下，脑后就来了一闷棍。最终徒单氏和其侍女十多人一同死去，还被“投骨于水”。

一个月后，未能顺利剿灭契丹的布萨师恭也被杀掉。

完颜亮又发布一道命令：着东京副留守高存福，悉心观察留守完颜褎的动向。自从正隆元年（1156年）担任东京留守兼辽阳府尹，完颜褎已在那里经营六年，刚刚奏报谋克扩里起兵造反，正组织军队剿灭。尽管对完颜褎一直不甚放心，去年秋天也已派内弟高存福前去担任副留守予以监视，但此时此刻，完颜亮的疑心突然更加强烈。

完颜亮没有忘记，他对自己这个也算雄才大略的从弟，有事实上的夺妻之恨。

四

九月间，金兵分四路南下：东路水军由海道攻击杭州；西路军右翼从凤翔攻击铁马秋风的大散关，试图入川，左冀由蔡州攻击荆襄；这些都是牵制，主角是完颜亮亲自率领的中路军，从寿春渡淮南下。

陕西最先打响，否则起不到牵制作用。虽然总攻命令已下，战车隆隆向前，但完颜亮决定还是要把战术欺骗外加讹诈进行到底。他派出使者，腰悬银牌而非金牌赶往泗州，令他们通知宋国，让称贺使徐仿、张抡“十月二十日以前须到得来；如敢依前不遣，自今以后，更不须遣使前来，当别有思度”。

然而这个命令未能准时送达，便被宋军探马夺取。事实上在淮东前线是宋军先动的手，尽管盱眙军知军周淙已退到天长，但淮河渡的监军夏俊还是带领一百八十人果断拿下了泗州。泗州军民根本不愿抵抗。如果说魏胜还是百姓，那么夏俊可是正经的朝廷命官。

当此时刻，依旧没有人注意到侍从官虞允文。

朝廷上下的注意力都集中在一个人身上：江淮浙西制置使、节制诸路军马刘锜。

二十年前在顺昌（今安徽阜阳），刘锜野战击败金国的精锐骑兵，一战成名。金人对他格外忌惮，据说不许擅自提他的名字，否则杀头。自然，此战不见于金国正史记载。此次出兵之前，完颜亮对宋将的情况摸得很熟，他每说一位宋将的名字，便有将军自信地表示可以迎战；但说到刘锜，下面鸦雀无声。完颜亮只好道：那就由朕亲自对付。

岳飞已被冤杀，韩世忠也已病故，眼前能指望的，只有这员世家宿将。刘锜对此心知肚明，尽管已经病重，还是赶紧从驻地镇江渡河，向扬州进发。守江必守淮，这是常识。

考虑到“军礼久不讲”，为鼓舞士气，刘锜“乃建大将旗鼓以行，军容整肃，江浙人所未见也”。当时他身体不好，每天只喝粥，自然也不能乘马，“乃以皮穿竹为肩舆。

镇江城中，香烟如云雾，观者填拥”。

所谓“大将旗鼓”，就是节度使的全副仪仗即“旌节”，包括龙、虎红缯门旗各一面，画白虎的红缯旌一面，红丝作旄的节一杆，麾枪两支，用赤黄色麻布做的豹尾两枝。全套旌节共五类八件，都是黑漆木杠，做工考究，装饰精美。沿途所至，宁可“撤关坏屋，无倒节礼，以示不屈”。当然，还少不了将军发布命令的战鼓。自从靖康年间李纲奉命收复太原而出京师，便再也没有这样隆重出现过。庄严肃穆的仪式感染了诸位将领，刘锜顺势激励他们反攻开封：望诸位杀敌立功建节，报效朝廷。来年重阳，在京师隆重犒赏！

大将出征，州官当然要践行。但面对隆重的场面，刘锜却不肯停下，他对镇江知府只是举袖一揖：不暇茶汤。诸位祖坟在西北的，可以准备行具，相继而来，洒扫祭拜！到底是大将，虽在病中，还有点灭此朝食的气概。刘锜知道这话会迅速传遍大街小巷，可以起到安定人心的作用。

举国上下一致看好他，主持川陕前线战事、最终将金军彻底击退、收复诸多失地的名将吴璘，对他知根知底，跟土刚中闲聊时却直言他“有雅量无英概，天下雷同誉之，恐不能当逆亮”。

淮东先前是韩世忠的防区，他长期驻扎山阳（今江苏淮安），绍兴和议之前被迫后撤，刘锜而今要前往填空。他身体虚弱，每天只走一舍即三十里，每到驿站必停，经旰眙、泗州抵达淮阴。出发的同时，他命令自己的副帅、建康府都统制王权赶往淮西迎敌。王权接到命令即泪别妻妾，然后以犒军为名，船载大量金银财宝，停泊在新河，随时准备逃跑，自己则驻扎和州（今安徽和县）。刘锜命令他前往寿春，他不愿执行，再三请留，实在不得已，才每三天发一军，慢慢吞吞地抵达庐州（今安徽合肥）。

宋军北上，正有点逆风而行的意思，远不如金军顺风南下迅速。

完颜亮素来有两张脸，不吃尚食局进奉的鹅以示简朴，故意穿破旧的衣服召见外臣或者起居官；偶尔看见老百姓的车陷入泥淖，赶紧令侍卫帮忙；还让尚食局进一些军食，他先把军食吃个大半。如果说这些都是作秀，那么此刻进入宋境的纪律严明就真诚得多："金兵所过，皆不杀掠，或见人，则善谕之使各安业。有军人遗火焚民居草屋一间者，立斩之，乃揭榜以令过军。"——这次南侵跟以往不同，他要夺取正统地位，得摆出吊民伐罪的姿态。

绍兴和议之后，金在下蔡（今安徽凤台）设置寿州，宋则在原来的寿春县（今安徽寿县）设置寿春府和安丰军，双方隔河对峙。王权大军不敢靠前，淮河自然不堪一击。完颜亮渡河后得知王权率军五万驻扎庐州，便给俘虏一点钱，让他带信过去，敦促王权放下武器。不过这个俘虏还没跑回庐州，王权已开始部署撤退，沿途结虚寨作为疑兵。

逃跑需要理由，王权的理由听起来格外冠冕堂皇，叫诱敌深入。他向朝廷保证，等金兵进到一定程度，他转头正面猛攻，调集步军司左军统制邵宏渊出其右，池州都统制李显忠出其左，三面包抄，一举破敌。

完颜亮得到报告，心情格外愉悦，正巧途中抓获一只白兔，便得意地对宠臣李通道：“武王白鱼之兆也。”

武王伐纣之前，兴兵渡河时曾有白鱼跳入舟中，所谓白鱼入舟。那个时刻，什么事情必须都能正面附会，完颜亮格外需要心理暗示。进入庐州后，他亲自召见被掳掠来的数十个城外百姓，和颜悦色地安慰勉励，每人赐银十两，让他们各安生业，而百姓们自然将头磕得山响，口中连呼万岁。

那个瞬间，完颜亮还不知道自己尚未渡河时，从弟完颜褎已在千里外的东京辽阳起兵称帝。

完颜褎即位多年后改名为雍。他在完颜亮跟前，是完颜亮在完颜亶跟前的再版。

因才能被完颜亮看重、忠诚又被其怀疑，完颜褎只能在西京、上京、燕京、济南府和东京轮流任职。其妻乌林答氏很漂亮，他任济南府尹时，突然接到诏命，让乌林答氏到中都为人质。乌林答氏知道此举意味着什么，没到中都便投湖自尽。具体的自杀地点，跟完颜亮又被完颜亶突然召回而吓得要死的地方相距不远，都在良乡。

张金吾编辑《金文最》时，收录有一篇《上雍王书》，说是来源于明人孙惟熊的《采璧》，“未详何本，姑录之，以俟续考”。根据内容和语气，这篇文章就是乌林答氏留给丈夫的绝命书。她恳求丈夫不要“作儿女之态”的悲伤，要“卧薪尝胆”，居官“修德政，肃纲纪，延揽英雄，务悦民心”，等待时机“夺帝位，一怒而安天下”。因为这篇文章，乌林答氏得以跻身金代女作家行列，最终被追认为皇后。

完颜褒打落门牙肚里吞，终于等到了报仇的时机。此刻完颜亮举国南征，内部混乱一团，完颜褒顺势向完颜亮学习。只是骡马时代信息太慢，完颜亮尚不知情。

宋军并不都是不战自逃，血性汉子总是有的，不止夏俊和魏胜。

成闵手下的中军统制赵撙本来奉命驻扎于德安府（今湖北安陆），闻听金兵攻击信阳军（今河南信阳市），不待命令便主动亲往增援。等他抵达，金兵已经退走，向东攻击蒋州（今河南潢川）。蒋州本名为光州，前两年改名，以避金国皇太子光英的讳，同时将附近的光山县改名为期思县。此时此刻，这个马屁真是耳光响亮。却说赵撙，闻听金兵已经渡淮南下，立即决定向北攻击蔡州，以捣其虚。经过苦战，他顺利得手，最终被列入中兴十三处战功之十。

鞭打快牛，巧者劳而智者忧。赵撙又率军向东南驰援，先后收复褒信县（今河南息县包信镇）和蒋州。此后蒋州的守军都是他的部下，先前的守军呢？从这里败退之后，将在虞允文的指挥下，建功于采石矶。

即便王权的部下，也有好样的，那就是御前破敌军统制姚兴。

王权败退的第一站是含山，因此地有著名的昭关，就是伍子胥很难过去的那个关口，故而紧要。王权跑得很快，当金军铁骑追来时，只有姚兴所部三千人在尉子桥（今安徽含山北部）抵挡。姚兴以寡敌众、死战不退，战事格外炽烈，从辰时杀到申时，即从早晨七点到下午五点。他连续三四次冲入敌阵，杀敌数百，最终陷入敌阵，壮烈殉国。

王权当时在干什么？“置酒仙山上，以刀斧自卫，殊不援兴。”他刚刚退到和州，席不暇暖，闻听敌兵将至，又假称奉命弃城守江，便率领亲兵登车船径直渡大江，屯于东采石。如果是有计划的撤退也还好，实际完全是溃散，城中的粮草器械丢弃满地。金军根本没想到对手会拱手放弃这个咽喉要地，等看见城中火起，立即引兵进城。溃败的宋军“自相蹂践及争渡溺死者，莫知其数。将士愤怒号呼，指船诋詈，皆以权不战误国为言”。幸亏殿后的统制官时俊在道旁布置弓弩，射住敌军骑兵，这才稍微稳住局面。

王权基本没有作战，但这次过江“得生者什四五”，损失近半。

五

淮西一溃千里，淮东呢？

金军大举南下淮东，本来很为粮草头疼，但战马跑着跑着，突然间就有惊喜：驿路两旁，每十里便有一座烽火台，台下都有数千束草，还有大量的刀枪。原来这都是根据淮南转运副使杨抗坚壁清野的命令而安排的，意图是抗敌，结果却资敌。而刘锜进兵时本以为各处皆有防备接应，结果却四壁皆空。所以当时群言汹汹，都说杨抗跟金人有密约，是奸细。

能打仗的将军跟不能打的自然不一样，换成张俊或者刘光世，肯定只派部将向前，自己在后面坐镇，刘锜可不是这样的。他子嗣不昌，唯一的儿子刘淮当时尚在幼年，因而很早便将从子刘汜带在身边，作为接班人培养，时任中军统制。此刻他将刘汜和另外一位亲信、镇江府左军统领员琦留在盱眙，自己则率军直达淮阴，也就是最前线。

清河口即清口可以沟通运河，是战略要地，当时已被金军占领。刘锜以偏师屯驻楚州（今江苏淮安），主力则控扼淮阴运河两岸，与之对峙。宋军“数十里不断，望之如锦绣，金人铁骑列于淮之北，望之如银”。刘锜曾派小部队过河攻击，当然未能得手。

忽一日，清河口有一小舟顺流而下。刘锜派人拦截，发现船上只有几包小米和一头驴，立即意识到是敌军的投石问路之举，以探水势。果然，很快便有“金人各抱草一束作马头以过舟，舟约数百艘”。刘锜招募水性好的人潜入水下，凿沉好几艘敌船，虽令“金人大惊”，但终究无济于事。

刘锜很快便接到了金牌，当初岳飞曾经接到过的那种金牌。因“淮西敌势甚盛”，朝廷令他“退军备江”。应该承认，这既是保卫长江，也是要保卫刘锜。这员老将可谓宋军的战神，不容稍有闪失，金兵既已占领淮西，那就随时可以径直向东，切断刘锜的后路。刘锜自然不会溃退，但尽管如此，还是引起淮甸百姓的惊恐不安。他们本来将刘锜视为心理倚靠，而今不免崩溃逃跑，途中践踏淹死者甚众。

完颜亮渡淮之后，便令万户萧琦率军十万，取道定远、滁州向扬州攻击前进。萧琦进展顺利，滁州遥遥在望。滁州西部不仅有“野渡无人舟自横”的西涧，更有天险清流关，这是南唐修建、抵御北方军队的险要关口，但金军如入无人之境，并未遇到有效抵抗，滁州知州也不战而逃。等越过滁州进至瓦梁，萧琦被滁河所阻，没法过渡，便找到乡民问路。

这个乡民叫欧大。不是没有名字，只因贫贱，名字不配记下。这可是敌国兵马。他帮不帮忙呢？没怎么犹豫，欧大便决定帮，而且理由多少还跟岳飞的冤死有点关系。

当年岳飞被冤杀时，有一条所谓的“罪状”，就是淮西之役时“拥重兵”而“逗留不进”。这是绍兴十二年（1142年）春夏之交的事情。张俊受到攻击时，向朝廷求援，但柘皋大捷后宗弼暂时退兵庐州，他误以为金军全部回撤，便令刘锜先行撤退，同时照会岳飞“前途乏粮、不可行师”，自己和旧部杨存中“耀兵淮上”，打算独吞战果，却不料金军卷土重来。岳飞增援没有赶上，而韩世忠的援兵抵达战场后成为孤军，也吃了败仗。当时韩世忠麾下的数百名骑兵便是从这里经过的，返回时将居民的房屋拆毁，用来架设浮桥逃跑。

欧大吃过本朝官军一次亏，不想再吃金军二回亏，赶紧带着他们取道竹冈镇向六合县城而去。虽然有路，但比较绕，多费了半天时间，刘锜、邵宏渊和六合县城内的百姓反倒因此获益。

萧琦的第一个对手是邵宏渊。警报传来时，他正在真州（今江苏仪征）饮酒，据说已经喝醉；得到消息，立即放下酒杯，率部向西迎敌[①]。城西有胥浦河，据说当年伍子胥即由此进入吴国，而今双方正好在此相遇。邵宏渊命令三名将官在桥上坚守。金军弓矢如雨，宋军伤亡惨重。城中老弱纷纷逃跑躲避，只有些强壮者胆大，爬上城头眺望。金兵猛攻胥浦桥不下，便抱着草包渡过河去，桥上的三个将官全部战死，邵宏渊只好退入城中。金军攻势猛烈，他抵挡不住，便毁掉运河上的船闸闸板，率军退到扬子桥。

胥浦桥之战是明显的败仗，唯一的价值在于无意间给刘锜撤退争取了一点时间，否则他很可能会陷入战略包围。但由于报捷得法，这一仗也被列入中兴十三处战功，排名第八。

扬子桥在扬州城南二十里，桥前就是瓜洲渡口，对岸则是镇江的西津渡，都是战略要地。萧琦显然没有直接强渡长

①《三朝北盟会编》认为，邵宏渊大概率没有亲自出战，一直在城中，但后来当地人还是给他建了生祠。

江的胃口，也没有进入真州，而是直奔扬州而去。刘锜进城立足未稳，萧琦大军已屯于平山堂下，城内军民一片恐慌，纷纷逃命。刘锜也赶紧出城，拆毁南门外的民房搭成浮桥，经东门退出。

欧大竭力避免的，扬州百姓终于无法幸免。

刘锜此举是单纯的逃跑吗？不能说完全没有这个因素。若在二十年前，他体格健壮，精力充沛，未必会做此选择，但更主要的原因还在于，真正的要害并非扬州，而是瓜洲。他如果株守扬州而丢掉江岸的瓜洲，局势将不可想象。

果然，萧琦紧追不舍，双方首尾相接，直奔瓜洲而来。真正玩命的时候，必须亲信上，刘锜赶紧命令员琦率部邀击。十月二十六日，员琦与统制官贾和仲、吴超等人在皂角林迎战金军。中军第四将[①]王佐指挥步卒百余人在皂角林内张开强弩，设好埋伏，员琦则率部与金军激战。敌众我寡，员琦等人身陷重围，下马跟金军死战数十回合，且战且退，将金军诱到埋伏圈内。此时伏兵突起，强弓劲弩齐发，金军纷纷倒毙。考虑到运河河岸地势狭窄，骑兵优势无从发挥，金军只能撤退。员琦则乘势率军掩杀，将其统军，就是那个倨傲的使者高景山阵斩。

此战被列入中兴十三处战功之六，马马虎虎还说得过

①“将”是宋军的一个编制单位，指挥官有正将、副将和准备将。王佐的具体官职不详。

去，毕竟斩了敌军的高级将领，又保住了瓜洲不失。

刘锜在瓜洲渡坚守了四天，为稳定军心，他特意从镇江接来家人。瓜洲狭小，部队难以展开，有些部队的火头军都设在南岸，做好饭后送过江去，局势格外紧张。此时诏命传来，令刘锜专心守江，他随即决定将刘汜留在瓜洲，部队交给部将李横指挥，自己返回镇江。行前他吩咐在地势高的地方布置信号兵，若敌军来攻，即举白旗；双方交战，则同时举起黄旗和白旗；一旦获胜，立即举红旗。

那时刘锜已基本卧床不起，马匹不够，幼子刘淮还叫人背着。沿途百姓以及军属见他如此瘦悴不堪，皆面带凄然。他一边走还一边强支病体安慰大家说，江北有大军，可保无虞，各位尽可安心回家、照顾老小。

淮东大军退过长江的同时，淮西局势越发急迫。

庐州以南有个战略要地叫濡须口，是淮河水系经巢湖沟通长江的咽喉要道，故而当年曹操与孙权要在此血拼。得知王权退到濡须的消息，中书舍人、权直学士院虞允文本能地判断这家伙靠不住，要溜，便赶紧带着侍从数人去见宰执大臣，警告说王权“已临江口、必败国事”。然而尚书右仆射朱倬和参知政事杨椿依旧被王权所谓的诱敌深入所迷惑。虞允文只是侍从官，地位虽尊却没有实权，自然无可奈何，怏怏后转。

宰执的态度后来最终保住了王权的脑袋，当时的他们跟虞允文同样无法想象，王权不仅连和州都丢下不管，甚至退到东采石后还隐瞒不报。

既然是渡口，当然两岸都有。和州一带长江基本呈南北走向，采石这个地名自然有东西之分。完颜亮大军抵达西采石的杨林渡数日，王权跟太平州（今安徽当涂）知州王傅还隐瞒消息。州学教谕汪馀庆与教授蒋继周实在看不下去，一起来找王傅，将知州大人好一番数落，这才激发出王傅的责任感。而他不报就不报，一报则“一日发八奏”。同一消息非要切成八段，自然都是鸡零狗碎，徒然惊扰后方。为什么非要这样？官样文章，便于脱罪。

那段时间，杭州城内的气氛颇有些荒诞，不断有使者飞马报捷。他们背插红旗，口中高喊捷报之地，特征明显，自然成为街谈巷议的热点。只是捷报虽多，人们还是从中品出了怪味：老是报捷，地点却一天比一天近。恰在此时，王傅的第一份奏报抵达，效果如晴天霹雳。

奏报只说金人已攻采石，却未说明东西，你想想朝廷会是何等的惊惶。中书与枢密院号称二府，消息最为灵通，其中的小吏赶紧带领家人逃亡，城内顿时四面恐慌；很快第二份奏报又飞马赶到，说金人已到杨林，但还是没有说明是西岸的杨林渡。有司不知其具体位置，只能派人从闾巷间寻找当涂或者历阳人询问。二更时分，终于找到一个人，确认杨林是西采石的渡口，总算惊魂稍定。

宋高宗不善作战，但善于长跑，“散百官浮海避敌”是他的拿手好戏，这回本来还想再用，但左仆射陈康伯力陈不可，杨存中也表示愿意率军死战，这才将他稳住。

别人纷纷遣散家小，陈康伯偏偏将家人从老家信州弋阳（今江西弋阳）接来杭州。派知枢密院事叶义问前往镇江设立督视府亦即行府的同时，陈康伯推荐虞允文作为行府参谋军事，先行赶往建康。

说是御驾亲征，但完颜亮殒命之后，赵构才抵达建康。不过他终于做了一个姿态：将岳飞、张宪的子孙从各个拘管的州军恢复自由。连同蔡京与童贯的家人。而六年之前，朝廷还应岳飞曾经的幕僚姚岳所请，将岳州改为纯州，岳阳军改为华容军。姚岳此举的目的大家都清楚，因而“士论鄙之”。

六

奉命跟虞允文一同先行前往建康的，还有户部侍郎刘岑，就是口出豪言血溅完颜之衣而婉拒出使的那位。

接到诏命，虞允文立即动身。从杭州前往建康，首先要过镇江。而抵达镇江，少不得看望大帅刘锜。

刘锜的失败是显而易见的。廉颇确实有衰老的时候，更进一步说，建炎以来，岳飞、韩世忠、吴玠以及刘锜等诸位将领所鼓舞起来的血性，已被政策消磨一空。政策有滞后性，但趋势一旦形成，也就难以逆转。当虞允文问起作战经过，刘锜连连摇头：“没啥好说的。我只好交还制置使和招讨使这两颗大印。”

虞允文道：“太尉此言差矣。国事如此，您这样就能心安吗？”

这话并非责难，而是对病重的老将的激励。刘锜闻听，“惭不能答”。

因虞允文战后的确夸大过战功，坊间也不乏微词，但这实在不必苛责。当周麟之和刘岑不敢出使、刘锜这样的宿将节节败退时，还能奢望一介书生什么呢？如果不以为然，不妨对照一下同为文人的叶义问的表现。

叶义问以同知枢密院事的身份出使金国回来后，便建言备边，说得头头是道。前两天刘锜报皂角林之捷，上有“金兵又添生兵”字样，叶义问读到这里，居然回头问侍吏：“生兵是何物？”闻者皆笑。因生兵无他，就是生力军，他由此得到了“兔园枢密”的美称。兔园是汉代梁孝王刘武修筑的园囿，从游乐引申为不学无术。

再看临战表现。叶义问乘坐大船，“以二校执器械，立马门左右”，威风凛凛地抵达镇江后，得知双方已在瓜洲对峙，便“惶遽失措”。当时“江水低浅，沙洲皆露”，他赶紧令民夫“掘沙为沟，深尺许，沿沟栽木枝为鹿角数重”，打算如果金兵渡江，以此作为障碍。民夫闻听纷纷大笑：“枢密肉食者，其识见乃不逮我辈食糟粑人。一夜潮生，沙沟悉平，木枝皆流去矣。”

随即瓜洲渡的战事炽烈起来。最初的瞬间，叶义问倒没忘记职责，指挥所部打算渡江增援，但那些勇气只够开到江心，还没到北岸，便“惧怯见于颜色”，命令掉头向西，借口到建康府调集兵马。开到镇江三十里外的下蜀镇时，接到急报，瓜洲失陷。刘锜威名赫赫，刘汜却不争气，“性骄惰，不习军事”。当时多位将领战死，他却率先逃跑，最终全军崩溃。叶义问闻听大惊，本能地打听这里有无直通浙江的道路。诸位将领闻听立即鼓噪：“枢密不可回，回则不测。”叶义问这才没有转身就跑。

一线宿将如彼，枢密院长官如此，夹在中间的参谋军事并无实权，过分奢求，是不是求全责备?

江风猎猎，吹动金军的大纛。完颜亮亲自率领的硬军驻扎在和州鸡笼山，据称是道家第四十二福地。左边清一色的紫丝铠甲，右边清一色的黑丝铠甲，军容严整，刀枪明亮。虽然完颜褎之变的消息已被确认，但雪亮的屠刀叠加强烈的个人能力，已经屏蔽掉周围大多数不同意见，更兼一路高歌猛进，完颜亮注定不撞南墙不会回头。

决心已定，完颜亮率领几百名骑兵离开鸡笼山，前去视察造船现场。周围的民居已被拆毁殆尽，场面格外荒凉。战马前驱，跑了十几里，还没到造船现场，老远便听见叮叮当当的声音，同时有无数的木屑漂来。工程现场热火朝天，工匠脑门上满是汗水。完颜亮纵马飞驰，一路向北直奔霸王祠，到了祠堂，里里外外看看，叹道：“如此英雄，不得天下，诚可惜也！”

这一带渡口很多，霸王祠下就是乌江渡，霸王战败之地不吉，当然不能从这里过。横江津、当利口也不合适。根据梁汉臣的建议，完颜亮选择了杨林渡，此处杨柳遍地，即便到那时，依旧还有顽强的绿叶。

采石矶即牛渚矶，作为重要的长江渡口，自然也是古今战略要地，经常进入诗文。脚下是和州历阳县，一团和气；对岸是太平州当涂县，天下太平。宋国发往全国的中央文件无论多急，铺兵也要分为两批，第一批发往万州、寿春府和太平州，取万寿太平之意。但是而今，他们的太平已经完结。

完颜亮雄心勃发，只是遥遥向东看去，连片的麦田背后，对岸宋军虽旗帜杂乱、了无生气，但茫茫大江空无一人。他转头问随从的军将："当年梁王他们是怎么过的江？"梁王即其父完颜宗干，曾经追随大军南下。

这种问题，当然会有马屁精等着："当年梁王从马家渡渡河，江南虽然有兵把守，但看见我们就逃。等我们过了江，已无一兵一卒！"

完颜亮闻听放声大笑："这回将还是这样！"

完颜亮当然看不见虞允文正乘船向建康驶来。

此刻的虞允文已有明确任务：前往芜湖，催促李显忠尽快接替王权的指挥，同时到采石犒师。

二更时分，虞允文抵达建康，敲响府衙大门求见留守张焘，就是接待施宜生的馆伴使。张焘本已致仕，是特地启用的，履新不过十多天。抵达之前，城内人人惶惶，见了他接印视事的布告，百姓的心多少才放回肚子，因为他是抗战派。

虞允文见到张焘，便有点质问的意思："此何时，而公欲安寝乎？"

张焘道："日来人情汹汹，太守不镇之以静，必不安。虽然，舍人何以见教？"

虞允文道："谍者言敌以明日渡江，约晨炊玉麟堂，公何以策之？"玉麟堂即府治的代称，留守也好，知府也罢，都得用玉麟符印作为凭证。

张焘道："焘以死守留钥，遑恤其他！舍人平日以名节自任，正当建奇功以安社稷。"

虞允文闻听微微一笑："此允文之素志，特决公一言耳。"

次日一早，虞允文便径直向西而去，由此溯江西进须逆水行舟，并无速度优势，只不过乘船比骑马舒服。他心忧如焚，哪里还顾得上这些，跨上马便开始赶路。在采石矶十里开外，已经听得到鼓角阵阵。官兵们散乱地坐在路旁，既无营垒，又无阵势，自然都是已被解职的王权的部下。王权在淮西时下令弃马渡江，这些骑兵而今已无战马，却又不善步战。虞允文策马疾驰，直奔采石，抵达后匆匆召集张振、王琪、时俊、戴皋、盛新等几个统制官了解情况，再跑到江边瞭望敌情。综合分析的结果是，对岸敌营连天蔽日，没有尽头，而己方沿线总共不过一万八千败兵，几百匹战马，完全没有士气。

局面如此，无法收拾。随从都劝虞允文不要理会这个烂摊子，立即返回建康，因其职责只是犒师，并非督战。

犒师很简单，完全可以作个官样文章，简而言之，就是打打气、鼓鼓劲，然后再给你吹两句，最后溜之乎也。所以虞允文有三个选项：继续向前，直奔芜湖，催促李显忠快来接任；返回建康，向督视府复命；留在采石，担当重任。

虞允文没有过多犹豫，便决定留下。

毫无疑问，这是最凶险的选项。如果战败，弄不好朝廷还要追究越权的责任。事关兵权，哪能随便插手？他的意志跟完颜亮同样坚决，激励张振、王琪、时俊、戴皋、盛新等带兵将领道："万一敌兵过江，你们能逃到哪里去？这里前控大江，地利在我，孰若死中求生？且朝廷养你们三十年，难道就不能一战报国？"

大家都说："自从跟随王节使（王权），我们听到的就只有金声，没有鼓声！我们不是不想作战，但无人指挥啊。"击鼓出战、鸣金收兵，这说明王权的确没有好好打过一仗。虽然他解职后朝廷决定由张振临时负责，但张振的声望毕竟不够。

虞允文道："这不要紧，李显忠马上就要前来接替！"

闻听是李显忠，大家顿时觉得有了指望，情绪立即激昂起来。李显忠本名李世辅，很有些传奇色彩。作为西北将门之子，延安陷落后他跟父亲一同被迫端伪齐的饭碗，但一直心念朝廷。驻扎同州（今陕西大荔）时，设计抓住金国大将撒离喝，想带他作为投名状，但来到河边正好耽误渡船，无法过渡。此时大批金兵赶来，李显忠只能跟撒离喝折箭为誓：他放撒离喝一条生路，撒离喝放同州百姓一条生路。他虽安全逃到西夏，但包括父亲在内的二百多口人全部遇害。他最终到陕西投奔了吴玠，被赵构赐名显忠。

此时此刻，虞允文犒师的任务已经完成，依旧可以体面地抽身而退，但并没有。在李显忠接任之前，他与时俊等人商议，步兵骑兵在江岸列阵，以民船海鳅和战船满载士兵，准备在江中截击。

良辰吉日已到。杨林渡前的高台上摆着刚刚杀掉的猪马牛羊，香火冉冉冒烟。完颜亮庄重地登上高台，祭告天地。

他没有想到，虽没有选择横江渡，但李白的《横江词》还是一语成谶：如此风波不可行。

祭告完毕，完颜亮站在金黄伞盖之下，身披金甲，手执小红旗督战。正好刮起凛冽的北风，金军的战船立即从杨林口首尾衔接，浩浩荡荡向东开进。这阵势足以激荡人心，但完颜亮见对岸的当涂百姓都在高处观看，绵延十余里，不觉有些奇怪：他们如何还不逃命?

正在此时，对岸擂响了战鼓。金军的预期是宋军望风而逃，不料不但岸上的阵势严整，江中战船也勇敢迎战。

宋军的水师始终畏首畏尾，迟迟不动，行动果决的主要是民船海鳅，踏车驾船的则是当涂民兵。虞允文指挥不动两个水师将领，只好调动百姓。所幸百姓识大体，行动很积极。但金军船多，凭借风力迅速冲了过来，有七艘船靠岸，几百名金兵杀了上来。宋军见状信心动摇，阵型稍退，虞允文赶紧冲入阵中，拍拍时俊的后背，激将道："汝胆略闻四方，今立阵后，则儿女子耳！"

时俊回头一看是虞允文，立即挥舞长刀，杀出军阵，引导冲锋，将登岸的金军一一消灭。正在此时，北风停歇，江中的宋军随即以海鳅船冲击敌舟。金军的战船都是拆毁民房匆匆建成，松木平底，如同箱子，行动不便，而且也小，自然无法跟宋军抗衡，有些像纸盒子一样裂成两半。宋军气势大振，立即高喊道："王师胜矣！"

金人自然不熟悉水性，拘来的三万水手主要是穷苦农夫，稍微有点钱的都出钱获得豁免。不谙水性的人驾着这样的船，如何交战？恰恰此时，从蒋州败逃回来的三百士兵赶到，虞允文赶紧命令他们大张旗帜，猛敲锣鼓，作为疑兵。金军的信心遭到进一步摧残，只能败退。

消极防守总是被动，虞允文决定封锁杨林渡口。次日一早，他跟统制官盛新率领舟师直趋杨林河口，船上布满神臂弓、克敌弓，遥遥射向敌阵。弓矢如雨，敌军不能支持，只得退却。虞允文又派人从上游纵火，顺流而下，将渡口的敌船全部焚毁。

夜已深，东采石的幕府内还亮着灯。刁斗不时响起，寂静中又不乏肃穆。上马击狂胡，下马草军书。虞允文埋头奋笔疾书，就是《江上军事札子》三篇。

七

完颜亮在危急关头的选择，并无多少政治家或者军事家的做派。

已在采石碰壁，水军的渡江能力在宋军跟前不堪一击，而后方又生变乱。当此时刻，无论如何也应该迅速回头，毕竟北方才是根本，断乎不可丢失。如果长江防线也像淮河那样不堪一击，还有点继续冒险的价值，而今这情势，无论如何也应该立即撤军，跟完颜褒争天下。但完颜亮居然没有。

他不是没动过这个念头，但其宠臣李通摸透了主子的心思，知道完颜亮最想实现的目标就是全面超过完颜亶，因而南方必须拿下，便建议继续推进。

完颜亮予以采纳，决定就此东进，从瓜洲渡江。

当然，采石的失败还是得有人负责。谁？梁汉臣和两个主持造船的工匠。他们只能献出自己的脑袋。

完颜亮同时命令一个从瓜洲抓来的俘虏校尉给王权带去一封信。信的内容无他，就是恐吓劝降："朕提兵南渡，汝昨望风不敢相敌，已见汝具严天威。朕今至江上，见南岸兵亦不多，但朕所创舟，与南岸大小不侔，兼汝舟师进退有度，朕甚赏爱。若尽陪臣之礼，举军来降，高爵厚禄，朕所不吝。若执迷不返，朕今往瓜洲渡江，必不汝赦！”他虽不知道王权已被撤职，但这封恐吓信还是有些作用，不少将士闻听变色。

虞允文赶紧提醒道：“此反间也，欲携我众耳。”此时李显忠已从芜湖赶来视事，对虞允文道：“虽如此，亦当以朝廷罪王权之事答之，庶绝其冀望。”

虞允文深以为然，随即作书回复：“昨王权望风退舍，使汝鸱张至此。朝廷已将权重置典宪。今统兵乃李世辅也，汝岂不知其名？若往瓜洲渡江，我固有以相待。无虚言见怵，但奋一战以决雌雄可也！”

信递发出去之后，虞允文决定立即赶往镇江。这可没有诏命，完全是他主动的选择。但孤身前往，于事无补，得有军队才行。而直到那时为止，他都只有犒师的任务，并没有指挥李显忠的权力，只能跟他商量：“京口无备，我今欲往，公能分兵见助否？”

李显忠立即令主管侍卫步军司公事李捧麾下的一万六千人马，跟随虞允文前往镇江。

一万六千听起来数目不小，但完颜亮手下可号称有十万大军，且淮东本来就有萧琦的重兵，因而沿途还要调集人马，首先就要跟建康留守张焘商议。

此时完颜亮的恐吓信也已寄到张焘手上。张焘道：“金约八日来此会食，使焘安往？”张焘守土有责，自然不能离开，但问问手下谁能去，大家都面带难色。张焘只好转头看看虞允文道："虞舍人已立大功，可任此责。"

史载虞允文"欣然从之"。

虞允文抵达镇江后的第一件事，还是去给刘锜"问疾"。刘锜一见，便紧紧拉住他的手："疾何必问！朝廷养兵三十年，大功乃出书生手，我辈愧死矣！"

虞允文率军抵达之前，镇江沿岸只有二十四艘车船，显得格外单薄，而今大量车船虽已相继赶到，但考虑到敌军势大，恐紧急时刻不堪驾用，遂与御营宿卫使杨存中、淮东总领朱夏卿、镇江守臣赵公偁商议，决定搞一次演习，他们现场查验。

演习查验之类，虽有史书明载，但应该是史官对军事不够敏感的缘故。此举最重要的用意，显然还是震慑敌军。

计议已定，战士随即踏着车船，直奔瓜洲而去。车船快靠岸时，金兵皆持弓引满，准备发射，此时车船却突然掉头返回，沿着中游，"三周金山，回转如飞"。这景象让金军格外惊愕，赶紧禀报完颜亮。

完颜亮也没有进驻扬州城，而是驻扎于扬州东南的龟山寺中。刘锜一生除了主动撤退，很少惨败，因而民间附会他能通阴阳。据说从扬州撤退前，他令人将房屋外墙刷白，上面写着这样的大字：完颜亮死于此地。完颜亮心情大受影响，便不肯进城。

完颜亮闻讯，即刻抵达岸边，嘲笑道："此纸船耳！"

然而没过几天，坏消息相继传来，吹捧奉承营造的胜利气氛一点点飘散于北风之中。瓜洲水面更宽，水流也更急，宋军的车船给金军造成强烈的心理打击，大量士卒逃亡。而在此之前，陕西的攻势已被吴璘击退，从海路进攻的东路军更是在唐岛（今青岛西海岸新区灵山卫附近）被李宝歼灭。那些福建人主持建造的战船被称为“通州样”，本来是可以跟宋军较量一下的。如果完颜亮成功，这条路线很有可能用于南北粮运，因为运河通行的总体成本实在太高，完全没法跟海运相比。

江风凛冽。十一月二十三日，完颜亮挥动马鞭，发布了最后一道命令：军士亡者杀其领队，部将亡者杀其主帅。大军三日内全部过江，畏缩不前者，斩！

这号令让全军将士眼前一黑。谁也想不到，完颜亮居然还想背水一战，打算过了江就焚烧舟船，为此特地派人传令给淮河守军：私自过河者，杀无赦，斩立决。

当天夜里，龟山寺中的完颜亮正要安寝，忽被震天的喧哗惊醒，说是有宋军劫寨。他匆忙起身，刚要走出营帐，箭雨已四处落下。他抄起箭翎一看记号，非常吃惊：这不就是我的箭吗？正欲抄弓反击，已中箭倒地。随即有乱兵冲入，刀枪交加。

完颜亮的手足一直在动弹，最终是被勒死的。

完颜褒的帝位就此稳固。他一生偃武修文，对手宋孝宗虽有志恢复，但既无得力的文臣武将可用，又没有敌人的外部刺激，这种历史错位跟高宗时代正好相反，百姓因此得以远离战争的灾祸。

多年之后，毛泽东读到虞允文，评价其：伟哉虞公，千古一人。

完颜亮殒命后不久，一溜快马疾驰向南，骑士们个个全副武装，目光警惕。其中排在第二位的那个人格外打眼，他虽不是这队人马的首领，但个子高大，体格雄伟，脸膛黢黑，别有风度。马跑得很快。他的衣襟袍袖拖在后面，像是要为舞台拉幕。

中国文学的舞台上，又一大幕徐徐拉开，豪放词风重新闪耀文坛。

不消说，此人便是辛弃疾。因完颜褒大行招抚，他们部众星散，已无法立身，只能南归。

采石矶之战的细节，虞允文当时奏报的《江上军事札子》三篇作为第一手资料被广泛引用，慢慢固定为史实。然而有丰富行伍经验的史学家赵甡之在《中兴遗史》中却提出质疑，主要有四个问题。

虞允文奏报七艘敌船靠岸，金军被歼灭两千七百人，照此比例推算，每船搭载士兵将近四百名，而宋军最大的战船也无此容量。赵甡之推算，金军被歼灭的人数当在五六百左右。《金史·乌延普卢浑传》记载损失猛安二人、部下二百多名。考虑到金国向来回避失败，甚至根本没有正面记载采石矶和顺昌这两次败仗，这个推算应当比较准确。

其次，赵甡之通过实地察看和走访，坚信虞允文当时并没有进入阵中，更没有直接抚背激励统制官时俊。他只是站在凤凰台上远远地观战，而且手还发抖。观战符合常理，但手抖充满想象，涉嫌诽谤。

第三，虞允文奏报说当天晚上还组织民夫修筑百丈壕堑与堤防，也不可能。民夫自陈，白天作战已筋疲力尽，晚上根本没有力气，况且采石矶遍地石头，也无法修筑壕堑堤防。如果布置鹿砦，那就成了在镇江的叶义问。

第四，关于杨林口封锁战，虞允文奏报说用神臂弓、克敌弓射击金军，“数万金军应弦而倒”，从战场实际来说，绝无可能。这一点赵甡之虽然显得很专业，但还是涉嫌钻牛角尖。“数万”只是形容其多，是公文中惯用的语气词，不必较真。将之作为史实采用，曲在史官，不在虞允文。

总体而言，赵甡之的质疑有合理之处，但虞允文并不因此就应该受到责难，因为夸大战功是普遍现象，甚至可以说就是作战形式的一种补充，是宣传战、舆论战，目的是激励人心士气。不仅如此，当时两千七百人也好，二百七十人也罢，都是能击溃长堤的蚁穴，虞允文一介书生，挺身而出将它们堵死，就是不世之功。

赵甡之应该受到批评吗？当然更不是。历史研究必须丁是丁卯是卯，战场宣传则讲究适度夸大。历史研究重在事实，战场宣传重在立场。

王权是什么下场？

赵构本想杀掉他激励诸将，但同知枢密院事黄祖舜表示反对。他说王权确实该杀。但只杀他而不杀刘汜，是“罪同罚异”；如果把刘汜也杀掉，病重的刘锜恐怕也活不成。同时损失三大将，只会让敌人痛快。

黄祖舜这话貌似有理，其实纯属捣糨糊。因为刘汜比王权的罪行轻得多，他只是丢弃了瓜洲渡，而王权将庐州、濡须、含山、和州一概丢弃不说，最关键的是还隐瞒敌情。就隐瞒敌情一点，杀十次头也不过分。黄祖舜替王权开脱的原因，史书没有记载，但推敲史实，此举应当是照顾枢密院和宰执大臣的面子：王权所谓的诱敌深入计划，是上报过枢密院的，宰执大臣也是点了头的，如果此时把话全部说开，证明王权的罪行比刘汜严重许多，枢密院和相关宰执大臣的脸往哪儿搁？这就是宫廷政治。

最终，王权只是被除名琼州编管——不比苏轼的处罚重多少。

与之相比，刘锜的结局更耐人寻味。他解除军职后借住在都亭驿，因要接待金国使者，宰相汤思退让他迁到别试院居住。国宾馆房间很多，并不是安排不开，但只有一间上房，即最好的房间，用于接待最尊贵的客人。唐代宦官为争夺驿站的上房，曾无礼地鞭打过诗人元稹。若是国内官员，讲究先来后到，刘锜岿然不动，但对方是外国使节，那就没办法。

腾出房间接待金使，刘锜心里肯定不甚情愿。他本以为别试院已经打扫干净、安排妥当，结果进去一看，枯枝败叶，兽粪雀屎，一片狼藉，不觉大为愤懑，几日后便吐血数升、含恨而死。

至于虞允文，他后来一度入相，长期治蜀，时论颇高，但再没有特别突出的建树。宋孝宗曾经跟他约期北伐，但他最终未能施行，让孝宗一度很不满意。总体而言，采石矶对于虞允文只是灵光一闪。他只是个平凡英雄，谈不上雄才大略，但正因为如此，才格外值得说说，因为人人都可以仿效。核心要义是，关键时刻能凭借日常教育形成的本能，挺身而出。

戏里戏外说硅谷

吴 晨

新一代硅谷的创业故事，被拍成美剧扎堆上市。

2010年的一天，斯特罗姆在旧金山一家创业者和投资人常去的酒吧一角编程，酒吧里当时聚拢了不少人来听卡兰尼克（Travis Kalanick，朋友都叫他TK）的分享，主题是一款利用手机来叫车的软件UberCar（优步的前身）。斯特罗姆对TK的分享并不感兴趣，另一位投资人瞄到他在工作，觉得他一定有什么新点子，就凑过来聊天。斯特罗姆利用这个机会，说出自己想要创建的Instagram计划，为这个一年后爆火的图片社交媒体募集了一笔种子投资。

扎堆创新，是硅谷在二十一世纪第二个十年独特的风景线，投资人趋之若鹜，生怕漏掉下一个谷歌或者脸书。

硅谷的创业故事通常都有类似波澜不惊的开头。一个好的点子，一个有个性的创始人，几位慧眼识珠的投资人，往往就能为几年后的一家独角兽公司（即在私募市场上估值超过十亿美元的公司）种下种子。斯特罗姆创建的Instagram在一年之后被脸书以十亿美元收购，创下了初创公司被收购的天价纪录，Instagram继而成为随后十年最成功的图片社交平台。同样，TK创立的优步改变了整个出行市场，与滴滴一起成为共享出行的典范。

如果故事到此为止，那么Instagram和优步都可能作为2010年代的苹果或亚马逊而被铭记，让这个时代的硅谷也延续二十世纪六十年代开启的高科技创业的叙事。然而，如果读完《解密Instagram》，你就会为过早卖出自己创业公司的斯特罗姆扼腕：大平台扼杀了小公司成长为有力竞争者的可能性。如果看完美剧《超蓬勃》（*Super Pumped*），你同样会对优步的野蛮生长印象深刻，但TK却不是乔布斯那样被供奉入硅谷万神殿的时代英雄，恰恰相反，他虽然创建了几乎改变世界的公司，却因为对增长的偏执而迷失方向，最终失去了自己的公司。

一〇年代的硅谷，其实和之前已经大不同。

当年硅谷的创业者还是以极客为主，主角都有点书呆子气。这种书呆子创业的经典案例，最早源自惠普，接着被微软和苹果承袭。而移动互联网掀起的硅谷创业浪潮中，弄潮儿已经不再是技术男，而是那些本应该在华尔街做交易的希望挣快钱的人。被硅谷追捧的，也不再是真正的创业者、管理者、发明者，而是能讲故事的秀客，和慧眼识珠赚得盆满钵满的投资人。

超出了创业的单一维度，追逐爆炸式成长的过程更加跌宕起伏，赚快钱成为创始人和投资人的共同利益纽带，独角兽的泡沫也聚集了更多的镁光灯……这一切都是绝好的戏剧素材。

这也是为什么新一代硅谷的创业故事不仅被写成畅销书，制作成播客，更是被拍成美剧扎堆上市。2022年春天，描述滴血检测公司Theranos造假故事的《辍学生》（*The Dropout*）、讲述WeWork创业风云的《初创玩家》（*WeCrashed*）和《超蓬勃》，分别登陆不同的美剧流媒体平台，好不热闹。更有意思的是，这些流媒体平台，无论是Hulu还是苹果TV+，本身又是资本追捧的对象，在奈飞2013年推出自创剧《纸牌屋》带来的鲶鱼效应之下，成为最火热的投资赛道。

放眼2010年代，不难发现硅谷转向的远因是在2007年到2008年。2007年，苹果推出第一款智能手机，开启了移动互联网平台经济和App经济的时代，让各路弄潮儿把自己包装成共享经济而获得追捧；2008年金融危机之后，美国持续量化宽松政策带来的长期低利率环境，推动大量资金去追逐新项目，追求高收益，彻底改变了风险投资和私募股权投资市场的生态。

颠覆一切可以颠覆的传统行业，和共享经济这样的创新标签一样，催生出更多新物种；而资本大量涌入硅谷，不仅让硅谷成为与华尔街并驾齐驱的金融中心，也催生出独角兽奇葩，因为不必上市就能在私募市场上估值超过十亿美元，创始人和早期投资人可以很快地获得成百上千倍的纸面收益。

只要保持增长速度，独角兽不难获得一轮又一轮融资，烧钱式迅猛发展扭曲了创业者和投资人的心态，烧钱式创新甚至成为自我实现的预言，吸引创始人飞蛾扑火。早期创始人和投资人的那种伙伴文化，被一〇年代的“同伙文化”所取代，利益是唯一的纽带，只要能发展获利，投资人对创始人的缺陷视而不见。没有上市的独角兽缺乏公开市场公司治理的约束，很容易放大创始人的盲点和缺陷。过度的资本成了推动增长的火药，却也成为腐蚀创始人的春药和扭曲市场的毒药。

当一美遮百丑的成长遮羞布被突然扯去，无论是造假被揭露（Theranos），或是创始人的无知阻碍了公司成功上市（WeWork），抑或公司毒性文化演化成公关危机，威胁到投资人的收益（优步），就到了投资人摊牌的时刻。独角兽董事会上废黜创始人的钩心斗角，与王朝时代的宫廷政变一样狗血。

金钱堆砌起来的奢华、狂躁和浮夸，勾起普通人的窥视欲，普通人在成功和金钱面前的骄奢和堕落又足以告诫成功者。改编自真实世界的迂回曲折，超乎好莱坞编剧的想象。

FOMO的游戏

2010年代，硅谷的一大特点是FOMO成为主旋律。

FOMO是Fear of Missing Out（担心被落下）的缩略语，很好地总结了投资人的心态。经历了谷歌和脸书的爆炸式增长之后，沙山路（Sandy Hill Road，硅谷各大投资机构扎堆的地方）上的投资人更积极追寻谁会是The Next Big Thing（NBT，下一个牛逼公司），因为这样的公司一方面会带来改变世界的名声，另一方面也能给投资人带来成百上千倍的收益。1999年软银的老板孙正义投资马云两千万美元，到2014年阿里巴巴上市时录得了一千七百倍的收益，成为硅谷造富传奇中的一部分，也进一步加大了FOMO的心理阴影。

FOMO定义了新一代创业的游戏规则。经典创业故事的起点是家里的车库（乔布斯创建苹果），或者大学的寝室（扎克伯格创建脸书），而新一代金钱游戏的起点却是向投资人推销自己的点子。这也注定了一代新人的涌现，他们不再醉心于自己的技术，不只沉浸在自己改变世界的想法之中，他们从创业第一天起就追求财富的增长，就好像Theranos的创始人伊丽莎白·福尔摩斯从小就笃定自己的目标是成为百万富翁，而基于好的点子创业，只是实现财富自由的捷径。

新时代涌现出来的创业秀客是FOMO游戏的弄潮儿，他们了解到投资人不再有耐心执著于成长，一个好的创业故事加上不遗余力获得快速成长的创新企业，不会担心没有融资。讲故事—融资—烧钱—成长—更宏大的故事，独角兽的泡沫就这样被吹起来。

年轻而有感染力的创业者，不再是码农，只要有好的想法，能够让投资人垂青，即使没有核心技术也没关系。他们是撬动OPM（Other People's Money，别人的钱、投资人的钱）的高手，也在FOMO游戏中练就了作秀的能力。在硅谷创业大潮中，极客的前浪让位给秀客的后浪。

FOMO 催生出“包装式”创新，包装有几种表现形式。

首先，硅谷一直有一种夸大其词的倾向，所谓“fake it until you make it”（先假装可以，直到真可以），尤其在电脑软件和硬件领域，甚至专门有一个词来形容，叫作vaporware，即包装出很炫酷的产品，但是真正实现却可能要很长时间，甚至根本就是南柯一梦。从这个意义上说，硅谷就是一个“造梦工厂”。

其次，炒作概念。一〇年代最流行的概念莫过于共享经济、零工经济和平台经济。经历了2008年金融危机之后，年轻人醉心于共享，自由职业者希望有更灵活的工作和连接方式，平台则利用移动互联网带来的大数据和人工智能，把共享与工作的匹配做得更好。优步真正将三者结合起来，在创业的早期把私家车、司机和全新出行结合起来。相比之下，WeWork就很善于包装：共享办公、让自由职业者和创业者有更灵活的办公空间，成为创新企业的发展平台。WeWork

在设计办公空间上的确有它的独到之处，但打包了一系列移动互联网的噱头，就宣称自己也是高科技公司，本质上是炒作概念的玩家。

再等而下之，就是假装自己有颠覆行业的技术，利用信息不对称挣钱，甚至公然造假到自己也愿意相信自己制造的谎言。伊丽莎白创建的滴血检测公司Theranos就是最好的案例。她的创业故事很能打动人，每个人都有过手臂上抽一大针管血做检验的经历，相当一部分人会为此而感到恐惧，如果只需用针尖在手指尖上采一滴血就可以同样完成各种检测，岂不又方便又舒心？问题是，伊丽莎白在缜密的医疗科研领域套用了硅谷软件工程师的“包装式”创新模板，先宣称自己已经开发出核心技术，再试图研发寻求突破，大大低估了医疗创新的难度。

如果Theranos只是简单的创新失败，它即使不会成为独角兽，也不会成为硅谷创业的反面教材，问题是伊丽莎白对成功和财富的渴求把自己推向了邪恶的反面。她懂得信息不对称和FOMO结合起来的威力，很多并非领域内的专家担心FOMO而对被吹捧得天花乱坠的项目一掷千金，她也很清楚Theranos宣称的血液检测核心技术远非一般投资人所能理解，这便给了她撒谎的腾挪空间。

在日益圈层化的时代，伊丽莎白也很懂得IP背书的重要性。Theranos的董事会中全都是大腕级人物，有基辛格，有后来担任特朗普政府国防部长的马蒂斯，还有另一位前国务

描述滴血检测公司 Theranos 造假故事的《辍学生》。

卿舒尔茨。Theranos之所以能够不断获得融资，依靠的恰恰是这些人的背书。默多克选择投资一亿多美元，一方面他相信自己的直觉，另一方面他问的几个好朋友都对这家公司交口称赞。风险投资很大程度局限在富贵的小圈子，伊丽莎白清楚权贵的人脉网有多大的价值。

当然，她和创建WeWork的纽曼都很懂得信息不对称的重要性，Theranos的董事会里没有一位医疗专家，而纽曼在WeWork的董事会里也没有邀请哪怕一位有商业地产管理经验的人。甚至，伊丽莎白会用造假来糊弄领导人。她在准备接待时任副总统拜登拜访的时候，并没有让他看真正的实验室，而是专门搭建了一个假的实验室，里面堆满看起来很神奇其实根本无法使用的机器，而且她让大多数工作人员在访问当天都不用来公司，避免人多嘴杂，就差雇演员了。之后伊丽莎白与拜登和十几位医疗行业高管高调召开了一场有关可预防疾病的研讨会，借机对外强化自己医疗专家的定位。

可惜《辍学生》里舍弃了这个桥段。

秀客的主场

与糊弄拜登相比，好莱坞可用的戏剧素材还有很多。前文提到的《超蓬勃》《初创玩家》《辍学生》三部美剧中，把优步、WeWork和Theranos这三家创业公司以及它们的三位创始人TK、纽曼和伊丽莎白串联起来的东西可多了。

它们都是一〇年代备受资本青睐的独角兽，他们都是镁光灯下神采奕奕的秀客，他们都执著于自己改变世界的梦想，无论是出行、办公室还是血液检测，而他们所推崇的颠覆也特别能在年轻人中赢得共鸣。当然，他们也都无时无刻不表现出一种“斗争”精神，即纽曼所推崇的hustle（不达目的绝不罢休，可以不择手段），他们自己如此，也鼓励手下效仿自己。他们还表现出一种保护自己对公司控制权的本能，尤其是被逼到墙角时的困兽犹斗，画面感十足。

这三部美剧出现之前，银幕上的硅谷很大程度上被另外三部影视剧所定义。

2010 年的《社交网络》讲了一个哈佛天才学生被投资人引导到硅谷创业的故事。

2010年上映的记述脸书故事的电影《社交网络》（*The Social Network*），讲述的是哈佛书呆子扎克伯格如何被极客淘金成功的投资人帕克引导到硅谷创业的故事，潜藏的戏剧冲突并不是脸书如何改变世界，而是小扎到底是不是脸书的创造者。温克莱沃斯兄弟指控小扎剽窃他们想法的诉讼，占据了影片叙事的很大一部分，也给硅谷所推崇的天才创始人叙事投上一层阴影。

根据《乔布斯传》改编的电影《史蒂夫·乔布斯》（*Steve Jobs*）于2015年上映，试图把乔布斯的复杂面向搬上银幕，虽然灵光四射，却难掩其偏执与专横，而且花费了不少笔墨去描写乔布斯与自己非婚生长女丽莎之间的故

2015 年的《史蒂夫 · 乔布斯》试图把乔布斯的复杂面向搬上银幕。

事，颇让乔布斯的遗孀伤心，认为那是在乔布斯身后给其抹黑。

可以说，这两部电影都不是以创业为主题，更多聚焦的是小扎和乔布斯这两个人，刻意放大两个人的缺陷。而真正把创业作为主题的，是2014年播出的美剧《硅谷》（*Silicon Valley*）。

有意思的是，持续了六季的《硅谷》，对硅谷和创业的总基调是戏谑怒骂。

整体来看，《硅谷》展示的是一种对一〇年代硅谷反乌托邦式的观察：硅谷代表了新一代的“掘金潮”。钱多才会造就全新的商业模式：追求快速增长，根本不需要考虑盈利。只要能讲好成长故事并且不断高速成长，就会有人继续投资，哪怕这种成长骨子里是一种庞氏骗局，是持续的烧钱游戏，因为只要持续成长够久，最初的投资人和创始人就能大举套现，成为镀金时代的新贵。可以说，掘金的贪婪是硅谷的巨大驱动力，而主人公理查德与这种贪婪的不断斗争，也是他总也走不出创业循环的原因。

理查德这位创建压缩工具公司“魔笛手”的创业者，在《硅谷》中仍然定格在书呆子码农的形象，让他穿越到描述书呆子生活的情景美剧《生活大爆炸》中一点也不违和。相比之下，2022年的这三部新美剧完全不同，描述创业经历和创业生态成为其主题，而对于创业者，他们展现的是秀客的多面性，全然颠覆了传统书呆子的形象。

为了把自己打造成“女版乔布斯”，伊丽莎白总是穿着乔帮主的黑色圆领T恤上台秀；为了让人觉得自己更成熟，她也会刻意压低声音。伊丽莎白的饰演者阿曼达·塞弗里德全然入戏，压低声音的她给人一点点做作却并不违和的感觉，而她那双湛蓝的大眼睛，让很多人相信伊丽莎白“救苦救难”的苦心。

现实中，伊丽莎白最大的强项就是作秀能力。这里“秀”的定义并不是忸怩做作，相反，是展示和销售的能力，展示自己的理想，销售公司的愿景。作为一名大二就辍学的医学院学生，她展示出极高的天分，聪明过人，可以把理智与情感，把实验室里最新的研究方向与滴血检测如何能为普罗大众提供便利融合起来，有说服力，有感染力。

不过，要复制乔布斯辍学创业的成功历程，其实给伊丽莎白带来巨大的压力。《辍学生》中有一个片段，她到苹果店修理自己的手机，店员是一个和她差不多大的女孩子。两人聊天，伊丽莎白谎称自己是斯坦福的大学生。店员很羡慕，因为她自己还没想好是不是该去上大学。可是当店员犯错导致伊丽莎白手机里的数据清零之后，发飙的伊丽莎白完全变成了另一副样子，训斥同龄人是不长脑子的傻瓜，却不经意暴露了自己与年龄不符的“处心积虑”。

纽曼的秀属于另一种。在三部美剧里，杰瑞德 · 莱托出演的纽曼最出彩，甚至模仿的以色列口音都惟妙惟肖。

纽曼的秀是内在的。《初创玩家》一开场就很有戏剧性，在纽曼超模妹妹的公寓楼，纽曼主动在电梯里和邻居唠嗑。在习惯陌生人社会的纽约，这个举动很不寻常，却是以色列人的习以为常，也为纽曼未来以构建社区为核心的创业经历埋下了伏笔。这一场景显然改编自记述纽曼创业的书《亿万美元失败者》（*Billion Dollar Loser*）的开篇，以色列人原本就是非常乐于交流乐于沟通的人，从以色列到纽约闯荡的纽曼住进妹妹的公寓，发现邻居们都很冷漠，就和妹妹比赛，看谁“敲门开门率”更高，说白了就是和邻里搭话，相互认识，多了解多沟通，让公寓楼的住户有一种社区的感觉。

妹妹赢了——作为超模的开门率一定更高，虽然纽曼的帅也是出名的——但这件事却在他心中种下了构建社区的种子，可以说是后来共享公寓WeLive的雏形：让住客更愿意走出自己的房间，在公共空间中相互了解、沟通。更重要的是，这段经历为未来WeWork的设计理念——更多的开放空间、鸡尾酒时间等等——奠定了基础。

纽曼很会来事儿。按照朋友的说法，他能根据不同的观众来改变自己的举止和说辞。《初创玩家》里有三个片段很好地刻画了纽曼的能力：其一是和未来的妻子丽贝卡的第一次搭讪，其二是向纽约布鲁克林的房地产老板第一次兜售自己共享办公室的概念，其三是在咖啡馆里为初创的WeWork面试员工时的推销话术。三个片段都成功把握住了纽曼作为天生秀客的基因：善于讲述宏大的故事，画出挑战普通人认知的大饼；虽然一无所有却无比自信，而且懂得欲擒故纵，唯有会卖关子，才会在别人心目中留下深刻印象；即使一时无法说服，至少为第二次努力留下机会。归根结底，纽曼的强项是他的远见和说服力。

纽曼成功之后，他身边的人如此评价：四分之一是极度疯狂，四分之一是绝顶聪明，剩下一半则是自恋自大和关爱别人的合体。

TK有着与纽曼类似的销售能力，他们的过人之处，就在于他们是天生的金牌销售，天花乱坠、大开脑洞、欲擒故纵、能够穿透别人心理、能想常人之所不敢想。

TK的销售能力一半源自天生，另一半则是自己努力的结果。在三人之中，TK应该是最努力的一位，即使被废黜之后，继任CEO科斯罗萨西也称赞他在优步培养的工程师文化是一流的。TK最成功的秀是面对投资人的，这也是一〇年代硅谷创业者最重要的能力。

如果说乔布斯是用产品来赢得大众，小扎是用便捷和迭代来赢得客户，那么TK、纽曼和伊丽莎白作秀的第一对象则是投资人。这也是一〇年代的特点：投资人并不期待潜在的独角兽公司赚钱，一个好的点子需要投资人投入大量金钱才能立足，才能起飞，依赖烧钱的快速成长，更需要创始人能一轮又一轮获得融资。

TK为准备好自己的投资秀，会一遍又一遍排练，确保每一个故事、每一张PPT、每一个停顿和转折都恰到好处。当然他也很会利用投资界的FOMO情绪，打造出自己的主场秀（Home Show），让投资人到优步的旧金山总部拜码头，可谓把投资秀做到了登峰造极。

TK的性格也是多样的，最大的缺点是偏执。因为成长是公司唯一的发展目标，共享出行挑战了大城市利益盘根错节的出租车行业，又要与各种监管机构斗智斗勇，这让他和优步都染上了挑战既有秩序的“反社会”情绪和遭遇打击之后的“受害者情结”。

TK、伊丽莎白和纽曼，作为创业者的复杂面向，作为失败的成功者，有想象力，有远见，又因为被资金追捧而自大、自满，因为缺乏外部约束而最终毁灭，这些都给了演员以巨大的演绎空间。还得剧透一下，虽然关注三家公司的人早已知道他们的结局：TK和纽曼都在公司上市之前就被废黜CEO的位置，伊丽莎白则因为涉嫌公司造假被起诉，2022年1月，也就是《辍学生》上映前一个月，她被判欺诈投资人四项罪名成立，最高可能被判监禁二十年。

商业模式复盘

2010年代是风险资本独领风骚的时代，资本对年轻创业者大胆下注，鼓励他们想常人之不敢想，颠覆传统行业，成为新兴行业的统领者。找到下一个乔布斯和扎克伯格，成为资本的目标，但在这一过程中，整个产业也发生了巨大的变化：追求高速成长成为唯一目标，资本成为维持高速增长的火箭燃料，明星创始人日益突破财务纪律和公司治理规则的约束，独角兽的一片喧嚣之中，悲剧和闹剧的声量渐渐盖过了成功故事。

不过，不能因为创始人的失败就否定商业模式，至少优步和WeWork都成功上市，说明TK和纽曼的确做出了商业模式的创新，甚至伊丽莎白“滴血检测”的大方向，即上千亿美元的医疗检测市场存在被颠覆的可能，也没有错。

TK创建优步，有着明确的商业模式。作为一个双边市场，一方面需要有客户，一方面需要有司机，两者都达到一定水平之后，这个市场才会有交易的黏性，产生多次交易，甚至成为“负流失”的市场，即发挥网络效应的正向推动，用户越来越多，交易越来越频密的市场。为此TK的烧钱策略也没有错，去培育一个城市的出行市场需要砸大量的钱，用补贴吸引司机进入市场，用打折和优惠券帮助消费者形成消费习惯。根据优步的数据，消费者平均交易二点七次之后就会成为常客，形成习惯。优步也是一家充分挖掘大数据洞察的公司，它推出的动态定价机制，让系统在下班高峰期和大型活动结束的当口，自动加价进而吸引更多车辆提供服务，同样可圈可点。

不过，在寻求快速成长的过程中，TK塑造了一种为达目的不择手段的冒险文化，以及与体制抗争时的“受害者心态”。因为优步挑战的是美国各大城市的传统出租车公司，而这些公司与地方政府之间的关系盘根错节——纽约的出租车执照一度被炒到一百万美元一个，可见寻租利益之强大——TK特别善于利用年轻人初出茅庐不怕虎的劲头，塑造鼓励敢拼的文化。也因为监管机构会钓鱼执法，优步从一开始就利用高科技与监管机构展开猫捉老鼠的游戏，从中尝到甜头后一发不可收拾，演化成滥用用户隐私的危险文化。

狼性文化让优步有冲劲，却也扭曲了它的价值观。TK遭遇董事会滑铁卢，被废黜的一个重要原因是优步日益不顾司机群体的福祉，引发了公关危机。作为一家双边平台，如果只着眼于用户的提升，而不去考虑提供服务者的生存状态，这样的平台是无法持续的。很多人喜欢优步的服务，是因为

《超蓬勃》讲述的是优步的野蛮生长。

方便，但司机却无法在优步平台上长期产生获得感，这是TK本人的盲点，也是科技平台大跃进时最容易忽略的问题。

《超蓬勃》里有一段情节，董事会开会要求TK开发一个付小费的功能，让司机能获得额外收入，且并不会增加优步的成本，可TK就是执拗地不答应。

WeWork商业模式的特点，并不是纽曼贴上去的“共享经济”标签，而是在重塑办公空间上的独到之处。这与大环境有关，2008年金融危机之后掀起了全球创业热潮，年轻人一方面希望通过创业而一夜暴富，另一方面也没有太多太好的工作机会而必须创业，WeWork优化了的办公空间，开放式的公共空间、共享的会议室、定期组织的活动、更多互动和交流，的确吸引了大量的创业者和年轻人。在纽约爆火之后，全美各地的市长，从洛杉矶到芝加哥，都希望吸引WeWork到来，因为它的确能带动创业者聚集，创建年轻人喜爱的办公空间。

在发展中期，WeWork也有过不错的转型，比如抓住为大公司定制办公空间的机会，成为包括摩根大通和微软在内的大投行、大公司的商业地产服务商。不过无论纽曼如何标榜WeWork代表了共享经济的一种模式，它本质上仍然是长租分包，长期低价租用商业楼宇，设计出更有创意的空间吸引小公司，并提供灵活租约，赚取租金差价，同时也要承担创业者租约不稳定、经济波动导致企业收缩等诸多风险。

纽曼之所以要给WeWork刻意套上一层高科技的外衣，是因为一〇年代的硅谷投资人主要追逐高科技公司。成功的包装让他赢得了巨额投资，却也把自己推向高科技公司爆炸式增长的陷阱。如果要用独角兽的模式去衡量WeWork，就必须持续快速成长，烧钱的速度越来越快，最终期望在每个大都市都达到某种程度的垄断地位。问题是，商业房地产天然就是一个非常分散和非标的产业，WeWork的扩张与互联网企业——包括优步——所推崇的平台式扩张有着本质的区别，因为它需要消耗的资本多得多，毕竟它需要租、需要装修、需要招商，还需要承担经济波动的风险，而且不同城市、不同物业、不同国家的企业文化，管理起来都不容易做到整齐划一。

这也是为什么WeWork表面看起来，尤其在会包装的纽曼的描述中，是那么光鲜照人，但骨子里却很难真正去颠覆传统的商业模式。

与WeWork相比，Theranos只能用公然的造假来弥补医疗技术上无法取得突破的困境。在软件、移动互联网、App领域，创业者可以小步迭代，可以不断试错，甚至可以一开始过度承诺，再靠后续的迭代来完成，但是在生化领域，却容不得半点差池，因为医疗领域有严格的监管，任何错误都可能人命关天。如果拿伊丽莎白与小扎做对比——伊丽莎白的高光时刻是2011年和小扎一起登上了《公司》（*Inc.*）杂志的封面——就会发现伊丽莎白的故事千疮百孔。在互联网领域，小扎自学编程，的确可以辍学创建脸书，但在医疗领域，一个大学二年级的辍学生是很难自己取得开创性研究突破的。

相反，医疗领域内真正的成功者需要经得起寂寞，经得起一次又一次失败的考验。2021年因为疫情而爆火的mRNA就是很好的例子。

mRNA，即信使RNA，其原理不难理解，制药商可以通过RNA上添加所需要承载的基因片段，注入病人细胞后复制产生效果。利用mRNA可以帮助人体细胞对新冠病毒产生抗体，也帮助研发mRNA疫苗的莫德纳公司一举成名。可是莫德纳长期并不被医疗同行看好，创始人也被认为和伊丽莎白一样，都在拿不成熟的技术糊弄人，但莫德纳公司沉住了气，从2000年开始在癌症靶向治疗领域研发mRNA的使用场景，尤其研制出独特的RNA外包装油脂纳米胶囊技术，让新冠疫苗的开发可以在最短时间内完成。换句话说，莫德纳的成功是十年磨一剑。

总体而言，一〇年代的创业潮从传统电脑硬件、软件和互联网向传统经济渗透，这三家公司是拓荒者。三位创始人有志于颠覆现有产业的努力和冲劲可嘉，但TK、纽曼和伊丽莎白最大的盲点，是套用互联网发展的模式来改变真实世界，互联网领域内所能取得的快速改变和发展速度，在现实世界是很难取得的，阻力也大得多。换句话说，他们低估了改变现实世界的困难程度，线上貌似高歌猛进的改变，却会遇到线下的一成不变。

归根结底，它们都是硅谷所推崇的互联网创业野蛮生长的叙事在解决现实物理世界中复杂问题时的碰壁，遭遇失败，也不全是创始人的问题。

搭档、兄弟还是帮凶？

创业很少单枪匹马，每个成功的创业者都需要创业伙伴，投资人对此也非常看重。Instagram一位天使投资人的态度就颇具代表性，他说，我从来不会投资独行侠创业者，至少需要两个人的创业团队，这样如果一个人犯错，至少会有另一个人能站出来指出他的错误。独自一人的创业者容易形单影只，而两个人或者三个人的创业团队则可能走得更远。但这并不妨碍一个人成为一家创业公司的灵魂人物。

描述WeWork、优步和Theranos的三部美剧，都给主角的创业伙伴留下了足够多的戏份。

互补性是创业伙伴最常见的形态。相比纽曼的张扬，WeWork 的联合创始人米盖尔不善言辞却长于设计和分析，无论是早期做建筑设计，还是后期做财务分析，都是老黄牛般的角色，《初创玩家》很好地展现了他的木讷和隐忍。

纽曼的张扬与米盖尔的木讷完全互补，一个有想法，另一个是有经验的设计师，这让纽曼与来自俄勒冈州的米盖尔一拍即合。两人类似的成长经验——纽曼在以色列的公社中长大，而米盖尔则生长于农场——又让他们更容易相互理解。他们最初在纽约的布鲁克林区合作推出联合办公的尝试，一炮而红。一年之后，两人卖掉公司，拿着各自到手的五十万美元，立刻投入到WeWork的尝试之中。面对人生的第一桶金，米盖尔很犹豫，但纽曼用更宏伟的想法说服了他：创业，如果没有大格局和大想法，那只能是小公司。

优步创始人卡兰尼克最得力的帮手是来自埃及的移民迈克尔，俩人是好兄弟、好拍档，尤其是卡兰尼克最擅长的主场秀，迈克尔是最佳男配角。吸引投资人的目光，一般需要走秀拜访一家又一家投资者，希望得到他们的青睐，但卡兰尼克却很懂得投资人的FOMO心理，优步颠覆全球万亿美元出行市场的故事太吸引人，他有资本去要求感兴趣的投资人到优步总部主场来谈投资。在主场秀中，卡兰尼克负责表演，而拍档迈克尔则在旁边负责观察，主场秀结束之后确保敲定最后的投资。贫穷移民的出身让迈克尔练就了察言观色的本领，当有的投资者情绪已经溢于言表，他会扮演那个欲擒故纵、最终敲定更高价格的人。换句话说，卡兰尼克具备强烈的感染力，迈克尔拥有爆棚的情商，懂得欲擒故纵，也能挽回大局。

当然，互补和帮凶，已经有巨大的区别。同样是仰望，米盖尔欣赏纽曼的大局观，乐于谨守自己擅长的一亩三分地去努力，扮演好运营者的角色；迈克尔却演化成为“逢君之恶”的好兄弟，卡兰尼克的各种糗事，他都参与其中，甚至推波助澜。两人的结局也因此截然不同，当纽曼在董事会的宫廷政变中被赶下台后，米盖尔成为稳定军心、保持公司延续性而留下的联合创始人，等到新CEO稳住阵脚之后，才选择离开。迈克尔虽然是卡兰尼克的好兄弟，但当TK发现董事会向他发难，自己要选择丢车保帅时，迈克尔就成了第一个被TK抛弃的人。

帮凶再等而下之，则是共谋，这恰恰是Theranos创始人伊丽莎白与印度裔男友兼创业伙伴萨尼之间的畸恋关系。

《辍学生》开篇描述的是一个不合群的女孩伊丽莎白，过早确定宏大的目标，在别人仍然享受青春的时候习惯于一个人努力，很难与同龄人同频，只有比她大不少的印度裔成功创业者萨尼能真正理解她，而他们相遇竟然是在2000年代初期北京的汉语补习班上——可以脑补一下场景，也可见俩人有共通的前瞻性，毕竟二十年前就意识到中文重要性的美国人不多。

两人一开始是知音，之后是合作伙伴，最后却成了一起造假的共犯。

伊丽莎白在一次董事会逼宫的会上——董事会当时已经认为她不再适合担任CEO——把萨尼作为投资人拉入了公司。此举伊丽莎白煞费苦心，一石二鸟，为公司引入了亟需的两千万美元投资，作为酬劳，又安插了自己的隐秘男友成为公司COO，希望萨尼作为成熟的管理者，能够把研发和制造拉回正轨。但显然，萨尼并不胜任COO的角色。虽然是成功创业者，但他没有任何研发经验，而他与伊丽莎白刻意隐瞒的"恋情"，以及他在公司内的跋扈行为，都加剧了公司的内耗。俩人唯一擅长的是在FOMO秀中搭档，让两个潜在的客户相互PK，自己坐收渔利。最终，俩人都深陷造假丑闻，先后遭遇诉讼，相互攻讦，上演了一出同谋者很难逃脱的"囚徒困境"。

当然，最差的合作伙伴关系便是公然的公私不分，假公济私。

《初创玩家》给了纽曼的妻子丽贝卡（安妮·海瑟薇饰演）很多戏份。她是纽曼的创业伙伴，将父亲一百万美元的嫁妆投入到纽曼的第一笔大生意中去。她和纽曼是相互成就的慕斯，没有纽曼的执著，她可能还在纽约继续做貌似岁月静好却收入可怜的健身教练，沉浸在堂姐、著名影星格温妮丝·帕特洛的阴影之中无缘电影梦。事实证明丽贝卡真的不是演戏的料，纽曼虽然无法把她捧成明星，但可以把她包装成为创业者。他不仅任命丽贝卡为WeWork的首席文化官，还鼓励她创建WeGrow私人学校，为自己的五个孩子提供定制的私立教育。丽贝卡的想法是，在任何一个有WeWork共享办公空间的城市，都设立一所WeGrow学校，让孩子可以跟着全球化的父母，在全世界留下足迹，无论在哪里，都能接受一样的教育。

很多夫妻的相互成就，在于另一半能够成为这一半的"防滑趾"，另一个人激动时，他冷静；另一个人纠结时，他大度。但这不是纽曼夫妻俩的行为方式，他们更像是"夫妻店"，相互吹捧，自以为是，自私贪婪，公私不分：注册了We商标，卖给公司；公然内幕交易，纽曼自己投资了办公物业，然后再租给WeWork；而纽曼也纵容丽贝卡创造We的生态圈（WeOS），从学校到共享住宅，再到学校。好的想法没有对错，烧公司的钱完成个人愿望就犯了大忌，但纽曼夫妇似乎懵懂无知，花公司的钱如流水。

之所以《初创玩家》是三部美剧中最引人瞩目的一部，恰恰因为它的高潮浑然天成。一部反英雄的电视剧，现实的剧本超乎编剧想象。WeWork需要IPO上市融资，满足烧钱扩张的需求，纽曼夫妇却突发奇想，要自己去撰写提交上市的第一份法律文件。通常这是投行和律师的工作，纽曼夫妇却希望打破常规，用夸张的图片和自创的金融术语（盈利数据不好看，就自创Community-adjusted EBITDA，即剔除掉所有间接成本的收益率），在通常枯燥乏味的文件中添加俩人创建We生态的故事。结局自然是一场无知者无畏的闹剧，纽曼成为华尔街的笑料，上市申报文件变成一份家丑自扬，也成了压垮纽曼的最后一根稻草，锁定了他被董事会开除出局的命运。

谁是金钱游戏的最后赢家？

纽曼认识孙正义不久，孙正义问纽曼：在一场争斗中，是聪明人会赢，还是疯狂的人赢？

疯狂的人。纽曼回答说。

你答对了。孙正义接着说，不过，他语调中透露出一丝担心，你还不够疯狂。

在《初创玩家》的结尾，这段话被移花接木为孙正义与丽贝卡的最后一次电话，这时纽曼正在死海里游泳。

作为纽曼出局的代价，孙正义答应支付给纽曼五亿美元“分手费”。

而在美剧中，孙正义问丽贝卡同样的问题，丽贝卡回答：疯狂的人。

讲述 WeWork 创业风云的《初创玩家》。

不对。孙正义说，笑到最后的是有钱的人！孙正义打电话的目的是告诉纽曼，想要拿到五亿美元的分手费，没有那么容易。

作为全球第一个千亿美元私募股权基金愿景基金的管理者，孙正义的确可以大言不惭。虽然是戏剧的演绎，这段对话倒是真的形象描述了投资人在一〇年代硅谷创业大潮中所扮演的“造王者”（King Maker）角色。

2016年12月的一天，孙正义在纽约特朗普大楼拜访了当选总统特朗普，然后马不停蹄抽空第一次去了WeWork的总部。纽曼为孙正义准备了两个小时的参访行程，不过以孙正义的风格，每个投资项目最多看十五分钟。果不其然，孙正义让纽曼等了很久，两小时的会议被压缩到十二分钟。

《初创玩家》里，孙正义被脸谱化为一个丑角，和纽曼的约会也是一推再推。纽曼每次都精心准备，没想到孙正义却漫不经心，但这并不妨碍纽曼赢得人生最大的一笔投资。

匆匆参访完办公室之后，孙正义邀请纽曼上车继续聊。在车上，孙正义让纽曼把宣传材料放在一边，然后直接在iPad上起草了软银向WeWork投资四十多亿美元的备忘录。之后，两个人在iPad上草签备忘录的打印版。这一桥段从WeWork高管中流出，成为坊间流传的奇谈。

很可惜，《初创玩家》的镜头没有着力再现这场资本主义世界的标志性豪赌。

以孙正义为代表的投资达人具备点石成金的能力，能选择谁成为行业的王者。在激烈竞争的硅谷——商业模式的抄袭非常普遍——谁具备烧钱的实力，谁就有可能最终胜出。两本硅谷创业圣经，彼得·蒂尔的《从0到1》和霍夫曼的《闪电式扩张》，都强调资本是创新企业爆炸式增长的“火箭燃料”，因为只有快速成长，才能构建在某个行业的垄断地位。

投资人为创业者提供越来越大规模的融资，从早期VC几百万美元、上千万美元，到孙正义对WeWork提供创纪录的四十亿美元，给整个市场带来了巨大的扭曲。

有了弹药，纽曼的发展策略变成不择手段“攻城略地”的策略，疯狂获取市场份额。进入一个新市场，他首先与既有的共享办公空间谈合作。如果对方不愿意，就使出各种手段挖墙脚。孙正义二十年前在日本推广雅虎BB宽带时，采用的是比基尼女郎在火车站外送网猫的策略，纽曼更激进，直接承诺“跳槽”过来的客户一年免费租约，在极端情况下甚至可以给两年的免费租约，同时给商业地产经纪的奖励也可以高达相当于一年租约。换句话说，在很多新城市，为快速获取市场份额，WeWork前两年的现金流为零。

这种发展凸显了资本无序扩张的烧钱模式给健康商业带来的冲击，很多原本健康成长的小公司在可以无穷无尽烧钱的巨头面前都不得不低头，被迫关张。

这是以孙正义为投资代表的中后期成长基金最引人诟病的问题，它们扭曲了市场优胜劣汰的功能，被最大资金追捧的企业最终赢得市场主导地位，而排名二三的企业很可能只能喝汤。从资源配置的角度来看，大资金也带来了巨大的浪费，没有创建价值，反而可能摧毁价值，因为最终胜利的企业并不一定是最优管理、最有效率的企业。而烧钱模式最终带来的垄断，对整个产业生态都可能带来严重的打击。

除了增加火药，大规模资本还成为创业者最新的护城河，尤其是类似商业地产或者出行这种本质上没有特别高准入门槛的行业。2017年在谈及为什么接受孙正义四十多亿美元的投资时，接替TK担任优步CEO的科斯罗萨西说：我宁愿这笔钱是我的燃料，也不愿它成为射杀我的炮火。

一〇年代硅谷的创业者，从对金钱的饥渴（获得第一笔投资非常重要，而且马太效应非常明显），转变成对金钱的过度依赖，离开投资人的腰包，烧钱成长的模式根本难以为继，WeWork和优步是最好的例子。Theranos更是令人咋舌，在造假丑闻暴露之前，公司已经融资超过九亿美元，完全能够延揽行业里的翘楚，却没能够取得任何关键的技术突破。很显然，金钱不是万能的。

乱象的最终原因，是金钱过多导致的消化不良和大规模快钱的腐蚀性。作为独角兽的创始人，募集到难以想象规模的资金，一定会鼓励他们大手大脚花钱。按照圈内人的说法，这是“操蛋的钱”，让人飘，让人震撼，也会完全改变一个人，因为他们过早拿到富豪阶层的入场券。投资人鼓励烧钱求发展，也鼓励独角兽的创始人使劲地造钱。

当然这种“造”也特别适合美剧，因为它给出了太多画面感。三部剧里有两个共通的场景：其一，私人飞机成为创始人的首选，对TK、纽曼和伊丽莎白而言，私人飞机是他们的成功标志，也是对外炫耀的资本；第二，三家公司都很喜欢开派对，最夸张的是优步，优步的派对本质上鼓励一种狠命干、放纵玩的文化，一场全公司的派对结束，往往一片狼藉，TK被要求为各种损耗支付几百万的账单。没问题，只要可以用金钱搞定的事，都不是事。

投资人想的是指数级成长会带来乘数级（至少一百倍）的投资收益；创始人看到的是花钱如流水，快速成为纸面上的亿万富翁，拿到富豪阶层的入场券。

金钱成为两者唯一的共同追求。

保护女权、治理失控、资本无序扩张

钱太多，带来无法预料的后果，一方面是缺乏纪律的约束，尤其是董事会对创始人的纵容，另一方面则是金钱崇拜毒害了企业文化。

保护女权（MeToo）成为三部剧都绕不过的话题，也凸显了硅谷创业生态中的三种问题：

首先，在一个主要以白人技术男为主导的创业生态中，女性占比原本就比较少。从公平的角度去看，没有哪家企业真正能做到男女平权，而在初创企业中，女性技术人员的占比可能更少。

其次，在一个强调拼命干活、疯狂玩耍的文化中，男性主导的文化很可能纵容性骚扰，女性员工很可能主动或者被动地被物化。拼命努力、拼命玩耍、没有边界，对女性也就不是那么友好。WeWork 公司里竟然有隐秘的“性爱储藏室”鼓励员工在上班时公然宣泄，某种程度上让公司成为大学校园派对的无限期延续。年轻人可能一开始乐在其中，但时间久了却发现，（尤其是女性）自己其实特别容易成为别人的“消费品”，浑浑噩噩一阵子之后，回想起来都恶心。

第三，则是对女权的滥用。伊丽莎白显然很热衷于此，投资人之所以围拢在她身边，正因为她是鹤立鸡群的女性创业者，满足了对女权的想象力，却又不会对任何男性创业者构成严重的威胁。换句话说，很多人选择投资伊丽莎白，有一些是真心希望硅谷能孕育出女性创业者，另一些则觉得她是非常好的花瓶，能够为男性主导的硅谷添加一个平权的点缀。悲剧也就在此。当 Theranos 最终因为造假而破产时，不仅伊丽莎白信誉扫地，更让其他女性创业者在硅谷举步维艰。

《初创玩家》第三集中，就有一段女权大爆发的案例。

在WeWork的年度派对上，丽贝卡上台演说，表示自己全心支持丈夫，鼓吹女性的主要责任就是支持男性。这一下子捅了马蜂窝，引起WeWork许多女性员工的愤怒，因为不符合女权的政治正确。

为了补救，丽贝卡紧急召开一次女性大会，倾听女性员工的声音。一开会不得了，女性员工一个接一个敞开话匣了，抨击WeWork文化中不尊重女性、歧视女性的问题，压抑许久的不满一股脑宣泄出来。丽贝卡根本不想解决问题，会议结束后转身质问自己的丈夫，为什么要把自己放在火上烤？她并不为女性受歧视而愤怒，她愤怒的是自己被别人当作出气筒。

三部剧恰好反映了三种权力的腐化：伊丽莎白作为女权的代表却滥用女权；丽贝卡虽然极力想要把自己打造成和纽曼一样有想法的创业者，结果却加深了对女性的“刻板印象”，在一个倡导全新工作方式的企业，她的出现却强化了WeWork骨子里是任人唯亲的家族企业的形象；第三个则是TK和纽曼的盲区，完全将职场中的女性物化，忽略下属对女性的歧视和骚扰，只要有成绩，就可以为所欲为，鼓励为所欲为的那种“破坏一切”的态度。

之所以出现这种创始人不受节制、公司文化恶性发展的情况，症结在公司治理的缺位。

三家公司都代表了同一类独角兽：缺乏在董事会层面的公司治理。WeWork与优步是两个明显的例子，创始人可以说是为所欲为，只要能上市，投资人对于创始人的缺点基本上视而不见。

这与传统投资人的角色大相径庭。传统意义上，投资人除了投资之外，还扮演两个重要的角色：既有市场配置资源的能力，而这种资源虽然主要是资金，但也包括重要的人脉资源和人力资本，帮助创业者建立团队、尝试产品、找到合作对象；同时也有执行力，帮助创业者做好内部组织。市场还扮演一个很重要的角色，对产品进行测试，能够通过测试的产品，就会获得后续的融资，不断壮大；无法通过测试的产品，会及时止损，而不会使企业内部对某个特定的产品过于纠结，无法及时退出。

常见的VC是积极管理者的角色，他们不仅发掘有潜力的创业者，而且通过自己的关系帮助这些创业者提升管理能力。硅谷著名投资基金安德森–霍洛维茨的创始人本·霍洛维茨在其著作《你所做即你所是》中，就强调投资人辅导创始人的重要性。他把自己创业的经验，面临复杂问题的经验，推动企业成长的经验，在企业不同阶段需要的人才配比和组织架构的经验，不断与年轻创业者切磋，帮助他们成长，同时应对公司成长过程中面临的新问题。这也是为什么传统VC很看重帮助创业者在发展的不同阶段配置不同的人才，会向他们推荐成熟的职业经理人帮助管理运营，比如脸书引入在谷歌已有管理历练的桑德伯格作为COO，又比如乔布斯在苹果早期也听从投资人的建议引入了“卖糖水”的百事高管斯卡利作为CEO（虽然证明是失败的，也导致了乔布斯被踢出公司）。

以孙正义为代表的新一代投资人，追求资本无序扩张，却根本不在乎治理。相反，他纵容创始人，鼓励给予创始人巨大的控制权，只需要他们持续疯狂扩张。投资人与创始人的关系变成了单纯利益捆绑，投资人积极参与创始人的造神神话，但当创始人成为他们盈利的绊脚石时，投资人也会断然将其一脚踢开。

相比之下，这三家公司显然缺乏对创始人应该如何管理一家快速成长的公司的指导。搭建有效的公司治理和引入成熟人才的做法，让位于包容创始人的文化。而独角兽迟迟不上市，也让这些被私募资金快速催熟的公司，没有形成市场对它和创始人的有效监督。

如果说WeWork有什么文化的话，那一定是对创始人纽曼的个人崇拜、不敢挑战其权威的文化，只要公司估值继续上涨、对创始人的任何作为（包括在私人飞机上吸毒）一再姑息的文化，缺乏真正意义上的公司治理。

TK的短板则是缺乏有效的高管教练，伴随公司的成长改进自己的管理方式。作为一个创业小团队，狼性无可厚非，内部PK无可厚非，这样才能把每个人的潜力完全挖掘出来，但当一个企业变得越来越大（优步在成长过程中每年员工人数翻一番），就需要搭建系统和流程，一定程度的官僚是无法避免的。TK的问题是，他仍然希望用小企业的方式去管理一个长大的优步。他坚持人治，在公司内部复制出一个个小的TK，让每个管理者把持自己的小领地，在唯成长论的主导下，鼓励相互竞争中无所不用其极（背后捅刀子司空见惯），同时纵容纵欲、对歧视女性视而不见。

创始人都有一股子闯劲和疯狂，但当他们获得巨大成功、能够调动庞大资源的时候，如果没有约束和制衡，就可能出现巨大的危机。

不过，公司治理作为一个抽象的概念，很难在戏剧中展现，观众看到更多的是董事会层面的博弈。而创始人与投资人就公司控制权所展开的争夺，更像法庭剧与宫廷剧的融合。

律师、吹哨人、媒体和食腐者

美国创业公司还深受商业环境的影响，一个重要的特点就是很多事务都有律师参与，尤其涉及创业相关的敏感问题。比如创新企业很喜欢让员工签署NDA（Non-disclosure Agreement，保密协议），确保他们在工作中经手的秘密不会被窃取。但这些企业也会滥用NDA，用高额律师费封上问题员工的嘴。《辍学生》中，NDA就是出现频率最高的词之一。

在追寻独角兽的过程中，资本的力量会转变成律师的保护层，Theranos就请到了2000年为总统大选佛州投票计票而站在戈尔一方打官司的大律所，帮助公司解决陷入的困境。而这家律所可谓无所不用其极，恫吓前员工，跟踪潜在证人。而且Theranos的高估值也给了它足够深的钱袋子，让任何感觉自己可能被诉讼的人都感受到一种会因为律师费而倾家荡产的痛苦。

应对律师也催生出相应的制衡生态，吹哨人、媒体和食腐者，都在这一生态中扮演了重要角色。

首先是吹哨人，即有正义感的公司员工看到企业内部问题之后，冒着打官司的风险，向媒体提供材料，对外曝光公司的丑闻。

《辍学生》中花不少笔墨描写的前国务卿舒尔茨的孙子泰勒，就是一个吹哨人。舒尔茨是Theranos的董事，也为泰勒谋得了在公司上班的机会，毕竟一家风头正劲的独角兽是年轻人历练的好地方。可当泰勒发现Theranos的问题之后，却很难说服自己的爷爷相信他所看重的“女版乔布斯”其实是在造假。因为良心谴责和正义感的驱使，泰勒终于答应为《华尔街日报》记者的采访提供资料。Theranos立刻对他发起违反NDA的诉讼。为应诉，泰勒的父母支付了四十多万美元律师费。在美国，打官司司空见惯，基本上做到了诉讼面前人人花钱的平等，即使是前国务卿的孙子也不例外。作为平常人，为逃避官司，担心欠下一屁股债，大多数人会选择遵守NDA，保持沉默。

其次是媒体。财经媒体大多数时候都会对创新大唱赞歌，明星创始人和投资大佬也都是媒体追捧的对象，独角兽更给了媒体数不完的内容，这是两者共生的一面。但美国媒体也有监督的一面，主流媒体无论是彭博社、《纽约时报》或者《华尔街日报》，都专门有调查记者，发现一家公司有问题之后便不断挖掘。Theranos的丑闻，WeWork和优步的“有毒”文化，都是经由媒体曝光之后才广为人知，公关危机很大程度上成为纽曼和TK下台的主要推手。

财经记者也会因为撰写关于硅谷创业公司的书而名利双收。三部剧脱胎于三本书：《华尔街日报》调查记者约翰·卡雷鲁撰写的《坏血》（讲述Theranos故事）、《纽约时报》记者迈克·艾萨克撰写的《热血野心》（记述优步起伏），以及《纽约》杂志记者里夫斯·维德曼撰写的《亿万负翁》（追踪WeWork的故事）。

商业内幕书籍又催生了播客的火爆，好莱坞开始考虑将播客搬上银幕，名记者则积极参与剧本的写作，这些都因为奈飞开启的流媒体爆炸而让爆料内容有了更多的市场。有意思的是，流媒体行业已经从奈飞一家独大变成了巨大的泡沫，不只奈飞、亚马逊和苹果在竞争，所有传统媒体都建设了自己的流媒体平台。

第三是食腐者。所谓“苍蝇不叮无缝的蛋”，食腐者是嗅觉比较灵敏，能够探知企业出问题，并且希望通过揭发来获利的人。《辍学生》中就有这么一位执著的食腐者（《无耻之徒》男主角威廉·H. 梅西主演），一个因没能从伊丽莎白的创业中赚到钱而怀恨在心的富翁邻居，不断揭发Theranos造假丑闻，不惜花费二百多万美元的律师费。食腐者虽然令人作呕，揭黑的目的要么是酸葡萄心态，要么希望分得一杯羹，但他们也确实起到了净化商业环境的作用。

戏里戏外，吹哨人、食腐者都成为戏剧中演绎的角色，而媒体作为记录者和揭黑人，记录这个时代商业故事的同时，也为好莱坞的编剧留下了初稿。

硅谷的反英雄，好莱坞式的结局

用电影和电视剧来描绘一个时代的商业故事，在好莱坞并不新鲜。

1993年的电影《门口的野蛮人》（*Barbarians at the Gate*）是私募股权（PE）的登场首秀，让人一下子理解了PE主导的并购力量，也慨叹资本主义的游戏规则竟然有如此大的更新。电影《大空头》（*The Big Short*）则是2008年金融危机的写照，有人预判到了危机却没有行动，比如彼

自 2014 年开始，一共拍了六季的《硅谷》，对硅谷和创业的总基调是戏谑怒骂。

得·蒂尔；有人知行合一，找到了做空美国房地产市场衍生交易品的门道，在血流遍地的华尔街独自赚钱。美剧《亿万》（*Billions*）则描绘了对冲基金的野蛮发展史，在追求“难以企及的优势”的路上越走越远。

以伊丽莎白、TK和纽曼作为主角的创业剧，代表了全新的好莱坞叙事。

首先他们诠释了一种更快更炫的硅谷美国梦：用创新来打碎世界，无论是出行、办公，还是检验；迅速造富，所有的形式规则都是造富模式，只要被追捧，一再被追捧，FOMO驱动的马太效应，很容易成为聚光灯下的宠儿。

其次，他们有想象力，有远见，是社交媒体接受更快时代的收放自如的秀客。他们也有扎眼的短板，在很多时候远见超越了自身的能力，却没有自知之明。换句话说，他们虽然有过光鲜的成功，却各自以不同的模式种下了自己毁灭的种子。

第三，作为好的戏剧元素，他们都是斗士，为自己颠覆的商业模式斗争，为保持自己对公司的控制权斗争，在伊丽莎白身上，还为遮盖自己的谎言而斗争，而这种斗争都构成了极好的画面感。

戏里戏外，他们都是值得仔细研究的硅谷样本。在“失败”公司的名人堂里，Theranos、优步和WeWork分属三个不同的类别。

Theranos是明显公然地造假，而且也显示了硅谷投资人在有巨大知识鸿沟的前提下——生物科技领域与他们所熟知的在线服务领域千差万别——公司治理的缺位。这也是一种“跨界”尝试的失败。在虚拟经济的快速成长中，允许犯小错，也允许夸大其词，因为成长最终会证明发展方向的正确，而在医学领域却无法套用同样的增长模式，任何错误都是致命的，也将带来巨大的后果。

优步应该说是其中最成功的公司。它最终成功上市，迄今依然是全球最大的共享出行公司，它在无人驾驶领域内的投入也并没有因为TK的离开而匆匆收场。但TK治下的优步也暴露出一系列严重的问题：一是对用户信息的滥用；二是O2O平台准入门槛其实很低，海外拓展也不顺利；第三则是平台因为对客户的优待，反而加剧了对平台另一方、提供零工的“自由工作者”（司机）的压榨，凸显出当下算法控制的人肉机器人（Meat Robot）的生存困境。

WeWork介乎两者之间。它虽然没有造假，但的确代表了“假装式”创新。纽曼一直试图把WeWork打造成为一家高科技平台公司和服务共享经济的公司，但其本质上仍然是金钱堆出的商业模式，一个长租短包的套利模式。虽然包裹上层层包装，比如创业者的家园，物理的社交网络，可本质上它还是投资人大量烧钱催生出的一个管理不善的怪胎。但纽曼的确给全世界带来了全新的办公室模式，带来了年轻人和创业者喜欢的全新空间，开创了一番天地。纽曼的错，是他与卡兰尼克一样浮夸虚化，一样不遵守最起码的操守。当然，他最大的失误是在孙正义亿万美元资金的教唆之下，走上了无序扩张的不归路。

有趣的是，三个人和三家公司的创业故事之所以能被搬上屏幕，也与硅谷创造的另一个泡沫有关。奈飞是推动美国流媒体变革的那条鲶鱼，它所开辟的全新流媒体视听平台吸引了传统媒体、创新者和大平台争相进入。《辍学生》来自被迪斯尼收购的流媒体平台Hulu，《超蓬勃》被与HBO齐名的电影频道ShowTime搬上屏幕，而《初创玩家》则是苹果TV+的力作。正是因为流媒体平台进入到混乱的战国状态，群雄逐鹿，一起推动了内容创作的大爆发，才让如此多的剧集有机会面世。他们都渴望挑战奈飞的王者地位，也都看好流媒体的未来，并不惜为此一掷千金。

记者也成为这一内容创作生态的主力军。记者花时间挖出丑闻，写出报道，现在更可以一鸭几吃：报道、写书、制作播客、为电影和电视剧编剧。十几年前，好莱坞不愿意改编商业故事，怕没有剧情波折，老百姓看不懂。流媒体的兴起改变了这一切，和硅谷在一〇年代的大多数创新一样，流媒体赛道也资金涌动，2022年，光拍摄原创美剧的资金就高达一千亿美元。

可是就在三部剧开播不久，流媒体领头羊奈飞公布2022年第一季度财报，显示订户净流失二十万，并预计第二季度流失的订户可能高达二百万。奈飞的商业模式是订阅模式，全球超过两亿的付费订户支撑它可以每年花费一百四十亿美元巨资拍摄叫好又叫座的剧集。订户增长不可持续的消息一出，奈飞股价大跌四成，四百亿美元的市值灰飞烟灭，分析师也开始质疑，流媒体市场是否还像大多数从业者认为的那样可观？

幸好七月底奈飞公布第二季度业绩，付费用户只减少了九十七万，并预计三季度付费用户将净增一百万，似乎颓势只是暂时的，但奈飞的商业模式长期来看仍然问题多多。如果增长不再，烧钱模式也就不可为继，WeWork和优步的案例都证明了这一点，流媒体也不会例外。

好莱坞式的结局，戏里戏外，都凸显了硅谷的时代特征。金钱催生了独角兽，独角兽演绎了光鲜的故事，反英雄的豪奢和起伏更有戏剧冲突，而这些都在金钱涌动的时代被记录。三部美剧记录了一〇年代的硅谷，同时也受益于一〇年代硅谷的挥金如土。

问题是，奈飞的股市表现是否意味着“音乐”要戛然而止？如果音乐停了，这三部美剧很可能成为一个时代的绝唱。戏里戏外，泡沫被吹大时光怪陆离，泡沫破裂后又一地鸡毛，这才是真正的好莱坞式的结局。

开本即王道

刘 柠

或许，我们可以做一个大胆的推断：中国出版业即将迎来一个小开本时代。

一

在长达五千年（一说为六千年）的书籍发展史上，有几个关键节点，如纸的发明、活版印刷的出现、古腾堡印刷术问世等，但人们一般只着眼于物理硬件，目光轻易越过那些软件。

其实软件往往更重要，如印刷物的尺幅问题。

读书人和制书业者对印刷物的尺幅，即书籍开本问题的思考，由来已久。中国古书从卷轴制向册页制的发展，东洋和本从美浓版系向半纸版系的过渡，均是这种文化探求的中间形态。在欧洲，近代以降，印刷所和制书匠深受“魔法数字”的诱惑。所谓魔法数字，是一些数学常数，用来规范印刷品的尺寸。其中最尊贵者，就是1 × 1.618的所谓“黄金比例”。如著名的《古滕堡圣经》的开本，其长度即为宽度的1.618倍；德国信天翁出版社的平装书和英国企鹅版经典橘色条带平装书，也按照这个比例裁切书页。

现代的造纸厂和印刷所，多采用另一个同样实用的魔法数字，即毕达哥拉斯常数：2的平方根（$\sqrt{2}$），约等于1.414。由头是1786年，德国物理学家乔治·利希滕贝格给朋友的一封信。他在信中告诉友人，一张纸的长边若是短边的1.414倍，那么以平行于短边的方式将其裁切，或对折成半，形成的纸张将与原纸维持相同的比例。只需重复这个步骤，便能做出越来越小的纸张，且毫无浪费。这个发现，改写了现代出版业。长宽比例为1∶1.414的矩形，成为出版物开本的模板，日本出版界称之为“黄金矩形”或“$\sqrt{2}$矩形”。今天我们熟悉的A3、A4等A系列纸张，及主流的出版物开本，均源于此。

书的文化史告诉我们，现代书籍的概念，很大程度上是文艺复兴时期“唯利是图”的威尼斯商人发挥聪明才智的结果。他们既有逐利的本能，也有一定的艺术文化诉求，会在平衡书籍的实用和美学功能的前提下计算投入与产出，逐步形成对印张尺寸的规范，从而奠定了现代制本装订业的基础。古腾堡的铅合金活字在德国美因茨问世四十年之后，一位名叫阿尔杜斯·马努提乌斯的威尼斯出版商印制了古罗马诗人维吉尔的作品集。那本书很小，长约6英寸（15.2公分），宽为4.5英寸（11.4公分）。在序言中，阿尔杜斯称诗集为“手册”（enchiridion/handbook），在为新书所做的硬广中，他称这类书籍为“可携带书籍”（libri portatiles/portable books）。这是史上最早的八开本书籍，用18英寸（45.7公分）×12英寸（30.4公分）规格的纸张印制。

阿尔杜斯版八开本《维吉尔诗集》开启了便携书籍的时代，其基本规格沿用至今。

无论从制本装订的经济性出发，还是着眼于作为知识载体的图书的美学标准，对出版商来说，只意味着一件事：开本即王道。

这种被泛着油墨味的纸张熏陶出来的印刷传统气场之大，对在相当程度上象征着“未来”的去纸化阅读，仍不失规训的力量。据说，两种世界通用的主要电子阅读器——Kindle和iPad mini的尺寸设计，都参考了阿尔杜斯版古书。

二

多年前，我在《漫话东瀛书业和书店文化》一文中写道：“本人作为一介读书人和藏书者，近二十年来，眼瞅着中国本土图书的开本越做越大，异型本渐增，乃至在居大不易的京城不得不为藏书空间而犯愁。后来，待我进入某家出版社短暂工作后才明白，从编辑到读者，似乎有种默契的‘共识’：凡畅销书，必大开本。如此出版文化真害人不浅，杀空间，资源浪费，低环保，对书价造成直接影响，酿成恶性循环。”可从近几年来看，情况似乎正在起变化，虽然大开本仍未见少，小开本却显著增加，且日益定型化。或许，我们可以做一个大胆的推断：中国出版业即将迎来一个小开本时代。

对本土出版业来说，小开本并非全新事物。民国时代，受大正到昭和初期日本出版文化的影响，曾掀起过一次小开本热。著名者，如王云五在商务印书馆主持的“万有文库”，森罗万有，开启民智，旨在“以极低的代价”得到“人人当读之书”。从1929年起，积八年之功，共推出两辑1700余种袖珍书，计4000册，成为中外出版史上的壮举。毋庸讳言，王云五的尝试，既是文化事业，也有那个时代资本游戏的一面。与之相比，小本经营者，如上海良友图书公司自1937年起出版过一套袖珍本文丛“现代散文新集”，由靳以主编，包括巴金、芦焚、严文井、臧克家等人的作品，共十二种。

1949年之后，到改革开放之前，出版种类不多，形式比较单一，且开本（包括平精的装帧规格）均受到行政权力的制约，变化极少，作为出版文化而论，话语空间其实有限。但在清一色的普罗范儿出版物中，仍有一些气质比较文艺的小开本显得卓尔不群。不过严格说来，绝大多数小开本，其实是小三十二开，还不是后来的口袋本。典型者，如“文革”期间海量印刷的鲁迅著作单行本（小白本）。

检点书房，硬是翻出几种那个时代出的小书，也许有一定的代表性：《西洋哲学史简编》，［苏］薛格洛夫主编，王子野译，新中国书局发行，1948年8月大连初版，1949年4月长春再版；屠格涅夫著、巴金译《蒲宁与巴布林》，是“新译文丛刊”之一种，上海平明出版社1949年12月初版，印了3000册，1953年3月再版增印至6000册，笔者所藏是二刷；同样为平明出版社1954年版的乔治·桑《魔沼》（罗玉君译），卷首有作者画像，内文中有埃德蒙·吕多（E. Rudaux）所作的铜版画插绘，颇珍贵；中华书局1962年12月版《曹雪芹的故事》（吴恩裕著），是被家慈读破的一本小书，书里还夹着她用绘图笔精心绘制的“荣国府院宇示意图”，《想起了国歌》是姚文元的杂感集，上海文艺出版社1963年7月版；《海猎》是朱良仪描写海军生活的小说集，“萌芽丛书”之一种，系人民文学出版社上海分社1965年9月版，且是插图版。

透过这六种，或许能一窥那个坚硬时代小开文化之一斑。不用说，肯定是“非主流”。

三

改革开放时代，特别是前期，即“思想解放运动”时期，听到最多的一个词就是“百花齐放”。倘若单就图书的开本来说，那绝对称得上是“百花齐放”了，甚至“百花”都不一定打得住。

回过头来看，改革开放初中期，特别是从九十年代中后期到二十一世纪之初，随着国产印刷技术和纸张品质的提升，本土出版物开本进入战国时代，感觉每家社的每一套丛书都会创造一种新开本，自由到任性。一些名声赫赫的装帧大家，对异型本的痴迷简直到了变态的程度。那个时期的书，插在书架上，真真是“远近高低各不同”，最难收纳。不过，在那种“野蛮生长”式的丛林乱象中，还是能隐约发现“一溪清流淙淙过”般的景致，那就是小开本。虽然一点都不“高大上”，摆在书店的新书台上，完全不打眼，可它却始终不断，且途中不时有支流汇入，由淙淙而汩汩。

尽管这种小开本在改革开放之前就已经存在，但作为一种出版文化，应该说其本身就是改开的产物。我最早对小开文化的关注，始于诗集。改开头两年，社会虽已转舵，但文化还没跟上，内容生产明显滞后，最初的产品多停留在对上一个时代的清算，或是以再版的形式重印有革命背景的普罗诗人的作品，开本也以小三十二开为主，但装帧设计已开始呈现不同的面孔。如《天安门诗抄》（人民文学出版社，1978年12月版），田间的《给战斗者》（人民文学出版社，1954年6月初版，1978年9月第二版），冯雪峰《雪峰的诗》（人民文学出版社，1979年10月版），艾青《彩色的诗》（江苏人民出版社，1980年11月版）等。

进入八十年代，内容生产开始提速，范围逐步扩大。就诗歌来说，出版对象从革命诗人过渡到小资诗人，外国诗人也进入视野，但当代本土诗人还很少，朦胧诗等现代主义诗歌则要再等上几年。诗集的开本则从大小三十二开到口袋本，该有的都有了，生态变得丰富起来。这一时期，由四川人民出版社先后推出的《徐志摩诗集》《戴望舒诗集》（均为1981年1月初版）和《闻一多诗集》（1984年7月初版），江苏人民出版社的《九叶集》（1981年7月初版）和人民文学出版社的《白色花：二十人集》（1981年8月初版），及何其芳的《预言》（上海文艺出版社，1982年12月初版），给人的印象尤为深刻。特别是《九叶集》的扉二页上，由八位诗人联署、纪念“九叶”中最早凋谢的一叶穆旦的一段话，暴露了伤痕期犹未弥合的创伤：

在编纂本集时，我们深深怀念当年的战友、诗人和诗歌翻译家穆旦（查良铮）同志，在四人帮横行时期，他身心遭受严重摧残，不幸于一九七七年二月逝世，过早地离开了我们。谨以此书表示对他的衷心悼念。

与此同时，一大波外国诗人，从莎士比亚到泰戈尔，从惠特曼到聂鲁达，从歌德、席勒、海涅到拜伦、雪莱、济慈，从普希金、莱蒙托夫到叶赛宁、马雅可夫斯基……跨越时空，成群结队而来。这个时期的口袋本诗集，有《中国现代抒情短诗100首》（上海文艺出版社，1981年9月版），《法国近代名家诗选》（外国文学出版社，1981年12月版）、《叶赛宁诗选》（漓江出版社，1983年6月版）等。最是由巫宁坤作序的查（良铮）译《普希金抒情诗选集》（上、下，江苏人民出版社1982年4月版），深绿色封皮，普希金标志性的翘鼻子速写侧像，白色的俄语手写体签名，美到不行。

说到改革开放初期的小开本诗集，不能不提《新诗潮诗集》，上下两册的素白口袋本，外加一册小黄皮书——诗话《青年诗人谈诗》。诗集和诗话的扉页上，都印着“北大五四文学社”的字样，诗集后勒口上还打出了“未名湖丛书”编委会的班底。实际的主编是老木（刘卫国），2020 年竟于江西萍乡家中猝然去世，享年五十七岁。谁承想，这部从内容到开本、装帧设计，可圈可点之处甚多，且对后来的出版物发生过不小辐射的朦胧诗集，竟然是“内部交流”版。不过，说是“内部”，当时却是公开发售的，且销量相当可观。1986 年 4 月，我从北大三角地的板车书摊上买过两套，其中一套送了朋友。在我看来，这部诗集起到了为朦胧诗彻底正名的作用，谢冕先生在为诗集所写的序文《新诗潮的检阅》结尾处的话，带有结论的性质：“新诗现阶段的探索不仅是开拓性的，而且用它的日趋成熟而证明是充满希望的。”

果然，从那以后，朦胧诗人迅速浮出水面，结束了“民刊”和“地下本”状态，坦坦走向“正刊”和“地上本”，一时间，坊间冒出无数种朦胧诗集。而《新诗潮诗集》则成为当然的摹本，我后来入手的诗集，自然也不乏大小三十二开本，但只要是口袋本，基本都是“新诗潮”版的拷贝，如裘小龙译《意象派诗选》（漓江出版社，1986年8月版），非马编《台湾现代诗四十家》（人民文学出版社，1989年5月版），海子的《土地》和骆一禾《世界的血》（二者均为春风文艺出版社，1990年11月版），及柏桦诗集《往事》（河北教育出版社，2002年8月版）等等，不一而足。

二十世纪八九十年代是丛书的时代，与那个时代丛书的规模相比，今天所有的丛书都是小打小闹。从几度“文化热”，到“思想解放运动”，如果真究其“幕后黑手”的话，可以看到，基本是几套丛书（或译丛）惹的祸。而丛书大流行的一个副产品，是小开文化的做大。

1983 年，四川人民出版社推出了“走向未来”丛书，单看编委会的阵容，就知道动静有多大。在每种书序言前面的《编者献词》中，引用弗兰西斯·培根在《伟大的复兴》序言中的话，希望读者诸君“不要把它看作一种意见，而要看作是一项事业，并相信我们在这里所做的不是为某一宗派或理论奠定基础，而是为人类的福祉和尊严……”那种炙热的理想主义只属于八十年代，在那之前没有过，之后亦不复见。那套书确实对我个人产生过影响，金观涛的《在历史的表象背后》，有些段落至今能背诵。总共出过多少种，我不大清楚，现藏九种，买过的应该更多。素白小本，黑体字书名，格调与“新诗潮”近似，但更富于设计感。每本书的封面上，都有一帧长条画，也是黑白的，抽象风格，应该是戴士和的作品。因了这套书的设计，我也开始关注艺术家戴士和。

当时，小开文化方兴未艾，有实力且自恃“有文化”的出版社纷纷试水。但大多浅尝辄止，不成规模，无疾而终。碍于篇幅，单本书暂不列入本文论述对象，我只对具有丛书性质的小开系列出版物略作评点，以期梳理出一条文化发展的脉络。

1984年，人民出版社出过一套“美国史话”丛书，计六种，包括《美国建国史话》《美国扩张与发展史话》《美国社会史话》《美国科学技术史话》《美国文化教育史话》和《美国文学艺术史话》，系从美国读者文摘出版社引进的版权，装帧素朴淡雅，每本以不同颜色的封面区分，并无一般的呆板气；翻译精良，且书后均附有中英文的“人名译名对照表”，通俗而不失学术品质。

差不多同一时期，江西人民出版社出过一套“百花洲文库”，好像出过两辑，每一辑有十种书目，题材庞杂，既有楼适夷、俞平伯、郁达夫等民国时期作家散文，也有外国文学和诗歌。我曾买过一本冯亦代译的《第五纵队及其他》，由海明威描写西班牙内战的剧本《第五纵队》和五个短篇组成。扉页上用钢笔写着“1984年4月27日，于甘家口新华书店”。目录页下方的空白处，还题了一首我读后写的短诗，幼稚得可笑，重读一遍，尴尬癌都要犯了。

八十年代末到九十年代初，有几套小开本值得一提。一是作家出版社的“四季文丛”，一套作家随笔集。这套作为丛书，比较松散，扉页、勒口或封底并没有注明相关信息，用今天的标准来看，其实是难达标的。据我所知，应该出了四种，分别为汪曾祺的《蒲桥集》、贾平凹的《抱散集》、姜德明的《王府井小集》和张承志的《绿风土》，我收了前三种。素无记书账习惯的我，唯那个时期，买书时会在扉页上签名，所以知道三本分别购于和平里书亭和海淀图书城。这套书除选文比较精当（体现了作家社的专业标准）之外，最大特点是质朴大方，没什么花里胡哨的元素：封面近乎素白，书脊设计很鲜明，即使竖插在书架中，也不至于看漏。用纸虽不高级，但在那个时代也并不寒碜。

1992年初，广西教育出版社推出一套“名人之侣回忆丛书”，全四种，分别为《我与萧乾》（文洁若）、《我与郁达夫》（王映霞）、《我与萧军》（王德芬）和《我与蒋光慈》（吴似鸿），我同样收了前三本。我买这套，纯属资料需求，其实并不喜欢。首先，丛书名的所谓“名人之侣”，就显得很轻佻，且不说文洁若、王映霞等，本身也是名人，特别是文洁若，其作为翻译家的声名，并不下于夫君。其次，装帧设计过于花哨，格调不高，甚至把文本的价值给坠低了，而有品的装设原本是可以提升文本价值的，正如所谓椟与珠的关系一样。

1994 年，海南出版社高调推出了一套“人人袖珍文库”。大胆采用四十八开本规格（16.6 × 9.1 公分），比日本文库本还要窄不少，是口袋本中的口袋本。在文库的“缘起”中，策划者开宗明义：“文库的选目贯彻‘双百’方针，不限类，不限时，不限地，不限人，只限一条：一定要有全人类文化积累价值，不会被历史的潮流所抛弃，父亲读过儿子还会要读的书……总之，为了人人，是‘人人袖珍文库’的唯一宗旨。”看得出来，这套由资深出版家锺叔河先生参与主持的大型文库策划，启蒙色彩相当浓厚，第一辑中，就囊括了从唐诗宋词元曲、《三国》、《红楼》到艾米莉·勃朗特的《呼啸山庄》、马基雅维里《君王论》、戴季陶《日本论》和傅雷的《世界美术名作二十讲》等十八种书目，无视边界，踏破藩篱，透着中外古今一网尽扫的野心。可遗憾的是，作为小开本，印装品质确实不高，结果雷声大雨点小，印象中好像连第一辑都未出完就挂掉了。说明改革开放初期的读者，虽则选项有限，可也并不是给喂什么就照嚼不误的。

那个时代小开文化的集大成者，当首推“法国廿世纪文学丛书”（简称“F.20丛书”）。这套由柳鸣九先生主导的大型文学译丛，1985年开始筹划，翌年秋天正式启动，共分十辑，每辑七种（“取人类生息劳作一周为七日之意，亦有‘七星’之喻”），在封底上打出当辑的书目。我手头第一辑的第一种，是莫洛亚《栗树下的晚餐》，孙传才、罗新璋译；第二种是加缪的《正义者》，李玉民译，二者均为1986年9月一版一刷；前者起印13500册，后者印17200册，那真是一个文学的时代。出版有分工，前五辑为漓江出版社，后五辑为安徽文艺出版社。七十种书，计七十一册（马塞尔·普鲁斯特的《寻找失去的时间》分上下两册），历时十四年，到1999年才画上休止符——用总策划柳鸣九的话说，是“一个漫长的旅程”。基本上每一种前面都有柳鸣九的译本序，或那一辑的总序，既有研究性，亦具有导读的性质。整套丛书仅柳序部分，便有约五十万字，后结集为《法国二十世纪文学散论》（花城版）和《凯旋门前的桐叶》（三联版）两本书，“基本上表达了我对法国二十世纪文学的看法与见解”（柳鸣九语）。可以说，从选目的专业性到超精英译者团队，从编辑水准到装帧设计，都达到了相当的水准。如此大规模对法国当代文学的系统译介，几为1949年以来所仅见，全今也未见诸其他国别研究。

这套丛书的成就是多方面的。即使单就装帧设计来说，也堪称一次小开文化的全面养成，对这种风格清新的出版形态的落地生根，及进一步的标准化、精致化，功莫大焉。以至于丛书尚在出版过程之中，便成为业界争相克隆的对象。如花城出版社的“20 世纪外国文学精粹丛书”，至少出过两辑，每辑二十种；如中国电影出版社的“七星文丛”，有郭宏安的《贝壳留住了大海的涛声》、叶渭渠的《樱园拾叶》和柳鸣九的《米拉波桥下的流水》（三种均为 2001 年 1 月版）等，包括丛书名的“七星”在内，应该也是源于“F. 20 丛书”的灵感；如社科文献出版社的“法国当代文学广角”丛书，有九种，我收了其中的三种，分别为老高放的《超现实主义导论》、柳鸣九的《巴黎名士印象记》和吴岳添的《世纪末的巴黎文化》（三种均为 1997 年 12 月版）。

如此，“F.20丛书”跨越了八十年代中叶到整个九十年代，中间经历了出版业的“大挫折”（指1992年7月30日，中国加入《世界版权公约》），但最终，却成了草创期小开文化的一次成功彩排。不过，在小开文化做大的动力中，还有其他更重要的力量。

四

观察本土小开文化之从无到有，从小到大，可有不同的标准和维度。其中，出版社和出版家，绝对是两个绕不开的视角。而在某些特定时期，这两个视角可能会高度重合，像是宣纸上两团彼此交融的墨块，随着墨迹的洇开，会变得边界模糊，你中有我，我中有你，正如说到岩波书店便离不开岩波茂雄，谈巴黎的午夜出版社便不能不说到热罗姆·兰东一样。

中国最具人文气质的出版社是哪一家？这个问题在不同的时代，会有不同的答案。今天的话，我们随便会联想到人民文学、理想国、世纪文景、读库等出版机构，一只手的手指未必数得过来。可在上世纪八十年代，答案几乎是唯一的：三联书店。是的，三联才是与文青、小资的想象最接轨的知识文化生产据点，且前店后厂，门槛低，不端着。“生活·读书·新知”的出版理念，包括它的Logo，不要说在当年，搁四十年后的今天，不，哪怕再过四十年，都不会有半点落伍感。只要生活之水还在流淌，读书的日课便会持续，新知会分分钟哺育我们。

八十年代波澜壮阔的思想解放运动，其实是靠几套丛书撬动的，其中最著名者，是“文化：中国与世界”。确切说来，那并不是单一的丛书，而是一套学术“组合拳”，包括思想文化集刊《文化：中国与世界》，现代经典汉译“西方现代学术文库”，及用短小洗练的篇幅介绍西方人文社科前沿成果的“新知文库”。前二者为通常的三十二开本，而“新知文库”则是小开出版物（2006年开始，新知文库推出新版，注重科学人文，称新版新知文库，以区别于旧版，是另外的系列）。文库从1986年起陆续付梓，截至1998年，共推出八十三种，是改革开放初中期思想资源的重要矿脉。与“F.20丛书”一样，重视选本和翻译，是这套文库的品质保障，如［日］鹿野政直著《福泽谕吉》（卞崇道译，1987年1月版），［法］加缪著《西西弗的神话》（杜小真译，1987年3月版），［英］詹姆斯·里德著《基督的人生观》（蒋庆译，1989年5月版）和［德］梅尼克著《德国的浩劫》（何兆武译，1991年7月版）等，均是我早年迷恋不已、一读再读者，无论原著和翻译，都堪称精品中的精品。另一种我当时错过，多年后才从旧书店入手的名著、山本七平的《日本资本主义精神》（莽景石译，1995年6月版），责任编辑竟然是大名鼎鼎的许医农先生。

内容如此，装帧更是有品，珠椟相宜，自不待言。文库按不同的辑次，封面分成几种颜色。书脊的设计别具匠心，通常的书名、作者之外，还直观地体现出文库名、序号等要素，颇得日本新书[①]文化之精髓。

提到三联书店，人们首先想到的，恐怕是《读书》杂志。我识《读书》可谓早矣，最初是家母的兴趣，后传染给了我。一期不落地购买《读书》，是从1987年开始。人在海外的岁月，让家人代买，近七八年则是受赠。因此，我比较熟悉《读书》杂志上的内容。坐拥如此得天独厚的作者“富矿”，三联怎么会不经营？何况范（用）公以降，沈（昌文）公和董秀玉两任老总，都是非常善于经营的出版家，于是，我们才得见国版中的“白娘子”——三联小白本。

“小白本”其实是由两种版本构成，但两种均为同样开本，封面、封底是白色布纹纸，往往被归成一类。其一是叙事文本，如陈白尘的《寂寞的童年》（1985年11月版），金克木的《天竺旧事》（1986年7月版），杨绛的《干校六记》（1981年7月版）和《将饮茶》（1987年5月版）等；其二是书评随笔，书脊上均印有“读书文丛”字样。前者封面是一帧黑白植物小绘，后者则是单色印的手稿，或中文或英文，钢笔字，带着稿纸格式。我个人更钟情第二种

①此新书非指新近出版物，而是日版书的一种独特的开本，相当于四十二开。

小白本。但同样是对第二种，也并非从一而终，而是从起初的思想文化随笔，如朱虹的《英美文化散论》（1984年5月版），赵鑫珊《科学·艺术·哲学断想》（1985年11月版），赵一凡的《美国文化批评集》（1994年6月版）和朱学勤的《风声·雨声·读书声》（1994年9月版），渐次移情到了后期的书评书话，如董鼎山的《天下真小》（1984年5月版），黄裳的《珠还记幸》（1985年5月版），姜德明的《书味集》（1986年7月版）及陈原的《人和书》（1988年12月版）等等。小白本共出了多少册，也不大清楚，但我藏有不下二十五种。

可不知为什么，三联随后竟"遗弃"了白娘子——尽管"读书文丛"仍在出，后面辑次的开本也照旧，可装帧风格却为之一变。这样一来，我收的就比较少了，大概后几辑加起来，也就收了十种上下。不过，三联作为国版小开文化的开风气之先者，当然不会就此放弃小开本，其实是在变换打法。我个人倾向于把后来的"三联精选"文库，看作是"读书文丛"的余脉。关于这套书的出笼背景，后任《读书》主编的郑勇在纪念范公的文章中写道[①]：

时间长了，终于明白为什么读者那么尊敬他，读者那么喜欢他，只是因为他的心中时刻装着读者，眼前始终立着作者。说起书越来越厚，越来越重，越来越贵，自绝于读者，他拿出"人人

①见《书痴范用》，吴禾编，生活·读书·新知三联书店2011年1月第一版，168–169页。

丛书”和“岩波文库”，说就该做这种口袋本。按照这种思路，我推动、策划、组织出版“三联精选”文库，1999年开始陆续推出四五十种，小三十二开，不到十元。都是大家小书，唐弢、朱自清、叶圣陶、朱光潜的，不少是范先生做过的书。

说是小三十二开，其实比一般的小三十二开要小一圈，大致与辽教版的“新世纪万有文库”相当，且都是无勒口普通平装本，便携而易读。因多系公版，定价良心至极。而荦荦大者，是选本选文之精粹，对得起“精选”的文库名。文库从1999年陆续出到2002年，随出随绝版。我因彼时基本不在国内而错过了大半，只收了十一种，坐下心中的一大遗恨。这套书是我至今仍会时而翻阅的读品，如《北京城杂忆》（萧乾著，1999年11月初版），《书带集》（陈从周著，2002年7月初版），《晚翠文谈新编》（汪曾祺著，2002年7月初版），《龙坡杂文》（台静农著，2002年12月初版）等，都是可当“文章读本”读，且无“赏味期限”的隽永之作。

那个时代的三联，同一个道统三家公司——北京三联、上海三联和香港三联，出版物的风格很接近。所谓“三联系”，在书业的丛林中有很强的辨识度。如“新知文库”问世后，上海三联也曾推出过一套小开文库“世界经典随笔系列”，从选题内容到装帧设计，都很洗练。大约出过两辑，每辑十种，封面分别为蓝和红，但我只收了七种。

值得一提的，是港三联版小开本。内地读者多以为，既然是香港的出版机构，尺度一定与京沪迥异。后来我自己在港三联出过书之后才知道，其实与内地也并没有太大“温差”。不过，虽说如此，诸如繁体竖排、图版的清晰，包括一些设计上较比洋范儿的细节，到底对内地读者还是有一定的吸引力。而且，九十年代中期到二十一世纪之初，一些港三联版书长年摆放在三联韬奋图书中心地下一层三联版书的区位，因比陆版略贵，少有人问津。那些年，有一搭无一搭的，我收了不少港版现代作家回忆录（“回忆与随想文丛”或“读者良友文库”）和诗集（“中国历代诗人选集”），多为横排版小开本。如徐铸成的《炸弹与水果》（1981年5月初版），柯灵的《长相思》（1981年12月初版），萧乾的《负笈剑桥》（1986年12月初版）；如《黄遵宪诗选》（1987年7月初版）和《吴梅村诗选》（1987年4月初版）等。江苏人民版《九叶集》之后，港三联曾出过一本《八叶集》（1984年11月初版），收录了九位诗人中的八位1949年之后的创作，其中有的人一直写到了八十年代。九叶中的杭约赫（曹辛之），因“新中国成立后，专心于美术装帧设计，很少写诗”的缘故，故只撷“八叶”——“这也许是时代的安排吧”（《八叶集》作序者木令耆语）。

当然，不唯港三联版，也不仅是三联陆版的小开丛书，改革开放初期，三联打造的一些非丛书类单册小开本，选题之佳、装设之美、趣味之正，无论在当时，还是后来，都常常令人产生某种“时代错误”般的错愕感。错愕在于：为什么彼时，竟然能做出如此美本？又为什么到后来，条件日渐优越，令人怦然心动的小开佳本却反而难觅芳踪了呢？

如 1984 年 5 月版《爱俪园梦影录》（李恩绩著），是曾在柯灵主持的老《万象》杂志上连载过的长篇掌故，原题为《爱俪园——海上的迷宫》。爱俪园的称谓，今已鲜为人知，即旧上海的哈同花园。沧海桑田，花园早已不在，后变成上海工业展览馆，又改称上海展览中心，现在是一年一度上海书展的展场。作者李恩绩的父亲，曾是爱俪园的一名画师。李自小聪慧过人，受家庭和环境的影响，长于丹青，精于词章和文字学，甚至通甲骨文，但一生困顿潦倒，继承父业后，主要工作是在园内写字、作画。但他的作品虽然广为流传，姓氏却几乎不为人知，只是爱俪园总管姬觉弥的捉刀人。姬氏不仅权倾一时，踌躇满志，还以书画家的身份厕身艺坛，附庸风雅……柯灵的序文《爱俪园的噩梦》曾在《读书》上发表，激起过好大的涟漪。《梦影录》写爱俪园，却并不囿于爱俪园，而是一部关于殖民地老上海的“里面史”。

另一本三联早年推出的小开本话题之作，是《香港，香港……》（1986年12月初版，1992年3月二刷）。作者柳苏是化名，本尊是香港名报人罗孚，即那位当年以在《读书》上发表的一篇文章（《你一定要读董桥》），点燃了一场旷日持久的“董桥热”的“始作俑者”。1984年夏天，因某种原因滞留北京的罗报人和夫人去三联书店访编辑“四姑娘”（周健强），邂逅范用公，被留午饭。席间，范公“悍然”

约稿，“让作文谈香港”，于是文章一篇篇炮制，写出一篇来，便先由四姑娘拿到《读书》上发表，“既可以多得一笔稿费，也可以为这本小书做宣传”。范用还建议约香港画家欧阳乃沾绘插画，那画风，酷似贺友直。成书阶段，范公再次技痒，亲自设计封面，笔名“叶雨”（大约是“业余”之谦）。后罗在回忆录中写道[①]：

十六七万字拖拖拉拉写了一年多，八五年秋天才写完，书出来时已是八七年春天了。这时已经有了“九七”问题，香港引起了许多人的注意，内地到香港来的人也更多了。这本小书也就因缘际会，多了些读者。

别人告诉我，有些单位派人到香港，不管短期还是长期，先发这本小书，让他们初步对香港有一个认识，不致到香港来时一无所知。果然也有人认为有用，我的一位新知就告诉过我一个关于他自己的秘密。

朋友还是第一次出差到香港，他和别人接触时，谈到一些事情，居然像是已经知情的人士，并不陌生，有人问他是何道理，他笑着说，因为看过《香港，香港……》，心里有数。

说到罗孚，不能不提到另一件事。兹事体大，事关国中——特别是三联版小开文化之隆盛。范（用）老板之后，三联书店由沈公掌舵，自然少不了与这位客居京城的香江文化名人发生关系。他在《书商的旧梦》中写道[②]：

①见《北京十年》，羅孚著，天地圖書有限公司，2011年3月初版，79–80页。
②见《书商的旧梦》，沈昌文著，上海书店出版社，2007年8月初版，18–19页。

柳苏先生还乐于助人。知道我对金庸小说有兴趣，专门写一介绍信，让我于一九八九年一月去见作者，洽谈出书。我同金庸先生谈得很愉快。可惜的是，我不久退出出版舞台，没时间在任内办成此事，但金作后来在我们三联书店终于出了，并且着实热闹了一阵，以致人们戏说，这家出版社的经济来源全来自“吃菜”（蔡志忠）和“拾金”（金庸）。

金著之最终落地三联，应该是沈公后任董秀玉老板的统战成果，但最初的作筏者正是罗孚。1994年，三联推出《金庸作品集》，共十二种三十六册，平装本全套定价495元，从此打开了金著在内地的市场，基本终结了盗版金庸。我至今犹记得在三联书店金庸热销的盛况，不过，那与本文的主旨无关。我要说的是，1999年4月，三联在老平装三十二开本的基础上，推出了《金庸作品集》小开本（即所谓口袋本金庸），同样是全套十二种三十六册。装帧既古色古香，又透着三联范儿，开本比《香港，香港……》还略小一圈，与我最爱的岩波新书是同等规格。我其实不是金庸粉，也不读金著，但也收了一套镇宅。以金庸的市场效力，对普及口袋本所起到的推动作用，无论怎么评价都不为过。至此，三联从改革开放初期起，积二十年之功，孜孜矻矻，一路从无到有，从小做大的小开文化，终于在新旧世纪之交，以金庸这个醒目的通俗文化标签，完美收官了。

后来，关于金庸与三联的合作，我还听到不少八卦。三联之所以在1999年推出口袋本金庸，应该也是与金庸的独家版权协议即将到期，所谓“箭在弦上，不得不发”——不发白不发了。据京城藏书家谢其章爆料：“版税最高以前是金庸，15%，他嫌少要18%，三联给不起金庸就找别家出版社了。”[①]果然，进入二十一世纪，新版金庸成了花城版。

九十年代末到二十一世纪之初，还有一套文库应该记上一笔。尽管从开本来说，它并不是本文所论的典型小开，但与战前王云五主导的“万有文库”有承接关系，且其策划和实操者，都是过去四十年来，在出版界呼风唤雨，折腾出老大动静的资深出版家，不提就没天理了：书，是“新世纪万有文库”；人，是沈昌文和俞晓群。

沈公在他的回忆录中交代，1996年他从三联退休，成为“自由身”，与辽教社的老总俞晓群的“谈情说爱”遂公开化。沈、俞，加上沪上公子陆灏，一起搞了不少事情，极大改写了晚近中国的出版文化。其中，一项有目共睹的跨世纪工程，便是“新世纪万有文库”。关于这套文库，已不乏相关的研究，无需笔者再来饶舌。在文库第六辑“弁言”中，编者提出的诉求，是“为建立书香社会奠基”。窃以为，此话已然道尽了该说的和能说的全部。前两年，读库出版了一本精致绝伦的小册子《教养之托付——日本文库本溯源》。在跋文中，作者徐辰在谈到王云五先生的事功后，笔锋一转写道：

①见《搜书记》，谢其章著，山东画报出版社，2006年7月版，226页。

一甲子后，俞晓群先生在辽宁教育出版社主持“新世纪万有文库”，前后共刊行六辑数百册——这套丛书哺育无数求书若渴的老中青读者，弁言中“在在有书本可得，处处有书香漾溢”的字句，深得我心。乃至今日，虽已两鬓斑白，仍不时约上二三好友，前往书肆搜罗“新世纪万有文库”，乐此不疲。

其实，这也是本人的写真。老万圣一进门，一楼楼梯的旁边，曾是我搜求辽教版万有文库的主要据点。大致清点了一下，五个色系，我共藏有三十五种。有些买重的复本，都送了朋友。如果让我举出一本最爱的话，我可以毫不犹豫地给出答案：乔治·奥威尔著、董乐山译《一九八四》（辽宁教育出版社，1998年3月版）。奥威尔的这部传世经典，从最早家父所持的内部参考资料“灰皮书”（上下册），到企鹅版英文文库，到早川书房版日文文库，到上海译文中英文对照精装版，我藏有不下十种，却独钟这本平装辽教版。至于个中原由嘛，一两句话还真难以说清。但翻阅过那本浅褐色暗纹版小书，实际领略过其简素的装帧和触觉手感的人，会懂得我的话，这就够了。

若是再举一本的话，我会推同一色系中的《书林清话（附书林余话）》（叶德辉撰，刘发、王申、王之江校点，辽宁教育出版社，1998年3月版）。对书客来说，此书的重要性似无需赘言。但我之格外推崇这本，其实还有其他原因——我比较看重两种附文：一是叶著《书林余话》，二是长泽规矩也撰《书林清话纠缪并补遗》（摘要）。《书林清话》是书林传世之作，坊间有不少版本，但收“余话”者夥，附长泽文者寡。长泽规矩也时任法政大学教授，作为日本汉学耆宿，中文几乎可乱真京片子，素有“日本文献学第一人”之誉。1923年，在籍东京帝大中文科时，首次来中国修学旅行。后七度来华访书，广交中土文士书贾，遍蒐典籍珍本。著有《中华民国书林一瞥》，堪称全景版中国书肆地图，既有广角视界，亦不乏对重要书肆的聚焦，其对琉璃厂、东安市场等京城书肆和吴城（苏州）、杭州书肆的描绘，带有日人特有的视角和品位，饶有趣味。试想，若是没点文化自信的话，一个日本人，敢为《书林清话》纠缪且补遗者乎？

五

进入二十一世纪，本土出版业呈现出新的版图，格局明显大了。毋庸讳言，这与新世纪的最大主题“中国崛起”当然有直接的关系。“崛起”了嘛，自然就要追求高端、大气、上档次，就出版来说，高大上也许首先意味着精装化。但说归说，一〇年代初中期，其实动静并没有那么大，出版界也还是照做以前做过的事，形态上也并没有很大的跳脱。感觉真正动起来，是在一〇年代后期。从时间节点上说，2008年，是北京奥运；中国经济总量超越日本成为世界“老二”，是在2010年。特别是后者，往往被看作是“中国崛起”的硬指标。

作为一〇年代重要的出版现象，“小精装”的出现肯定要记上一笔。应该是从2006年开始，上海书店出版社陆续出版了几本小三十二开精装本。如2006年6月出了黄裳的《插图的故事》，10月出了林行止的《说来话儿长》；2007年4月出了叶兆言的《陈旧人物》，7月出了傅月庵的《生涯一蠹鱼》；2008年10月，出了钱钢的《旧闻记者》。起初两年，似乎并没有引起多大关注。直到2009年初，上海书店一下子推出了一批同类小书，包括《东写西读》（陆灏）、《南非之南》（恺蒂）、《感官的盛宴》（严锋）、《书商的旧梦》（沈昌文）等，连同在那之前出过的几种一起，在主流书店的店头铺货，一派妖娆，粉墨登场的感觉。《中华读书报》等读书类媒体也开始配合宣传。即使我不看那些媒体报道，仅从初期出版物的版权页上，印着陆灏的名字（作为“特约编辑”），及最初一两辑的作者与《万象》杂志有相当重合度这两点上，以我对书业的长期潜水，也能看出是与沪上陆公子有关的策划。据文库实际的主持者、出版家王为松说，他长年私淑范用先生，就是要“以这样的开本与气息向三联当年的‘读书文丛’致敬”。“海上文库”先后出过几辑，统共多少种，我并不了解，后来上网查资料，知道出了七十七种。我根据个人的好恶，随出随买，包括作者友人和出版社的赠书，收了总有小二十种的样子。

不过，即使在小精装刚出炉，人气炙手可热的当时，也颇有一些人，甚至包括某些“海上文库”的作者，内心更喜欢“小平装”。事实上，上海书店后来在精装本之外，又印了十八种平装本。文库中几种我个人特喜欢的书，后来都受赠或重购了小平装，且都是签名本，如傅月庵的《生涯一蠹鱼》，陈冠中的《城市九章》（两种均为 2009 年 5 月版）和李长声的《浮世物语》（2012 年 5 月版）。比起小精装来，小平装更富于设计感：封面、书脊到封底的白地碎银花纹凸显了文字信息；书衣图案根据书的主题虽呈不同的变化，却恰到好处地与统一的装帧风格形成了某种节奏感；书衣脊设计简洁明了，字框中从上到下，依次呈现“海上文库”、序号、书名和作者，字框下的图案上印有出版社的 Logo 和社名。

不知道“小精装”的出现是搭对（或搭错）了哪根神经，事实证明，这是一场漫长的热病，传染性之强，超乎想象，至今仍未走出高热，我甚至听说过扬言要么不出书，出必小精装的作家。“海上文库”前两辑甫一落地，仅两三年的光景，小精装便遍地开花了：从三联、中华、商务的国社老三家，到中信、新星、海豚；从东方、世纪文景、中央编译，到理想国、花城、山东画报；从上译到译林，直到大学出版社，如广师大社、北大社、南大社和复旦社等，俨然一场“群体免疫”。目测主流出版机构中，只有人民文学、作家社、上海古籍等少数几家未被卷入。

我个人虽然书照买，也承认“存在即合理”，但内心对小精装热一向持观望的立场。因为我觉得就出版本身的意义而言，小精装其实缺乏新意。非但不够新，而且是对上个世纪，经过改开初中期的探索和试错，已经高度普及了的小开文化的“反动”。为什么这样说呢？首先，小精装的底子其实就是传统的三十二开本，“古已有之”，只不过在新世纪被高大上化，糊上了一层硬壳而已，其他元素都没变。这种印装规格，在日美等西方国家，其实已是过气的文化。

如日本，除了两种小开本（新书、文库）之外，主流单行本与中国一样，分大小三十二开本。大三十二开本，一般初版多为精装本（Hard Cover），再版时则会改出文库本。而小三十二开本，初版平装本占压倒多数。七八十年代，小三十二开精装本不算少，但随着出版的持续不景气和读者阅读品位的进化，这种印装规格已挺难见到了，除非去旧书店淘。我们可以随便举两个例子：如《日本的外在与真相》（理查德·哈洛伦著，木下秀夫译，时事通信社1970年4月版）[①]，1970年初版即是精装本；另一本《日本文化的问题》（西田几多郎著，岩波书店1982年3月版）[②]，初版于1940年3月，战后被岩波纳入岩波新书（赤版，No.60）的同时，曾出过一个特装版，封面与岩波新书（赤版）一模一

①『日本——見かけと真相』，リチャード·ハロラン著，木下秀夫訳，時事通信社昭和45年4月版。

②『日本文化の問題』，西田幾多郎著，岩波書店1982年3月特装版。

样，但无书衣。这两种书，都是七八十年代典型的小三十二开精装版，与我们的小精装一模一样，放在一起，简直可以乱真，可今天早已被小开平装的新书版所取代。新书不但价廉，且选题大胆新颖，装帧风格导入时尚要素，在公共场所捧读，相当拉风。

说到日本新书文化，在我国已然不是新闻。2019年，新经典从岩波书店引进版权，日本新书家族中的“老大”岩波新书，首批十三种以简体横排的形式落地中国，这是东亚出版文化交流史上的大事。

我其实很早就听到了消息，新书付梓后，还应邀参与过其中两三本的出版宣传活动。可在为新经典和中国知识界感到欣慰的同时，心里却一直有种遗憾：我一向主张，要引进异域文化，就应该归里包堆，连珠带椟，原封不动地引进。岩波新书在创设八十年后，进入中国原本是一件大好事，可出版商只移植了内容，却“扬弃”了新书的版式，把人家一本透着知性之美和历史酿成的“熟女”气质的小开本，“因地制宜”地变成了一册小精装。而且，明明连封面设计，包括赤版、绿版的色彩、编号等元素都是“拿来”的，干脆拿来到底就是了，结果却给小精装外面裹上了一层独立设计的书衣……画蛇添足，此之谓也，且白白浪费了移植东洋新书文化的一次良机。

引进西方先进、洗练的出版文化，“拿来”是最好。先消化原汁原味的珍馐，在充分掌握了人家食材、作料、配比和烹饪法的基础之上，再来谈“创新”不好么？这并不是我个人的偏执，其实在本土出版界也不乏共识，现成的成功案例有的是。同样被称为“小精装”，可构成并不完全一样。譬如，有一种早年由南京大学出版社创设的瘦长开本，比通常的小精装要窄两公分左右，我自己大致量了一下，应该为11.1×18.6公分，权且称之为南大社瘦版小精装。而这个开本的由来，竟然是英国菲登出版社的一本超级长销书——E. H. 贡布里希著《艺术的故事》的英文版平装本。

著名学术图书编辑，江湖人称“杨师傅”的杨全强，九十年代末，曾在南京的著名视觉艺术杂志《光与影》做编辑，我忝列作者。那家刊物寿终正寝后，他先是在江苏人民出版社，后去了南大出版社，厕身出版，擅长打造兼具视觉性和后现代理论性的出版物及西方流行音乐人传记。他早年做的一些著名丛书，我多有收藏，如江苏社时代的“书写与影像”丛书，南大社时代的“精典文库”等等。多年后，他来北京工作，且办公室和住处都离我不远。一次，我们在霄云路一带约酒。席间他对我说，南大社瘦版小精装，当初（应是2010年前后）是他照着菲登版《艺术的故事》的版型而定下的尺寸，“用尺子量，完全拿来，分毫不差”。刚好他说的那本书，当时是我的案头读物之一，非常熟悉。而他照贡著打造的一系列瘦版小精装，我要么自购，要么受赠，几乎一本不缺。带着酒劲，当场脑补，对杨师傅的“拿来”创新赞不绝口。

如果再温习一下那些书的话，我几乎可以随手写出书名，而无需确认书架。记忆中主要有两类，纯白系和彩色系（包括黑色）。前者有［法］安德烈·高兹的《致D》（袁筱一译，2010年4月版），余斌的《周作人》（2010年8月版），［法］皮埃尔·布尔迪厄的《关于电视》（许钧译），翟永明《十四首素歌》（两本均为2011年1月版）；后者有［法］让·波德里亚的《论诱惑》（张新木译，2011年2月版）和《美国》（张生译，2011年10月版），［法］保罗·维利里奥的《战争与电影》（孟晖译，2011年5月版），［法］让-弗朗索瓦·利奥塔尔的《后现代状况》（车槿山译，2011年9月版），汪民安的《现代性》（2012年6月版），等等。除了几种文学读本外，其余均为"棱镜精装人文译丛"（主编张一兵、周宪）。

南大社瘦版小精装，一直出到杨师傅离宁北上之后的好几年。后来，他又把这种异型小开标准带到了北京，创建了河南大学出版社上河卓远的品牌。于是我们看到，过去七年来，上河版"人文科学译丛"（主编汪民安、张云鹏）已蔚然大观。我曾在网上看到过一个说法，说如果没有杨师傅的话，包括鲍勃·迪伦在内，关于中国和西方流行音乐文化的各种传记和随笔，"半壁江山将不复存在"（大意）。其实，何止是流行音乐，从南大社的"棱镜"到上河版"人文"，这两个译丛被公认是中国后现代理论及文化研究领域最系统化的成果。可以说，正是杨师傅彻头彻尾的"职人"

精神，赋予了本土思想学术出版以一种特别文艺的气质和可触摸的迷人质感：那些内文版式中毫无视觉负担的行距，封面封底素雅的装帧布，既不失学术味又不会过于高冷的书衣，及书衣上小号宋体字和更小的作者署名……凡此种种，真不啻无言的装设美学课。

事实证明，杨师傅首倡的这种异型袖珍本，确实是书小乾坤大，放在一堆大书中，不仅不会被湮没，反而会变得异常抢眼，且有气场辐射。近两三年来，其示范效应已开始彰显。如上海雅众·北京联合出品的日本俳句短歌文库，已出《但愿呼我的名为旅人：松尾芭蕉俳句 300》（陈黎、张芬龄译，2019 年 2 月第 1 版）、《夕颜：日本短歌 400》（陈黎、张芬龄译，2019 年 6 月第 1 版）、《乱发：与谢野晶子短歌 230》（尤海燕译，2020 年 6 月第 1 版）、《芭蕉·芜村·一茶：俳句三圣新译 300》（陈黎、张芬龄译，2020 年 8 月第 1 版）等九种，更多的小伙伴挤在路上。道地的和范儿装帧，蒙肯纸，荷兰板薄而挺括，书脊两端的堵头布与封面同色……你在盈盈一握的瞬间，心就变软了。如果借用此文库中之三种的书名（《夕颜：日本短歌 400》《这世界如露水般短暂：小林一茶俳句 300》《只余剩米慢慢煮：种田山头火俳句 300》），打油汉俳一阙来形容这套小书的话，那就是：

夕颜花又开
生如朝露倏忽逝
剩米慢慢煮

由日系装帧，到日范儿的生活，竟如此短路。

话再折回杨师傅。即使在鱼龙混杂的常规开本小精装家族中，他的出品也是可圈可点。如他北上前夕，在南大社出的三种小书，从装帧、版式，到材料和工艺，都是可为小精装壮门面、涨姿势的“美本”：田川的《东京记》（2012年6月，软精版）、《草莽艺人》（2013年3月版）和孟晖的《画堂香事》（2012年7月版）。

小精装书的印装技术要求颇高，达标并不容易。我本人对各社十数年来推出的主要系列均有所藏，过眼就更多。除了装设和一般常见的工艺问题外，最看重的是上下书脊口的处理是否到位，包括圆脊的自然弧度是否圆润，书脊口内侧露出部分与堵头布的公差是否平均，视觉舒适与否；其次是书封的纸板（荷兰板）切忌过厚，过厚就显得蠢。但使用相对轻薄的材料，却又不能变形。在如此严苛的标准下，真正能入我法眼的小精装系列相当有限，较比心仪者，大致有三家：一是三联版“中学图书馆文库”，二是上海文艺版“新文艺现代艺术人家随笔”。前者按内容分成几辑，不同辑次用颜色区分，种类非常多。虽说是面向中学生，但在我看来却是大人必读。我只收了不到十种，如汉宝德《中国建筑文化讲座》、曹聚仁《中国近百年史话》（两种均为2008年11月版）和王佐良《英诗的境界》（2012年9月版）等。后者其实是我以前曾长年写艺术专栏的、上海老《艺术世界》杂志编辑朋友的出品，软精版，装设、工艺之精湛，几无懈可击。其实我原先藏有几种平装旧版，可后来还是难禁诱惑，不到一年，竟陆续把全套十种都拿下了。其中我个人最喜欢的，是《黄宾虹艺术随笔》《傅抱石艺术随笔》（均为2012年3月版）和《台静农艺术随笔》（2014年3月版）。还应该提一句的是，这两种小精装均无书衣，三联版个别册带腰封，而上海文艺版则连腰封也省了，很是飒爽。

另一家不可无视的小精装大户，是上海译文社。应该说，无论从推出的时间，还是影响力来说，上译都堪称小精装文化的原动力之一。凭借其在外国文学领域无可争议的权威性和一流的译者资源，它一向拥有众多的小资读者，而外国文学与小资，这（在我国）几乎是一个一体两面的问题，很大程度上是可以画等号的。说得绝对一点：小资趣味之纯正与否，基本决定了丛书的品质（包括形式）。而上译，则代表了小资趣味的标准。可以说，如果没有上译版的加入，小精装的成色肯定会大打折扣。

上译“译文经典”系列，因其色彩斑斓、图案繁复的书衣，被读者昵称为“窗帘布”。而在那一派姹紫嫣红的“布艺”中，我个人其实常被几种“洋瓷”治愈，如吉本芭娜娜的《厨房》（李萍译，2008 年 10 月版）、田山花袋的《棉被》（周阅译，2011 年 10 月版）等。窗帘布的下面，是包着浅灰或浅蓝色布纹纸的封面，沉静大气，工艺规整。从内容上来说，译文经典中有些品种原本就是上译社老精装系列“世界文学名著丛书”中的构成，译文已成经典，如杨苡译《呼啸山庄》（［英］艾米莉·勃朗特著）、于雷译《我是猫》（［日］夏目漱石著）等。但更多是过去二十年来被译介到中国，并逐渐沉淀为名著的新经典，如J. M. 库切、伊恩·麦克尤恩、玛格丽特·尤瑟纳尔、石黑一雄等。还包括一些小说之外的文本，如作家随笔和一些经典人文思想读本，像柏拉图的《苏格拉底之死》、弗洛姆《爱的艺术》、苏珊·桑塔格的《论摄影》，等等。十年中，共推出九十五种，人气了得，小资粉丝的收藏情热，并不下于人文社新旧版的“外国文学名著丛书”（即“网格本”）。我个人虽然只收了不到二十种，却不乏大爱者，如詹姆斯·乔伊斯的《都柏林人》（王逢振译，2010年8月版），格雷厄姆·格林的《权力与荣耀》（傅惟慈译，2012年4月版），布尔加科夫的《大师与玛格丽特》（高惠群译，2017年12月版）等。

某种意义上，上译确实不愧是小资标准的制定者。而标准制定者维系自身存在感的最有效策略，便是制定更新的标准，这一点也反映在上译社近年来的新动中。2019年5月出版的《纳博科夫精选集Ⅰ》和一年后出版的《纳博科夫精选集Ⅱ》（均为全五册），由《洛丽塔》《微暗的火》《黑暗中的笑声》等九部小说和自传《说吧，记忆》组成，是一次用新囊盛旧酒的尝试，容量大大超越了通常小精装的指标（《洛丽塔》502页，《说吧，记忆》446页），却毫无沉重感。除了封面封底的墨绿色薄材荷兰板之外，书脊处色分五种的书衣，封面上的铅笔素描和扉页上的藏书票，包括书签丝带等细节，都充分呈现了这套书的品质，也配得上纳博科夫这位文坛段位极高、一向被视为“作家中的作家”，除了文学之外，对现代文化，甚至后现代文化也发生过相当影响的文体家。

上译社小精装仍在持续发力，最近的新动是小开化。疫情中的出品“阿瑟·米勒作品系列”（全五册），规格窄化，介乎常规小精装和南大社瘦版之间。作为一次开本折中的努力，对细节的追求却堪称彻底：素白的荷兰板，与素白书衣的设计相协调。每种书有统一的题图——一帧超小幅水彩画，彩色版印在书衣上，黑白版则用来装点纯白封面。我喜欢《推销员之死》的手提箱，可《堕落之后》书衣上的那只被咬了一大口的红苹果，更令人想入非非。每部作品书衣题图旁边写着一句话，是剧中的台词，非常经典，有金句效果。如《都是我的儿子》（陈良廷译）上写道：“只要自私一点，他们今天就都健在了。”《萨勒姆的女巫》（梅绍武译）则写着：“随你的心愿去做吧，但是不要让任何人当你的审判员。”可要说接地气、舞台现场感，当数英若诚逐译的《推销员之死》：“推销员就得靠做梦活着，孩子。干这一行就得这样。”

另一种与南大社瘦版小精装一样，对本土小开文化有创新和发展，我个人持正面评价的变体小精装文库，是“海豚书馆”。这个文库也是沈公退休后，与俞晓群、陆灏“谈情说爱”、搞事情的成果。2009年，俞晓群从辽版集团荣退，转战京城，供职于海豚社，遂成了这个项目的实操者。此文库“致力于文化普及的长远出版工程”，按内容分成六种颜色，分别为蓝系（海外文学）、红系（文学拾遗）、橙系（文学原创）、绿系（学术钩沉）、灰系（学术原创）和紫系（翻译小品）。一般来说，学术出版不碰文学原创，是通例，可“豚馆”却连原创带翻译，与学术“一勺烩”，给人的感觉是野心好大。不过，俞总出手，必是大手笔，早已是业界共识，我当然也不怀疑。反正他们一边出，我一边收就是。统共出了多少种，包括何时被打上了休止符，我都不大清楚。自己手里各种色系，计有三十五种，且颇有几种难得的资料。

对这套文库，江湖上一向毁誉褒贬，言人人殊，但我个人是喜欢的。比常规小精装略窄，方脊，算是创新。蒙肯纸印刷，分量轻，体量也轻，有的册子也就是一篇长论文的容量。分系、编号等要素，执行得算是彻底。而这些要素执行彻底与否，直接关涉小开文库的完成度。不过，作为二十一世纪第二个十年落地的小开文化项目，确实有些短命。可比它更短命的项目也多了去，这样一想便释然了。出版的寿限，受制于太多因素，谁能料事如神呢？当初“海上文库”的宣传通稿上有个口径，所谓“书小价廉格局大”，回头看，我觉得用这话来盖棺“豚馆”，倒挺合适。

六

毋庸置疑，滥觞于二十世纪八十年代初叶的小开文化，的确在不断强化。今天去独立书店，新书台上，小开本已经不是点缀，基本占了半壁江山。但细加考察会发现，江河浩荡的小开潮流，其实是由两股水流汇成，虽然都是小开，却代表了两种不同的文化：其一是改革开放之初，由三联版“读书文丛”“新知文库”等首倡的小开平装本文化，二是一〇年代中后期兴起的小精装文化。前者成溪日久，细水长流，虽未见汹涌，却始终不绝；后者虽是中途汇入，但一路狂风骤雨，喧闹奔腾，一泻而下。不过，据个人私见，后者似有用力过猛之嫌，尽管尚未呈收敛之势，但端赖雨水，后续很难说。而前者虽然看上去不温不火，却一直在慢慢发酵，在过去二十年里，令人着迷的“精酿”并不少，善饮者日增，“人传人”之势，正难遏制。

改开已还，出版业一直有一股生猛的势力——湘军。湖南人民、岳麓和湖南美术出版社，都曾在不同时期引领过风骚，就小开文化而言，也不遑多让。九十年代，艺术家陈侗、李路明曾在湖美策划过一套“实验艺术丛书”（EALS），从法国午夜出版社购买版权，较比系统地引进了一批美、法新小说家的作品和西方建筑师、艺术家的回忆录、访谈录。我记得阿兰·罗伯－格里耶、让－菲利普·图森等小说家，就是经由这套丛书开始进入国人的视野，其中包括《打女佣的屁股》（［美］罗伯特·库佛著，1998年4月版）等在当时看来相当出位也相当魅惑的后现代文学作品。这套书从1992年一直出到世纪末，总共出了多少种，我不掌握，反正收了比较感兴趣的十四种。严格说来，这套书作为小三十二开本，并不是本文的论述对象，但因为与后续的两种小开丛书有一定的承袭关系，故顺带提一下。在我看来，这套丛书的普通平装（不带勒口）、素白封面和编号等特点，是典型的小开文化要素，与草创期的几种主流袖珍文丛一脉相承，在今后还有做大的空间。

后湖南文艺出版的小开“午夜文丛”（软精版），与“实验艺术丛书”显然有关，原来的那种实验性草莽气质不见了，代之以某种对精致设计感的追求。之所以说是追求，是因为尚未到达，感觉就差了那么一点点。素白封面上，粗粝虚焦的黑白摄影，书名和著译署名的字号很大，封底有作者的头像彩照。我只入了一种，即让-菲利普·图森的《逃跑》（余中先译，2006年7月版），包括《做爱》和《逃跑》两部中篇，都是超喜欢的文本。

接下来，湖南文艺更令人惊艳。2012年到2013年，《贝克特作品选集》出版，包括剧本《等待戈多》《自由》，长篇小说《莫非》《马龙之死》及《短篇和诗歌集》等，全十一册。同样是陈侗策划的“午夜文丛”，这次是平装版。依然是素白底封面，黑白摄影换成了米歇尔·马多的抽象风封面绘。封面字号缩小，深蓝色的字挺秀气，封底的要素也大大简化。这套小书至今仍是我的至爱。

再往前回溯，2000年至2002年，上海人民出版社推出了一套“袖珍经典”（Pocket Classics）丛书，囊括了曾对近现代文明产生过深刻影响的法德两国知识巨人的九种小书。普通平装、编号，统一的Logo和装帧形式，像商务版“汉译名著”或岩波新书那样，不同的学术领域（哲学、社会学、人类学等），以不同的颜色来区分，通俗而又不失学术味道。我收了其中五种：康德《道德形而上学原理》、尼采《历史的用途与滥用》、列维–斯特劳斯《图腾制度》、马克斯·韦伯《社会学的基本原理》和维尔纳·桑巴特《奢侈与资本主义》。

2001年3月，中国电影出版社还出版过一套《外国影人录》，分法、美、苏、德四部分，其中大半是美国部分，占了七册，苏联两册，法德各一册。每部分都包括那个国家的编、导、演和艺术理论家的简介，对其艺术成就和著述的评述，大部分附有照片。虽是资料书，但有一定的研究性，且印数极少。我当时正迷恋法国新浪潮，故入手了法国册。作为那个时代的平装小开，书做得挺地道。

2005年到2006年，北京十月文艺社出了一套“大家小书·洋经典”文库，出版或重版了一批硬核经典，编委会阵容超豪华，译者包括鲁迅、郑振铎和冯至，气场碾压编委会。好像出了两辑，每辑十种，均为带勒口平装，扉前页有藏书票。我只收了两种，一是鹤见祐辅的《思想·山水·人物》（鲁迅译，2005年1月版），二是芥川龙之介的《中国游记》（陈生保、张青平译，2006年1月版）。但在我的眼里，这些与其说是二十一世纪的新动，不如说是八九十年代小开文化的余绪罢了。可虽说如此，这种余绪是如此的执拗，在一〇年代，近乎偏执地对抗着象征“高大上”的大开精装本文化，余音绕梁，久久不散，直到小精装开始冒头、几种主流的Mook改版。

许知远主导的《单向街》，是标准的小资读本，偏知识分子化，散发着浓烈的本雅明气质。2009年8月创刊，以每期230页左右、大三十二开的面孔，陆续出了五本。2014年7月，从06号起，更名《单读》的同时改版：小开软精本，素白底封面上有一张摄影作品，编号的下面是那一期的关键词，如06号是“逃离 · 归来”，07号是“旁观者之痛”……11号是“联结 / 断裂”。如此又练了几年，2016年11月，从13号起，再度改版：同样的小开本，放弃软精，内文采用轻型纸；纯白封面上，书名、期号、主题词以凸版压凹印刷；一枚A3大小的纯质纸，双面印，信息量很大，精心折叠后便成了书衣。与此同时，出版社也从广西师大社换到了台海社。

差不多同一时期，另一家以叙事文本为主打的Mook《读库》，从1601号起，也全面改版：小开化，轻型纸；放弃了牛皮纸封面，改为浅灰色250克哑粉纸；按年度调整书脊的颜色，并使之与封面上凸字粉印刷的文字颜色相协调；原扉页上的藏书票，变成一帧彩绘。一本做了十年的Mook，改版到底好不好，见仁见智，知乎、豆瓣上至今仍在争论，但归根结蒂，是其核心编辑团队的直觉和读者们的观感、手感说了算。一个基本结论，是小开化之后，更有一种“文青必携”本的味道。而有了《单读》《读库》等Mook的加持，加上过去十数年来小精装的定型化，小开文化真正大热起来——借用日系推理的说法，是本格化了。

这方面，我有一些个人化的观察。一个总的感觉，是文化本身在蜕变：原先那种以大开精装本为“高大上”的时尚文化在后退，而以小为美的“次文化”则走强，且日益主流化。至于说在这种文化赖以生成的动力中，有没有诸如北上广深房地产价格高企，读书人居尚且不易，遑论构筑一个像样书房的张皇，及城市地铁延伸，小资白领通勤时间增加，在读屏之外，又多了一个读书的选项，而在摩肩擦踵的通勤车厢里，大书不易展读等因素，我想是有的，但我只谈出版的因素。

出版的小开文化虽然由来已久，但真正做大做强，与大开文化彻底逆转，即使在日本这种出版先进国，也不过是过去一代人的事情。1997年，东洋出版业达到顶点，旋即进入衰退模式，全国书店以每年一千家的速度消失，可书业（包括出版和零售）的整体规模却没有发生断崖式、跳水式的萎缩。其背后，一个最主要的支撑，就是开本革命，即从传统的以大小三十二开单行本为主的开本，变成两种主流的小开本：文库版（六十四开）和新书版（四十二开）。当然，这两种开本，在东瀛出版业的架构中各有其功能分工，日人分得很清晰，从不混淆。这一点，是历史形成的文化，是传统的一部分，难以复制，也没必要复制。但窃以为，以这两种开本为模板，来推进本土的开本革命，的确是一个颇富实操性的选项。出版业一向是国际化程度最高的行业之一，早在全球化之前，便已实现了知识交易（版权）的国际化。不同国家书业和出版人之间相互学习、拿来、渗透、影响的案例，简直不胜枚举，如“岩波文库”便是以德国“雷克拉姆世界文库”为摹本而创立，而岩波新书则参考了英国“鹈鹕丛书”的开本。杨全强根据英国菲登版贡布里希的《艺术的故事》，一手打造了南大社瘦版小精装的标准，亦是一个绝好例证。

其实在我国，这种开本革命已经拉开了序幕，正在静悄悄地推进。如读库，虽然在过去十五年的小精装浪潮中，始终“独善其身”，奇迹般地保持了“鞋不沾水”的纪录，但在新一轮的小开革命中，却成了湿脚汉，戏水正酣。库版文库（读库本），开本介乎日系文库版和新书版之间，标准似尚待统一，但已蔚然成林，颇有可观。大致说来，有几类：一是从日本引进版权带版式，原汁原味移植的文库本，如“读库·无印良品文库”（DUKU/MUJI BOOKS 人与物），已出齐十四种，包括《小津安二郎》《柳宗悦》《花森安治》《茨木则子》等；二是读库自己打造，但开本比较偏向日系文库版的文库本，如《教养之托付》（徐辰著，新星出版社2017年1月第一版）、《嵇康之死》（陈滞冬著，新星出版社2020年1月第一版）、《以纸为桥》（［日］佐佐凉子著，姚佳意译，新星出版社2020年6月第一版）等；三是较比偏重日系新书版的库版文库，如《茶书》（［日］冈仓天心著，谷泉译，新星出版社2019年7月第一版）、《乌托邦年代》（［法］让-克劳德·卡里耶尔著，胡纾译，新星出版社2018年4月第一版），如“建筑史诗”系列（王南著，已出十一册）和“医学大神”系列（朱石生著，十四册套装），等等。读库本清一色是平装本，既汲取日系文库和新书的美学趣味，又融入了独特的库风和质感，从设计到印装，特别是材质，都相当有调性。

2012年，在小精装甚嚣尘上的时期，曾以一套十种（2015年又添一种）“新文艺·现代艺术大家随笔”的软精系列，刷新了时人的袖珍本美学观的上海文艺社，近来又推出了“小文艺·口袋文库”，按内容分为“知物”“知人”“小说”和“33 1/3”等子系列，涵盖随笔、传记和纯文学等体裁。给人的感觉应该是一个开放性文库，以后应会纳入更多的内容。作为无勒口普通平装本，这套小书把Logo、颜色区分、书脊的功能设计等文库要素做到了极致，近乎尤物级，无言地诠释着出版方所谓“小而简就是美”的主张，令人爱不忍释。我纯凭兴趣，暂入了八种，分别为西方流行文化系（“33 1/3”）的《地下丝绒与妮可》

（［美］乔·哈佛著，姜亦朋译，2019年1月版），《鲍勃·迪伦：重返61号公路》（［意］马克·波利佐提著，洪兵译，2020年6月版）；“知人”两种：美国小说家塞林格的传记《艺术家逃跑了》（［美］托马斯·贝勒著，杨赫怡译，2020年2月版），英国艺术家卢西安·弗洛伊德传记《眼睛张大点》（［美］菲比·霍班著，罗米译，2020年2月版）；还有三种新锐小说：《请女人猜谜》（孙甘露著，2017年6月版），《报告政府》（韩少功著，2017年4月版）和《无性伴侣》（唐颖著，2017年4月版）。

另一家我想到的蛮有日系文库范儿的出版机构，是刚起步未久的一頁folio。他们新近出品的“文豪手帖”丛书（全四种），分别为永井荷风的《美利坚物语》和《法兰西物语》，夏目漱石的《浮世与病榻》及芥川龙之介的《妄想者手记》（四种均为陈德文译，北京联合出版公司2020年7月版），文库版开本自不在话下，从封面到书衣，从和风环衬到编号等要素，真与角川文库的纯文学系有得一比。盈握在手的瞬间，人就被治愈了。

七

一部出版发展史告诉我们，所谓“开本即王道”绝非一句空话，而是包含了非常现实的意味和鲜明主张的信息，且自带能量，可转化为生产力。种种迹象表明，中国书业在经过改革开放初中期的粗放发展和过去二十年来相对精细化的深耕之后，今天正面临一个新的瓶颈期。何以走出瓶颈，迎接更大的机遇和挑战，打造更精致有品的出版物，从而让我们的文化变得更“有文化”，更富于创意，也更可持续，是国中每一个出版人和爱思想的读者都无法回避的课题。

目下，国内出版大小各社正在以前所未有的力度，争相推进的小开本出版潮，不啻一场静悄悄的革命。我认为，这场革命无疑将改写我们与书籍的关系，包括收藏与阅读的方式和其他亲密接触的形态，可望构筑一种新型的书业文化，创造更多书香盈盈的城市公共空间。对此，个人乐观其成。

图书在版编目（CIP）数据

读库. 2204 / 张立宪主编. —— 北京：新星出版社，2022.9

ISBN 978-7-5133-5003-7

Ⅰ. ①读… Ⅱ. ①张… Ⅲ. ①中国文学 - 当代文学 - 作品综合集

Ⅳ. ①I217.61

中国版本图书馆CIP数据核字(2022)第146821号

读库 2204

主　　编：张立宪

责任编辑：汪　欣

责任印制：李珊珊

出版发行：新星出版社

出 版 人：马汝军

社　　址：北京市西城区车公庄大街丙3号楼　100044

网　　址：www.newstarpress.com

电　　话：010-88310888

传　　真：010-65270449

法律顾问：北京市岳成律师事务所

经销电话：010-57268861

官方网站：www.duku.cn

邮购地址：北京市海淀区万寿路邮局67号信箱　100036

印　　刷：北京雅昌艺术印刷有限公司

开　　本：770mm × 1092mm　1/32

印　　张：11

字　　数：220千字

版　　次：2022年9月第一版　2022年9月第一次印刷

书　　号：ISBN 978-7-5133-5003-7

定　　价：42.00元